扬·马特尔作品

Yann Martel

少年Pi的奇幻漂流

[加拿大]
扬·马特尔 Yann Martel 著
[克罗地亚] 托米斯拉夫 · 托亚纳克 绘
姚 媛 译

译林出版社

献给我的父母和兄弟

目录

序言

这本书是在我饥饿的时候诞生的。我来解释一下吧。1996年春天，我的第二本书——一本小说——在加拿大问世了。那本书并不成功。书评家不是对它感到迷惑不解，就是用轻描淡写的赞扬让它显得一文不值。读者也对它置之不理。尽管我费劲地扮演小丑或高空秋千表演者的角色，却对媒体这个马戏团不起任何作用。我的书仍然卖不动。一本本书排列在书店的书架上，就像一个个孩子在排队等着打棒球或踢足球，而我那本书就像一个瘦长而笨拙、根本不适合做运动员的孩子，谁都不愿意让他加入自己的球队。它很快便悄无声息地消失了。

失败的结局并没有对我造成太大的影响。我已经开始创作另一个故事了，一个1939年发生在葡萄牙的故事。只是我感到焦躁不安，而且我只有很少的一点钱。

于是我飞到了孟买。这么做并不缺乏逻辑性，如果你能认识到三件事：在印度完成限期工作会让任何人都不再焦躁不安；在那里可以用很少的钱生活很长时间；以1939年的葡萄牙为背景的小说也许和1939年的葡萄牙几乎没有任何关系。

我到印度去过一次，在北方待了5个月。第一次我是在毫无准备的情况下来到这座次大陆的。实际上，我准备了一个词。当我对一位了解印度的朋友谈起我的旅行计划时，他随口说："印度人说英语很滑稽。他们喜欢糊弄（bamboozle）之类的词。"当飞机开始在德里缓缓着陆时，我记起了这个词，于是这个词成了我在面对鲜艳的色彩、嘈杂的声响和各种仪式所营造的印度的疯狂之前所做的唯一准备。我有时会用这个词，而且，说实话，这个词很有用。我对火车站的职员说："我没想到车票会这么贵。你不是想糊弄我吧，是不是？"他笑了，唱歌似的说："不是的，先生！这儿没有糊弄人的事儿。我给你报的票价是对的。"

第二次去印度，我知道会遇上什么，也知道自己想要什么了：我要在一处山间驻地住下来写小说。我想象，宽大的阳台上放着一张桌子，我正坐在桌前，面前摊放着笔记，笔记旁边放着一杯茶，正冒着缕缕热气。在我脚下是浓雾笼罩的青山，在我耳中是猿猴的啼声。那里气候宜人，早晨和傍晚需要穿一件薄毛衣，中午只须穿短袖。这样安排好了之后，我手中握着笔，为了更加高度的真实，要把葡萄牙写进一部虚构的小说。小说就是有选择地改变真实，不是吗？不就是通过扭曲真实而揭示其本质吗？我又有什么必要到葡萄牙去呢？

经营驻地的女主人会告诉我当地人为了把英国人赶出去而进行的斗争。我们对我午饭吃什么和第二天晚饭吃什么会有一致的意见。写作了一天之后，我会在茶园里起伏的山岗上散步。

不幸的是，小说结巴了一阵，咳嗽了几声，便一命呜呼了。那是发生在梅特兰的事，那里离孟买不远，是一处很小的山间驻地，有猴子，但没有茶园。这是未来作家特有的苦恼。你的主题很好，句子也不错。你的人物如此栩栩如生，几乎需要出生证明。你为他们铺排的情节既宏大又简单，扣人心弦。你做了调查，搜集了事实——有关历史、社会、气候、烹饪等方面的事实，这些会让你的故事具有真实感。对话流畅，充满了紧张。描写充满了华丽的辞藻、鲜明的对比和有力的细节。真的，你的故事不可能不了不起。但是所有这些都无济于事。尽管故事有着显而易见的光明前途，却有那么一刻，你意识到你脑后那个不断缠绕着你的低语声说的是明白无误的可怕事实：这没有用。故事缺少某种因素，即无论有关历史或食物的事实是否正确，都会让一个真正的故事具有生气的那种活力。你的故事在情感上毫无生机，这就是关键所在。这一发现令人沮丧，我告诉你。它让你产生一种令人痛苦的渴望。

我把那本失败的小说的笔记从梅特兰寄了出去，寄往西伯利亚一个虚构的地址，回信地址是玻利维亚一个虚构的地方。邮局的工作人员在信封上盖上邮戳，把信扔进分拣箱后，我闷闷不乐、灰心丧气地坐了下来。“现在做什么呢，托尔斯泰？你对自己的生活还有什么其他好主意？”我问自己。

嗯，我还有一点点钱，我仍然感到焦躁不安。我站起来，走出邮局，去探索印度南部。

对那些询问我职业的人，我想说：“我是个医生。”因为医生是具有魔力、能够带来奇迹的人。但是我敢肯定下一个拐弯处会发生车祸，当所有人都看着我的时候，我就得在受害者的哭泣声和呻吟声中解释，说其实我是律师；然后，当他们恳求我为这次不幸事故起诉政府的时候，我就得承认说其实我只有哲学学士学位；接着，当人们大声问我这样的流血悲剧有什么意义的时候，我就得承认我几乎没读过克尔凯郭尔的作品，等等。我坚守着卑微而脆弱的真实。

在这一过程中，不时有人对我的职业作出反应："作家？是吗？我有一个故事要告诉你。"大多数时候，这些故事只是一些轶事，缺乏生气也缺乏活力。

我来到了本地治里镇，那是一座直辖区自治小镇，位于马德拉斯南部，在泰米尔纳德沿海地区。无论从人口还是从面积来看，本地治里都是印度的一个微不足道的组成部分——相比之下，爱德华王子岛是加拿大的一个巨大的组成部分——但是历史却将它与印度分离开来，因为本地治里曾经是那个最小的殖民帝国——法属印度——的首都。法国人很想与英国人竞争，非常想，但是他们唯一取得的只有几座小港口的主权。他们在这些港口坚守了大约三百年。1954年，他们离开本地治里，留下漂亮的白色楼房，垂直交叉的宽阔街道，诸如海运大街和圣路易大街之类的街名，还有对警察戴的帽子的叫法——凯皮[1]。

我当时正在尼赫鲁大街的"印度咖啡馆"。咖啡馆只有一间大房间，墙壁是绿色的，天花板很高。风扇在你头顶旋转着，好让温暖潮湿的空气流动起来。房间里放满了并排摆放的长方桌，每张桌边放着四把椅子。哪儿有空座位你就坐在哪儿，不管桌前坐的是什么人。那里的咖啡不错，还有法国

---

1 原文为法语，意为"法国军帽"。

烤面包片卖。客人很容易相互交谈。于是，一位满头蓬乱的银发、双眼炯炯有神的活跃的老人和我聊了起来。我向他证实加拿大很冷，这个国家的确有几个地区说法语，我很喜欢印度，等等等等——友好好奇的印度人和背包徒步旅行的外国人之间轻松随意的交谈。他听我说我干的是哪一行的时候睁大了眼睛，点了点头。我该走了。我抬起手，想让侍者看见我，让他把账单拿来。

这时老人说："我有一个故事，它能让你相信上帝。"

我停止了招手，但是我很怀疑。是耶和华见证人在敲我的门吗？"你的故事是不是发生在两千年前罗马帝国一个偏僻的角落？"我问。

"不是。"

他是个伊斯兰教的狂热鼓吹者吗？"是不是发生在7世纪的阿拉伯半岛？"

"不，不是的。几年前故事就在这儿，在本地治里开始，而且，我很高兴地告诉你，就在你来自的那个国家结束。"

"而这个故事能让我相信上帝？"

"是的。"

"这个要求过高了。"

"没那么高，你能达到。"

侍者来了。我犹豫了片刻，然后要了两杯咖啡。我们互相做了自我介绍。他叫弗朗西斯·阿迪鲁巴萨米。"请把你的故事讲给我听吧。"我说。

"你一定要认真听。"他回答。

"我会的。"我拿出了钢笔和笔记本。

"告诉我，你去过植物园吗？"他问。

"昨天刚去过。"

"你注意到小型火车轨道了吗？"

"是的，我注意到了。"

"星期天仍然有火车开，是给孩子们玩的。但是以前火车每天都开，每小时开两次。你注意到站名了吗？"

"有一站叫玫瑰谷，就在玫瑰园旁边。"

"是的。另一站呢？"

"我不记得了。"

"站牌已经被拿下来了。另一站以前叫动物园城。小型火车停两站：玫瑰谷和动物园城。从前，本地治里植物园里有一座动物园。"

他接着说下去。我把故事的主要部分记了下来。"你一定要和他谈谈。"他说，他指的是故事的主人公。"我非常非常了解他。他现在已经是成人了。你一定要问他所有你想问的问题。"

后来，在多伦多，在电话号码簿里九排姓帕特尔的人名中，我找到了他，那个主人公。在拨他的电话号码时，我的心怦怦直跳。接电话的人的加拿大口音里带有一种轻快的印度腔调，尽管不明显，但肯定有，就像空气中香烟的痕迹。"那是很久以前的事了。"他说。但是他同意和我见一面。我们见了很多次面。他给我看了事情发生的过程中他记的日记。他给我看了使他出名的发黄的剪报，但这名气很快便被人们遗忘了。他对我说了他的故事。我一直在记笔记。大约一年以后，在克服了很多困难之后，我收到了日本运输部寄来的一盒磁带和一份报告。就在听磁带的时候，我接受了阿迪鲁巴萨米的观点，这的确是一个能让你相信上帝的故事。

自然，帕特尔先生的故事应该以第一人称叙述，通过他的声音讲述，通过他的眼睛观察。但是，如果故事里有任何不精确之处，或是任何错误，责任都在我。

我要感谢几个人。我最应该感激的是帕特尔先生。我对他的感激就像太平洋的海水一样无边无际，我希望我的叙述不会令他失望。我要感谢让我开始写这个故事的阿迪鲁巴萨米先生。我要感谢帮助我完成这个故事的三位具有模范职业精神的官员，他们是日本驻渥太华大使馆的太田一彦先生、小井科船运公司的渡边宏先生，特别是日本运输部现已退休的冈本友广先生。我要感谢莫西尔·斯克里尔先生让故事有了活力。最后，我要衷心感谢加拿大艺术委员会这个了不起的机构，没有它的资助，我不可能完成这个和1939年的葡萄牙毫无关系的故事。如果我们——市民们，不支持我们的艺术家们，那么我们就会在不加修饰的真实的祭坛上牺牲掉我们的想象力，最终我们就会没有任何信仰，我们的梦想就会变得毫无价值。

PART ONE

多伦多与本地治里

1

痛苦令我忧伤又沮丧。

学术研究和坚持不懈、全心全意的宗教修行渐渐使我恢复了生气。某些人可能会认为我的宗教行为很古怪，但我一直在坚持。上了一年高中以后，我进了多伦多大学，拿到了双学士学位。我学的专业是宗教学和动物学。我的宗教学毕业论文与伊萨克·卢里亚的宇宙起源理论的几个方面有关，卢里亚是16世纪萨法德伟大的犹太教神秘哲学家。我的动物学毕业论文写的是对三趾树懒的甲状腺功能的分析。我决定写树懒是因为它镇定自若，温文尔雅，喜欢自省——这样的行为抚慰了心烦意乱的我。

树懒有两趾的也有三趾的，究竟是哪一种情况要取决于它们的前爪，因为所有树懒的后爪都有三趾。有一年夏天，我非常幸运，有机会在巴西的赤道丛林里研究生活在原产地的三趾树懒。这是一种非常令人感兴趣的动物。它唯一真正的习惯就是懒散。它平均每天睡眠或休息20个小时。我们小组研究了五只野生三趾树懒的睡眠习惯。傍晚，它们入睡后，我们在它们的头顶放上鲜红色的塑料盘子，盘子里盛满了水。第二天上午，盘子仍在原处，水里挤满了昆虫。日落时分是树懒最忙碌的时候，这里的“忙碌”是一种最轻松的意义上的忙碌。它以每小时400米的速度，以特有的头朝下的姿势在树干上移动。在地面上，受到刺激时，它会以每小时250米的速度爬向旁边一棵树，这比猎豹受刺激时的奔跑速度慢440倍。在没有刺激的情况下，它每小时只能挪动4至5米。

三趾树懒对外部世界的了解不多。用标有2到10九个分值的量表（2代表极端迟钝，10代表极度敏锐）衡量树懒的官能，毕比（1926）给它的味觉、触觉、视觉和听觉打2分，嗅觉打3分。如果你在野外看见一只熟睡的三趾树懒，轻轻推它两三下就能把它弄醒；然后，它会睡眼惺忪地四处张望，但就是不朝你望。为什么它会四处张望，这一点我还不能确定，因为在树懒眼里，就像在高度近视却又没戴眼镜的人眼里一样，一切都一片模糊。至于听觉，树懒并不聋，只是它对声音不感兴趣。根据毕比的报告，在正在睡觉或吃东西的树懒身边开枪也不会引起它什么反应。树懒的嗅觉稍微灵敏一些，但也不能过高估计。据说它们能够闻出腐朽的树干在哪里并避开，但是根据布洛克的报告（1968），树懒“常常”因为抓住腐朽的树干而掉到地上。

那么它怎么生存呢，也许你会问。

就靠行动迟缓而生存。它总是睡意蒙眬，懒懒散散，这使它远离伤害，躲开美洲豹、豹猫、热带大雕和森蚺的注意。树懒的毛下面寄生着藻类，干季是棕色的，湿季是绿色的，因此它与周围环境中的苔藓和树叶融为一体，看上去像一窝白蚁或一窝松鼠，或者就像树的一部分。

三趾树懒是素食主义者，生活和平，与环境十分和谐。"它嘴上总是挂着和善的微笑。"蒂勒报告说（1966）。我亲眼看见了那种微笑。我不喜欢将人类的特征和感情投射到动物身上，但是在巴西的那一个月里，有很多次，当我抬头看着憩息的树懒时，感到自己面对的是头朝下陷入深深沉思的瑜伽修行者，或是虔心祈祷的隐士，这些智者充满想象的生活是我无法通过科学探索所能了解的。

有时候我把两个专业混淆起来了。我的几个宗教学专业的同学——那些本末倒置的不可知论者，他们被理性所束缚，而在这些聪明人眼里有着黄金般价值的理性其实只是黄铁矿——让我想起了三趾树懒；而三趾树懒，这一生命奇迹的如此出色的例证，让我想起了上帝。

我和我的科学家同行之间从来没有什么问题。科学家是一群待人友善、不信神灵、工作努力、爱喝啤酒的人，他们的脑子在不想着科学的时候，就想着性、国际象棋和棒球。

我是一个出色的学生，如果我可以自己这么说的话。我在圣迈克尔学院连续四年名列前茅。我在动物学系拿到了所有学生奖。我在宗教学系没有拿到奖，这只是因为这个系不设学生奖（我们都知道宗教研究的奖赏不掌握在凡人手里）。要不是因为一个脖子粗得像树干，脾气好得让人受不了，因为吃牛肉而面色红润的小伙子，我就拿到总督学术奖章了，这是多伦多大学颁给本科生的最高奖，很多杰出的加拿大人都得过这个奖。

我仍然因为这次受冷落而感到有点儿难过。当你在生活中经历了很多痛苦折磨之后，每一次新的痛苦都既令人无法忍受又让人感到微不足道。我的生命就像欧洲艺术中使人想到死亡的绘画：我身边总有一个龇牙咧嘴的骷髅，提醒我人类的野心是多么愚蠢。我嘲笑这个骷髅。我看着它，说："你找错人了。也许你不相信生命，而我却不相信死亡。走开！"骷髅窃笑一声，靠得更近了。但这并不让我感到惊讶。死亡如此紧紧地跟随着生命，并不是因为生理需要，而是因为嫉妒。生命太美了，死亡爱上了它，这是一种充满了嫉妒心和占有欲的爱，它紧紧抓住所能抓到的一切。但是生命轻盈地跃过死亡，只失去了一两样不重要的东西。沮丧只是云朵飘过时投下的阴影，很快便消失了。那个面色红润的小伙子也得到了罗兹奖学金评选委员会的首肯。我爱他，我希望他在牛津能有丰富的经历。如果财富女神吉祥天女[1]有一天对我大加垂青，那么牛津是我转到来世之前想去的第五座城市，前四座是麦加、瓦拉纳西、耶路撒冷和巴黎。

对于我的上班生活，我没什么好说的，我只想说领带就是一个套索，虽然是倒过来的，但还是能吊死人，如果他不小心的话。

我爱加拿大。我想念印度炎热的天气，那里的食物，墙上

---

1 吉祥天女，又称"室利"，毗湿奴之妻，主财富和吉祥。

的四脚蛇，银幕上的音乐剧，大街上闲逛的牛群，呱呱叫的乌鸦，甚至关于斗蟋蟀的闲话，但是我爱加拿大。这是一个伟大的国家，这里太冷了，让人无法拥有良好的判断力，住在这里的人富有同情心，头脑聪明，留着糟糕的发型。不管怎样，本地治里已经没有什么可以让我回家的东西了。

理查德·帕克仍然和我在一起。我一直没有忘记他。我敢说自己想他吗？我敢这么说。我想他。我仍然在梦里见到他。大多是噩梦，但却是带着爱的气息的噩梦。这就是人心的奇怪之处。我仍然无法理解他怎么能如此随便地抛下我，不用任何方式说再见，甚至不回头看一眼。那种痛就像一把利斧在砍我的心。

墨西哥医院里的医生护士们对我好极了。病人也是。癌症病人或是因车祸受伤的人一旦听说我的故事，就一瘸一拐地走过来，或是摇着轮椅过来看我，他们的家人也来了，尽管他们都不会说英语，而我也不会说西班牙语。他们对我笑，握我的手，拍我的头，把送给我的食物和衣服放在我床上。他们令我感动得无法控制自己，爆发出一阵阵大笑、一阵阵大哭。

几天后我就能站起来了，甚至能走上两三步，尽管我仍感到恶心、头晕、浑身乏力。验血结果表明我贫血，钠水平非常高，而钾水平却很低。我的体内有积液，腿肿得厉害。我看上去就像被移植了一双大象腿。我的小便是接近棕色的很深的暗黄色。大约一个星期以后，我能正常走动了，而且还能穿上鞋，如果不系鞋带的话。我皮肤上的伤痊愈了，但肩上和背上还有疤。

我第一次拧开水龙头的时候，哗哗哗喷涌而出的大量的水让我吓了一大跳，我变得慌乱起来，两腿一软，晕在了护士怀里。

我第一次去加拿大的一家印度餐馆，是用手指拿东西吃的。侍者用批评的眼光看着我说："你是刚下船的吧？"我的脸色变得苍白。一秒钟之前我的手指还是先于嘴巴品尝食物的味蕾，现在在他的注视下却变得肮脏不堪，像罪犯被逮个正着一样僵住了。我不敢去舔手指。我带着负罪感在餐巾上擦了擦手。他不知道这句话伤我有多深。一个个字就像一枚枚钉子钉进我的肉里。我拿起刀叉。我以前几乎从来没有用过这些器具。我的双手在颤抖。浓味小扁豆肉汤变得索然无味。

2

他住在斯卡伯勒。他身材矮小、瘦削——只有5英尺5英寸高。黑头发，黑眼睛。两鬓的头发已经开始发白了。年龄不会超过40岁。脸色是讨喜的咖啡色。正是温暖的秋天，他却穿了一件冬天穿的带镶毛边风帽的毛皮风雪大衣走去吃饭。表情丰富的脸。说话很快，边说话边轻快地挥动着双手。没有闲聊。他精力充沛地开始了。

3

我的名字是根据一座游泳池的名字取的。这很奇怪，因为我父母从来不喜欢水。父亲最早的商业伙伴之一是弗朗西斯·阿迪鲁巴萨米。他成了我们家的好朋友。我叫他玛玛吉。

“玛玛”在泰米尔语里是“叔叔”的意思，“吉”是一个后缀，在印度表示尊敬和喜爱。早在我出生之前，在玛玛吉还是个年轻人的时候，他是个很有实力的游泳冠军，是整个印度南部的冠军。他一辈子看上去都像个冠军的样子。我哥哥拉维有一次告诉我说，玛玛吉出生时，他不愿意呼吸空气，于是，为了救他的命，医生不得不抓住他的两条腿，把他提起来，头朝下转了一圈又一圈。

“这一招真管用！”拉维说，同时一只手在头顶上飞快地绕着圈。“他把水咳了出来，开始呼吸空气，但这把他所有的肌肉和血液都挤压到了上半身。所以他的胸脯才这么厚实，而他的腿却那么细。”

我信了他。（拉维取笑起人来毫不留情。他第一次当着我的面叫玛玛吉“鱼先生”的时候，我在他床上放了一块香蕉皮。）甚至到了六十几岁，玛玛吉的背已经有些驼了，一辈子不断起作用的反科学的重力已经开始将他的肌肉往下拉，这时他仍然每天早晨在奥罗宾多静修处的游泳池游十五个来回。

他试图教我父母游泳，但他们最多只能在沙滩上走进齐膝深的水里，用胳膊可笑地划着圆圈。如果他们在练习蛙泳，那动作就会让他们看上去好像在走过一片丛林，边走边分开前面高高的草；如果他们在练习自由泳，那动作就会让他们看上去好像正跑下一座山坡，边跑边挥动着手臂，以防止跌倒。拉维对游泳同样没什么热情。

玛玛吉不得不等到我来到这个家里，好找到一个愿意追随他的人。在我达到游泳年龄的那一天——让妈妈感到苦恼的是，玛玛吉说能够游泳的年龄是七岁——他带我到海滩去，面

对大海伸开双臂，说："这是我送给你的礼物。"

"然后他差点儿把你给淹死。"妈妈说。

我一直忠实于我的水上古鲁[1]。在他的注视下，我躺在沙滩上，拍打着双腿，在沙子上划着，每划一下就转过头来呼吸。我看上去一定像一个孩子在用慢动作以古怪的姿势发脾气。在水里，他把我托在水面上，我尽力地游。这比在岸上困难多了。但是玛玛吉很有耐心，而且不断鼓励我。

当他感到我已经有了足够的进步时，我们便不再大笑大叫，跑进海里，溅起浪花，而是离开了蓝绿色的海浪和冒着泡沫的激流，去了有着规则的长方形状和正式的浅水池（并且需要付钱才能进去）的静修处的游泳池。

---

1 古鲁，指印度教、锡克教的宗教教师或领袖。这里指导师、指导者。

整个童年，我每星期都和他到那里去三次，这成了每星期一、星期三和星期五一大早的老规矩，每次都游极有规律的漂亮的自由泳。我清晰地记得这位站在我身边脱光了衣服的庄重的老人，他一件一件地把所有衣服都脱了下来，他的身体渐渐显露出来，只是在最后，他稍稍转过身子的动作，和他那条运动员穿的漂亮的进口游泳裤挽回了他的体面。他笔直地站着，已经准备好了。这一切仿佛史诗一般简洁。游泳指导，以及后来的游泳实践，能把人累垮，但是能够越来越轻松、越来越快地做一个游泳动作，一遍又一遍地做，直到这几乎成了一种催眠，水从铅铸般沉重，变得液体般轻盈，这能给我带来深深的快乐。

我响应有力的海浪的召唤，独自一人回到大海。海浪哗啦啦打下来，谦恭的细碎的浪花追逐着我，像温柔的套索，套住了心甘情愿的印度男孩。这在让我快乐的同时又让我感到负疚。

有一次玛玛吉过生日时，我送给他一件礼物。那时我一定是十三岁左右。礼物是用蝶泳游了一个来回。游完后我太累了，几乎连向他挥挥手的力气都没有了。

除了去游泳，我们还谈论游泳。父亲喜欢的是谈论游泳。他越是不愿意真的去游泳，就越是对游泳充满了幻想。休假时他谈论关于游泳的所有知识，工作时他便谈论经营一座动物园。水里没有河马比有河马好对付多了。

玛玛吉在巴黎学习过两年，多亏了殖民地政府。他一生中从没有像在巴黎那么快乐过。那是20世纪30年代早期，当时法国人还在试图使本地治里成为高卢人的地方，而英国人正在试图使印度其他地方成为大不列颠的地盘。我想不起来玛玛吉具体学的是什么了。我想是与商业有关的什么专业吧。他很会讲故事，却忘记了自己学的是什么，也忘记了埃菲尔铁塔、卢浮宫或香榭丽舍大道上的咖啡馆。他所说的所有事情都与游泳池和游泳比赛有关。例如，巴黎有一座德利尼游泳池，是这座城市最古老的游泳池，建于1796年，是停泊在凯道赛的一艘露天平底船，也是1900年奥林匹克运动会游泳比赛的场地。但这两个年代都不被国际游泳联合会承认，因为这座游泳池的长度比标准游泳池长六米。池里的水直接来自塞纳河，没有经过过滤，也没有经过加热。“这座游泳池又冷又脏。”玛玛吉说，“水在流进游泳池里之前从整个巴黎流过，已经够臭的了，池里的人更是把水弄得恶心极了。”他仿佛在和我们计划阴谋一般，低声用令人震惊的细节证明自己的说法，向我们保证说法国人的个人卫生水平很差。“德利尼已经够糟的了。皇家浴场更糟，那简直是塞纳河上的一座公共厕所。他们至少还从德利尼里把死鱼捞出来。”尽管如此，奥林匹克游泳池就是奥林匹克游泳池，它有着不朽的光荣。尽管这是座污水池，玛玛吉在谈到它时，脸上还是带着深情的微笑。

朗东城堡、鲁韦或是加勒大道的游泳池要好多了。这些游泳池都是室内的，有屋顶，建在陆地上，全年开放。池水经过附近工厂的蒸汽机的冷凝处理，因此干净多了，也温暖多了。但是这些游泳池仍然有些脏，而且往往很拥挤。“水里漂了太多的唾液和一团团黏黏糊糊的东西，我以为自己是从水母群中间游过呢。”玛玛吉咯咯笑着说。

埃贝尔、勒德律—罗兰和鹌鹑坡游泳池是明亮宽敞的现代化游泳池，池水来自自流井。它们是优秀城市游泳池的楷模。当然，还有图埃尔游泳池，这座城市的另一座奥林匹克游泳池，于1924年第二次巴黎运动会时启用。还有其他游泳池，很多很多。

但是在玛玛吉的眼里，没有哪一座游泳池能够比得上莫利托游泳池。它是巴黎乃至整个文明世界的水上运动场的最高光荣。

“神仙也会喜欢在里面游泳的。莫利托有全巴黎最好的竞技游泳俱乐部。它包括两座池子，一座室内的，一座室外的。两座池子大得像两小片海。室内池总是为想游来回的人留下两条泳道。池水那么干净、那么清澈，简直可以用来煮早晨的咖啡。游泳池周围两层楼上是蓝白相间的木板更衣室。你可以俯瞰每一个人和每一件东西。用粉笔在更衣室门上画上有人标记的杂工是些瘸腿的老人，脾气暴躁，却很友好。无论多大的叫声，无论什么样的傻话，都不会让他们生气。淋浴时，热水从莲蓬头哗哗地冲出来，真舒服。还有一间蒸汽房和一间健身房。室外池在冬天就成了溜冰场。还有一间酒吧、一间咖啡馆、一个大日光浴平台，甚至还有两处小沙滩，沙滩上是真正的沙子。每一片瓷砖、每一个铜件、每一块木头，都闪闪发光。它是——它是……”

这是唯一一座让玛玛吉沉默的游泳池，记忆中他在那里游过的来回太多了，说也说不完。

玛玛吉在回忆，父亲在梦想。

于是，当我来到这个世界，在拉维出生三年之后，成为家里最后添的一个受欢迎的孩子时，我有了这样一个名字：派西尼[1]·莫利托·帕特尔。

4

我们古老美好的祖国刚刚度过共和国七岁生日就因为又增加了一小块疆域而变得更加辽阔了。本地治里于1954年11月1日加入了印度联邦。一项城市建设成就带来了另一项成就。本地治里植物园的一块场地可以用来发展令人兴奋的商机，租金全免，于是——你瞧——印度有了崭新的动物园，完全按照最现代、最符合生物学原理的标准设计和管理。

那是一座巨大的动物园，占地无数公顷，大到需要乘火车探索，尽管随着我年龄的增长，它渐渐变小了，火车也变小了。现在它已经太小了，只存在于我的脑海里。你得想象一个炎热潮湿的地方，洒满了阳光，到处是鲜艳的色彩。五颜六色的鲜花争相开放，四季不断。那里有茂盛的乔木、灌木和攀缘植物——菩提树、火焰树、凤凰木、红色丝光木棉、蓝花楹、芒果树、木菠萝和很多其他植物，要不是这些植物脚下有简明的标签，你是不会认识它们的。园里有长凳。你能看见有人在长凳上睡觉，舒展着身子，或者有一对对情侣坐在长凳上，年轻的情侣，害羞地偷偷瞟对方一眼，手在空中挥动着，碰巧碰到了对方的手。突然，你看到在前面几株又高又细的树之间有两头长颈鹿正静静地观察你。这可不是最后一幅让你惊讶的景象。紧接着你被一大群猴子突然发出的愤怒叫声吓了一跳，而

1 派西尼：Piscine，法语“游泳池”的意思。

这声音又被陌生鸟类的尖声鸣叫压了下去。你来到一道旋转栅栏门前。你心不在焉地付了一小笔钱。你继续往前走。你看到一堵矮墙。你能指望在矮墙后面看到什么呢？肯定不是里面有两头庞大的印度犀牛的浅坑。但你发现的就是这个。当你转过头去时，你看见了一直在那儿的大象，它太大了，刚才你都没注意到它。你意识到浮在池水里的是河马。你看得越多，看到的便越多。你现在是在动物园城里！

在搬到本地治里之前，父亲在马德拉斯经营一家旅馆。对动物的持久兴趣使他转向了经营动物园这一行。也许你认为从经营旅馆到经营动物园是一个自然的转变。并非如此。在很多方面，经营动物园都是旅馆经营者最糟糕的噩梦。想想吧：客人从不离开自己的房间；它们不仅需要住处，而且需要全食宿；它们不停地接待客人，其中有些客人吵吵嚷嚷，不守规矩。你得等到它们到所谓的阳台上散步时才能打扫房间，然后得等到它们对外面的景色感到厌烦了，回到房间时，才能打扫阳台；有很多清扫工作要做，因为这些客人就像醉鬼一样不讲卫生。每一位客人都对自己的饮食十分挑剔，不停地抱怨菜上得太慢，而且从来、从来不给小费。坦白地说，有很多客人性行为异常，不是可怕地压抑，易于爆发疯狂的淫乱，就是公开地堕落，无论是哪一种情况，它们都经常以极端肆无忌惮的自由性行为和乱伦行为冒犯管理者。你会欢迎这样的客人到你的酒店去吗？本地治里动物园给桑托什·帕特尔先生——动物园创建人、拥有者、园长、53名员工的头和我的父亲——带来了些许快乐和许多令人头疼的麻烦。

对我来说，那里是人间天堂。在动物园长大的经历给我留下了最美好的回忆。我生活得像一位王子。哪一位土邦主的儿子有如此广阔的郁郁葱葱的场地可以玩耍？哪一座宫殿有如此多的野生动物？我童年时代的闹钟是一群狮子。它们不是瑞士钟，但是每天早晨五点半到六点之间它们一定会大声吼叫。早餐被吼猴、鹩哥和摩鹿加群岛凤头鹦鹉的尖声鸣叫和大声叫喊打断。我离家去上学时，和蔼地注视着我的不仅有母亲，还有眼睛亮晶晶的水獭，高大结实的美洲野牛和伸着懒腰、打着哈欠的猩猩。我从几棵树下跑过时得抬起头来，否则孔雀就可能排泄在我身上。最好从栖息着大群狐蝠的树下走过；一大清早，那里唯一的攻击就是蝙蝠刺耳的吱吱吱叽叽叽的叫声。在出去的路上，我也许会在陆栖小动物饲养箱旁边停下来，看看那些有着明亮光泽的青蛙，闪着非常、非常鲜艳的绿色，或是黄色和深蓝色，或是棕色和淡绿色。或者，也许吸引了我的注意力的是鸟儿：粉红色鹳鸟或是黑天鹅或是有一只肉垂的食火鸡，或是小一些的鸟，银色钻石鸠、好望角彩椋、桃红色脸的情侣鹦鹉、黑冠锥尾鹦鹉、橘黄色胸脯的长尾小鹦鹉。大象、海豹、大型猫科动物或熊不大可能已经起来活动了，但是狒狒、猕猴、白眉猴、长臂猿、鹿、貘、美洲驼、长颈鹿和獴都起得早。每天早晨，在走出大门之前，我都会有一个既平常又难忘的印象：海龟堆得像一座金字塔；山魈口鼻的颜色仿佛一道彩虹；长颈鹿威严地沉默着；河马张开肥肥的黄色的嘴；金刚鹦鹉嘴脚并用地在爬金属丝围栏；鲸头鹳拍打着长嘴，仿佛在向人问好；骆驼脸上一副老态龙钟的好色的表情。所有这些财富都是我在匆匆忙忙去学校的时候迅速拥有的。放学后我才从容地发现，大象搜你的衣服，友好地希望找到里面藏着的坚果，或者猩猩在你的头发里翻找虱蝇做零食，发现你的脑袋是个空空如也的食品室时失望地呼哧呼哧直喘气，这是一种什么样的感觉。我真希望自己能够传达海豹滑进水里或蛛猴从一个地方荡到另一个地方或狮子仅仅转过头那一瞬间的动作的完美。但是语言在这里无能为力。如果你想感受这一切，最好在心里想象。

在动物园里和在大自然中一样，观赏动物的最佳时机是日出和日落的时候。那时大多数动物都活跃起来。它们起身离开栖息处，悄悄来到水边。它们展示自己的服饰。它们放声歌唱。它们互相面对，举行仪式。善于观察的眼睛和善于倾听的耳朵得到的回报是巨大的。我数不清自己花了多少个小时，静静地观看这些给我们的行星增光的非常别具一格的多种多样的生命形式。这一切是如此地鲜艳、响亮、神秘又优美，让人丧失了所有的知觉。

我所听到的关于动物园的荒唐说法与关于上帝和宗教的荒唐说法一样多。好心但有误解的人们以为生活在野生环境下的动物是“快乐的”，因为它们是“自由的”。这些人通常想到的是大型的漂亮的食肉动物，例如狮子或猎豹（很少有人会抬举牛羚或土豚的生活）。他们想象这只野生动物在吃了虔诚地接受自己命运的猎物之后，在热带稀树草原上闲逛，散步消食，或者在吃得过多之后去跑步健美，以保持苗条身材。他们想象这只动物骄傲而温柔地照顾自己的后代，全家在树枝上观赏日落，发出快乐的叹息。他们想象野生动物的生活简单、高贵、充满意义。后来它被邪恶的人捉住了，扔进了狭小的监牢。它的“快乐”被击得粉碎。它深深地渴望“自由”，用尽一切方法逃跑。由于被剥夺“自由”的时间太久了，这只动物成了自己的影子，它的精神垮了。有些人就是这么想象的。

事情并不是这样。

野生环境中的动物生活在一个有很多恐惧却只有很少食物，需要不断保卫地盘，只能永远忍受寄生虫的环境中。在一个无情的等级严格的群体中，它们所做的一切完全是出于必要，被迫如此。在这样的情况下，自由的意义何在？实际上，野生环境中的动物无论在空间上、时间上，还是在个体关系上都不自由。在理论上——也就是说，作为一种简单的实际可能性——动物可以收拾东西离开，藐视它这个物种认为合适的一切群体准则和界限。但是这样的事情比在我们人类成员身上更不可能发生，比如一个有着所有常见的联系——与家庭、朋友、社会的联系——的店主，他不可能丢下一切，只带着口袋里的零钱和身上的衣服就从自己的生活里走开。如果一个人，最大胆、最聪明的生物，不可能从一个地方游荡到另一个地方，所有人都不认识他，他也不依赖于任何人，那么为什么性情保守得多的动物会这么做呢？动物就是如此，保守，甚至可以说极端保守。最微小的变化也会让它们心烦意乱。它们希望一天又一天，一月又一月，事物丝毫不变。意外的事物令它们十分不快。你在它们的空间关系上能看到这一点。无论是在动物园里还是在野生环境中，动物在它的空间里的居住方式和棋子在棋盘上移动的方式一样——意味深长。一条蜥蜴或一头熊或一只鹿所在的位置不比棋盘上的马所在的位置有更多的巧合，或更多的“自由”。两者的位置都说明了方式和目的。在野生环境中，一季又一季，动物因为同样迫切的原因，每次都走同样的小路。在动物园里，如果一只动物没有在惯常的时间以固定的姿势出现在平常的地点，那么这就说明有问题了。也许这只是对环境中一个微小变化的反应。饲养员留在外面的卷起来的水管让它感到了威胁。一个水坑刚刚形成，让它感到紧张。一架梯子投下了阴影。但是这也可能说明更多的问题。最糟糕的是，这可能是动物园园长最担忧的：这是一个症状，是麻烦即将来临的预告，是检查粪便、盘问饲养员、召来兽医的原因。所有这一切都是因为一只鹳没有站在它平常站的地方！

但是让我花一点儿时间只对这个问题的一个方面继续进行阐述吧。

如果你到一户人家去，把前门踢开，把住在里面的人赶到大街上去，说："去吧！你们自由了！像小鸟一样自由！去吧！去吧！"你以为他们会高兴得又叫又跳吗？他们不会。小鸟并不自由。你刚刚赶走的人会气急败坏地说："你有什么权力把我们扔出去？这是我们的家。我们是这里的主人。我们在这儿住了很多年了。我们这就叫警察，你这个流氓。"

我们不是说"金窝银窝，不如自己的穷窝"吗？动物肯定就是这么感觉的。动物的地盘意识很强。这是它们大脑的关键所在。只有熟悉的地盘才能让它们完成野生环境中两件需要不断去做的极其重要的事情：躲避敌人以及获取食物和水。符合生物学原理的动物园里的场地——无论是笼子、兽栏、四周有深沟的小岛、围栏、陆栖小动物饲养箱、大型鸟舍还是水族馆——只是另一个地盘，只不过大小和与人类地盘的靠近程度有所不同。这个地盘比大自然中的地盘小得多，这是合情合理的。野生环境中的地盘很大，这不是出于喜好，而是出于必要。在动物园里，我们为动物所做的就是我们在家里为自己所做的一切：我们把在野生环境中分散在各处的东西集中到一个小地方来。以前洞穴在这里，小河在那边，狩猎场在一英里以外，瞭望台在狩猎场旁边，浆果还在别的地方——所有这些都要受到狮子、蛇、蚂蚁、水蛭和毒藤蔓的侵扰——而现在河水从近在手边的龙头里流出来，我们可以在睡觉的地方旁边洗澡，我们可以在烧饭的地方吃饭，我们可以把所有这些起保护作用的墙围起来，让里面保持干净和温暖。一座房子就是一个缩小了的地盘，在那里，我们的基本需要可以在附近安全地得到满足。一座合理的动物园就相当于动物的房子（值得注意的是这里没有每一处人类住所都有的火炉或类似的东西）。动物发现这里有它需要的所有地方——瞭望台，休息、进食、饮水、洗澡、梳毛的地方，等等——而且发现不必去捕猎，一星期六天都会有食物出现，它便会像在野生环境中将一个新地方据为己有一样占据它在动物园里的地方，仔细察看这个地方，用它这个物种常用的方式，也许是撒尿，把这个地方划归己有。一旦完成了这个乔迁仪式，安顿了下来，动物便不会感觉自己像紧张的房客，更不会感觉自己像囚徒，而会感到自己是土地的拥有者，它会像在野生环境中的地盘上一样在它自己的场地上活动，包括在地盘受到侵犯时竭尽全力地保卫它。从主观上看，对于一只动物来说，这样的场地不比野生环境中的条件好，也不比野生环境中的条件差；只要能满足动物的需要，无论是自然的还是人造的地盘都仅仅是一个客观情况，一个已知事实，就像豹子身上的斑点。你甚至可以说，如果动物能凭智慧作出判断，它一定会选择住在动物园里，因为动物园和野生环境的主要区别在于，前者没有寄生虫和敌人，有充足的食物，而后者却有很多寄生虫和敌人，还缺少食物。你自己想想吧。你是愿意住在豪华旅馆里，享受免费客房服务，可以随便看医生，还是愿意无家可归，没有一个照顾你的人？但是动物没有这样的识别能力。它们在自己本性的范围内，靠自己有的东西凑合着过。

一座好动物园是一个充满了细心设计的巧合的地方：就在动物用尿或其他分泌物对我们说“别进来”的地方，我们用障碍物对它说：“别出来！”在这样的和平外交条件下，所有动物都很满意，我们也可以放松自己，互相看看了。

文献里可以找到很多动物能逃跑但没有逃，或者逃跑了又回来的例子。有这样一个例子，一只黑猩猩的笼门没有上锁，门开了。黑猩猩越来越焦虑，它开始尖声叫喊，一次又一次猛地把门关上。每次都发出震耳欲聋的当当声。最后饲养员被一位游客提醒，急忙去采取了补救措施。一座欧洲动物园里的一群狍在大门开着的时候走出了围栏。因为受了游客的惊吓，它们逃进了附近的森林。那里有一群野生狍，还可以养活更多的狍。尽管如此，动物园里的狍还是很快回到了围栏里。在另一座动物园里，一个工人大清早扛着木板正朝工作地点走去，他惊恐地发现清晨的薄雾中出现了一头熊，正迈着自信的步子径直朝他走来。那个人丢下木板逃命去了。动物园的工作人员立即开始寻找逃跑的熊。他们发现它回到了围栏里，它是像爬出去时那样从一棵倒下的树上爬进去的。有人认为是木板掉在地上的声音让它受了惊吓。

但是我不想坚持。我并不是要为动物园辩护。要是你愿意，你可以把所有动物园都关闭（让我们希望仅剩的野生动物能在仅剩的自然环境中生存下去吧）。我知道动物园已经不被人们喜欢。宗教面临着同样的问题。关于自由的某些错误观念使两者都遭了殃。

本地治里动物园已经不再存在。它的兽栏已经被填平，笼子已经被拆掉。我现在要去四处走走看看，只能在它存在的唯一地方，在我的记忆里。

5

我有了名字，可是关于我的名字的故事并没有结束。如果你叫鲍勃，没有人会问你："怎么拼？"叫派西尼·莫利托·帕特尔就不一样了。

有人以为我的名字是P.辛格[1]，而我是锡克教徒，于是他们想知道我为什么不戴包头巾。

上大学的时候，有一次我和几个朋友一起去蒙特利尔。有一天晚上，订比萨饼的事落到了我头上。我无法忍受另一个说法语的人放声嘲笑我的名字，因此当接电话的人问"请问你叫什么？"时，我说"我的名字是你叫的吗？"半个小时后，比萨饼送到了，是给"李乔·德曼"的。

的确，我们遇见的人可能改变我们，有时改变如此深刻，在那之后，我们成了完全不同的人，甚至我们的名字都不一样

1 锡克族男子的姓。

了。注意西蒙也叫彼得，马太也叫利未，拿但业也叫巴多罗买，犹大（并非加略人犹大）又名达太，西面被叫做尼结，扫罗成为保罗。

我十二岁的时候，有一天早晨，我的罗马士兵站在校园里。我刚到学校。他看见了我，一道邪恶的天才之光照亮了他愚钝的大脑。他抬起胳膊，指着我叫道："是排泄哩[1]·帕特尔！"

所有人都立刻大笑起来。我们鱼贯走进教室时，笑声停止了。我头戴荆棘冠，最后一个走进去。

孩子的无情对谁都不是新闻。没有人煽动，没有人要求，这几个字随风飘过校园，传进我耳朵里："排泄哩在哪里？我得走了。"或者："你正面对着墙，你在排泄呢？"或者类似的话。我会一动不动，或者相反，继续做自己的事，假装没有听见。声音会消失，但伤害却留了下来，像小便蒸发后留下的气味。

老师也开始这么做，是天太热的原因。随着一天的时间渐渐地过去，早晨还像一片绿洲一样紧凑的地理课开始像塔尔沙漠一样拉长了；一天刚开始的时候如此充满活力的历史课变得干巴巴灰蒙蒙的；最初如此精确的数学课变得糊里糊涂。老师们下午疲惫不堪，用手帕擦着额头和颈背，他们并不是想伤害我的感情，也不是想让大家发笑，但是甚至他们也忘记了我的名字所能激发的独特联想，很不体面地将它扭曲了。从几乎难以察觉的语调变化中我能听出来。好像他们的舌头是赶着野马的驾车人。他们能勉强发出第一个音节，但是最后，天太热

1 派西尼的名字与英文中表示小便的俚语 Pissing 音同。

了，他们对口喷白沫的战马失去了控制，不再能勒住缰绳让马走过第二个音节，而是不顾一切地向下冲到了第三个音节，下一次再叫的时候，一切都变了味儿。我会举起手来回答问题，老师点名让我回答时会说："排泄哩，你说。"通常老师意识不到他刚才叫了我什么。他会疲惫地看我一会儿，不知道为什么我没有说出答案。有时候全班似乎像他一样被炎热打倒了，对此也没有反应。没有一声窃笑或一个微笑，但我总是能听见那含糊的声音。

在圣约瑟学校的最后一年，我感到自己就像在麦加遭受迫害的先知穆罕默德，愿他安息。但是就像他准备逃往麦地那，准备进行标志着穆斯林纪元开始的逃亡一样，我也在计划自己的逃亡，在为自己计划一个新的开始。

在圣约瑟学校毕业之后，我进了小修院[1]，那是本地治里最好的一所说英语的中学。拉维已经在那儿了。像所有弟弟一样，我会因为追随一个受到大家喜爱的兄长的足迹而感到痛苦。在小修院他是同龄人中的运动员，一个令人生畏的投球手和有力的击球员，城里最好的板球队，我们自己的卡皮尔·德福[2]的队长。我是个游泳健将，这一点并没有惊起什么波澜；似乎人性的法则便是如此，生活在海边的人觉得游泳健将可疑，就像生活在山里的人觉得登山健将可疑一样。但是跟随某个人的影子，这并不是我要的逃亡，尽管除了"排泄哩"我愿意叫任何名字，哪怕"拉维的弟弟"也行。我有比这更

1 原文为法语。
2 印度有名的板球队。

好的计划。

第一天上学，在第一堂课上，我便将这个计划付诸实施了。我周围还有其他圣约瑟的校友。和所有新课一样，那堂课也是从报名字开始的。我们按照碰巧坐的位子的顺序在座位上报出自己的名字。

“库马尔。”加纳帕蒂·库马尔说。

“维平·纳特。”维平·纳特说。

“沙姆舒尔·胡达。”沙姆舒尔·胡达说。

“彼得·达马拉杰。”彼得·达马拉杰说。

每个名字报出来之后，老师都会在名册上把这个名字勾掉，并且很快地看那个学生一眼，以帮助自己记住他。

“阿吉特·贾得桑。”阿吉特·贾得桑说，离我还有四张桌子。

“萨帕特·萨罗贾。”萨帕特·萨罗贾说，还有三张桌子。

“斯坦利·库马尔。”斯坦利·库马尔说，还有两张桌子。

“西尔维斯特·纳维恩。”西尔维斯特·纳维恩说，他就在我前面。

轮到我了。是解决这个讨厌问题的时候了。麦地那，我来了。

我从座位上站起来，匆匆朝黑板走去。老师还没来得及说一个字，我已经拿起一支粉笔，边说边在黑板上写道：

我的名字叫

派西尼·莫利托·帕特尔

大家都叫我

——我在名字前面两个字母下面画了两道线——

派[1] · 帕特尔

另外我又加上了

$$\pi = 3.14$$

然后我画了一个大圆圈，又画了一条直径，把圆一分为二，以此让大家想起几何初级课程。

教室里鸦雀无声。老师盯着黑板。我屏住了呼吸。接着他说："很好，派。坐下。下次离开座位之前要征求老师的同意。"

"是，老师。"

他把我的名字勾掉了。然后看着下一个男孩子。

"曼苏尔·阿哈迈德。"曼苏尔·阿哈迈德说。

我得救了。

"戈坦姆·萨尔瓦拉吉。"戈坦姆·萨尔瓦拉吉说。

我能呼吸了。

"阿伦·安奈吉。"阿伦·安奈吉说。

一个新的开始。

我对每个老师都重复这个表演。重复很重要，不仅在训练动物时是这样，在训练人时也是如此。在一个姓名平常的男孩子和下一个姓名平常的男孩子之间，我冲上前去，用鲜艳的色彩，有时还有粉笔写在黑板上发出的可怕的刺耳声音，来装饰

---

1 原文作 Pi，在原文中颇富谐趣。任何中文译法均难以曲尽其妙，故书名中未译，但为读者阅读方便，文中有作"派"。

我重生的细节。这样重复了几次之后，男孩子们开始像唱歌一样跟着我一起说，我一边在正确的音符下面画线，一边迅速吸一口气，这时声音渐强，达到了高潮，我的新名字被演奏得如此激动人心，任何唱诗班指挥都会感到高兴的。有几个男孩子还接着低声地急迫地喊："三！点！一！四！"同时我尽快地写着，用将圆一分为二的动作结束了合唱，因为用力太猛了，碎掉的粉笔飞了出去。

每次有机会我都举手，那天我举手时，老师给了我用一个音节报出名字的权利，这个音节在我听来就像音乐一样优美。学生们也这么叫我。甚至圣约瑟的淘气鬼们。事实上，这个名字流行起来。一点不错，我们国家人人都是有志气的工程师：很快就有一个叫欧普拉卡什的男孩开始叫自己欧米茄（Omega），还有一个假装是尤普赛伦（Upsilon），过了一阵子又有了一个迦玛（Gamma），一个兰姆达（Lambda）和一个德尔塔（Delta）。但是在小修院，我的名字是第一个也是叫得最长久的一个希腊字母。甚至我哥哥，板球队的队长，学生崇拜的偶像，也表示认可了。第二个星期，他把我拉到了一边。

"我听说你有个外号，这是怎么回事？"他说。

我没有说话。因为无论是什么样的嘲讽，要来的总是要来的，躲也躲不掉。

"我不知道你这么喜欢黄色。"

黄色？我朝四周看了看。不能让任何人听见他要说的话，尤其是他的跟班。"拉维，你是什么意思？"我低声说。

"我没意见，弟弟。什么都比'排泄哩'好。甚至'柠檬派'。"

他边急急忙忙地走开边笑着说："你的脸有点儿红了。"

但是他保持了沉默。

于是，在那个像一间盖着波纹铁屋顶的棚屋的希腊字母里，在那个科学家试图用来理解宇宙的难以表述的无理数里，我找到了避难所。

6

他是个高明的厨师。他那暖气开得太足的家里总是飘散着某种美味佳肴的气味。他放调味品的架子就像一家药店。当他打开冰箱或碗橱的时候，那里面有很多商标名称都是我不认识的。我甚至不知道那些名称是哪一个国家的语言。我们是在印度。但是他的西式菜肴同样烧得很好。他给我做了我所尝过的最有滋味然而又是最清淡的通心粉和奶酪。他做的墨西哥煎玉米卷会让全墨西哥都羡慕的。

我还注意到一件事：他的几只碗橱都塞得满满的。在每一扇橱门后面，在每一层架子上，整整齐齐地堆着像山一样高的罐子和盒子。食物储备足够度过列宁格勒包围战。

7

我很幸运，年轻的时候遇到了几位好老师，这些男女老师走进我黑暗的头脑，划亮了一根火柴。其中一位老师就是萨蒂什·库马尔先生，他是我在小修院的生物老师，也是个活跃的共产主义者，总是希望泰米尔纳德能停止选举电影明星，而走喀拉拉邦的道路。他的长相十分奇特。他光秃秃的头顶是尖的，却长着我所见过的最让人难忘的双下巴，窄窄的肩膀陡然让位于像一座山一样巨大的肚子，只是这座山是立在空中的，因为它戛然而止，垂直消失在裤子里。让我苦恼的是，他那两条细棍子一样的腿是怎么支撑住上面的重量的，但它们撑住了，尽管有时候移动的样子令人惊奇，好像他的膝盖能向任何方向弯曲。他的身体是由几何图形构成的：他看上去就像一大一小两个三角形放在两条平行线上。但他却是个有机体，实际上很像一个大瘤，一根根黑毛像小树枝一样从耳朵里伸出来。他很和善，笑起来时整个三角形脑袋似乎都洋溢着笑意。

库马尔先生是我遇见的第一个公开承认自己是无神论者的人。我不是在课堂上，而是在动物园里发现这一点的。他是动物园的常客，每一张标签和标签上的描述性简介他都读，每一只他所看见的动物他都表示赞许。对他来说，每一只动物都是逻辑学和力学的胜利，整个大自然就是对科学的绝妙解释。在他听来，当一只动物有了交配的欲望时，它想起遗传学之父，于是说"格累戈尔·孟德尔"，在显示本领时说的是自然选择之父"查尔斯·达尔文"，而我们以为的咩咩声、咕噜声、嘶嘶声、鼓鼻声、咆哮声、吼叫声、号叫声、叽叽声和尖叫声仅仅是外国人的浓重口音。库马尔先生参观动物园是为了把握宇宙的脉搏，他那听诊器般的大脑总是向他证实，一切都井然有序，一切就是秩序。他离开动物园时感到科学精神振奋。

第一次看见他的三角形身体在动物园里摇摇晃晃、步履蹒跚地走来走去时，我很害羞，不敢靠近他。尽管我喜欢他这位老师，但他毕竟是拥有权力的人物，而我，是个臣民。我有点儿怕他。我在离他有一段距离的地方看着他。他刚刚来到犀牛栏前。因为那几只山羊，这两头印度犀牛在动物园非常引人注目。犀牛是群居动物，当年幼的野生雄性犀牛皮克来的时候，他表现出正在经受孤独的折磨的迹象，吃得越来越少。作为权宜之计，在寻找雌性犀牛的同时，父亲想看看皮克是否能够习惯和山羊一起生活。如果这能行，就能拯救一头珍稀动物。如果不行，那只是牺牲几只山羊而已。这个做法获得了极大成功。皮克和那群山羊变得难舍难分，甚至萨咪特来后也是如此。现在，犀牛洗澡时，山羊就围成一圈站在泥潭旁边，当山羊在角落进食时，皮克和萨咪特就像卫兵一样站在它们旁边。这样的生活安排很受游客欢迎。

库马尔先生抬起头来，看见了我。他微微一笑，一只手抓着栏杆，另一只手挥了挥，示意我过去。

“你好，派。”他说。

“你好，先生。你能到动物园来真好。”

“我常来。可以说这是我的庙宇。这很有意思……”他指着兽栏。“如果我们的政治家们也像这些山羊和犀牛一样，我们的国家就不会有那么多问题了。不幸的是，我们的首相有着犀牛的铠甲，却没有它的见识。”

我对政治了解得不多。父亲和母亲经常抱怨甘地夫人，但这对我几乎毫无意义。她住在遥远的北方，不在动物园里也不在本地治里。但我感到自己应该说点儿什么。

“宗教会拯救我们的。”我说。从我记事时起，宗教就一直与我的心十分贴近。

“宗教？”库马尔先生咧大了嘴笑起来。“我不相信宗教。

宗教是黑暗。”

黑暗？我糊涂了。我想，宗教绝不可能是黑暗。宗教是光明。他是在考验我吗？他说“宗教是黑暗”，是不是像他有时候在课堂上说诸如“哺乳动物都会下蛋”之类的话，看看有没有人会纠正他？（“只有鸭嘴兽，先生。”）

“对现实做科学以外的其他解释是毫无根据的，相信我们感觉经验以外的任何事物是没有正当理由的。清晰的思维，对细节的密切关注，再加上一点点科学知识，就可以让我们清楚地看到，宗教是迷信的瞎扯。上帝并不存在。”

他是那么说的吗？还是我记得的是后来的无神论者的话？不管怎样，是诸如此类的话。我从来没有听到过这样的话。

“为什么要忍受黑暗呢？只要我们注意看，就会看到一切就在这儿，如此地清晰。”

他正指着皮克。虽然我非常欣赏皮克，但从来没有把一头犀牛想成是一只电灯泡。

他又说话了。“有人说上帝在1947年‘印巴分治’期间死了。他可能在1971年战争期间死了。或者也许他昨天在本地治里一家孤儿院里死了。有些人就是那么说的，派。我像你这么大的时候，整天躺在床上，遭受着小儿麻痹症的折磨。每天我都问自己：‘上帝在哪里？上帝在哪里？上帝在哪里？’上帝一直没有来。救我的不是上帝，而是医药。理性是我的先知，它告诉我就像手表会停一样，我们也会死。生命结束了。如果表走得不准，我们必须修理它，就在这儿，就在现在。总有一天我们会控制生产方式，地球上就会有公平了。”

这番话让我有点儿受不了。语调是对的——深情而勇敢——但是细节似乎冷酷严峻。我什么也没说。并不是害怕触怒库马尔先生。我更害怕他随口说的几句话可能会毁掉我热爱的某样东西。要是他的话对我产生的效果就像小儿麻痹症一样怎么办？那一定是一种非常可怕的疾病，如果它能杀死一个人心中的上帝。

他走开了，跌跌撞撞，摇摇晃晃，平稳的地面在他脚下仿佛成了汹涌的大海。“不要忘了星期二的考试。好好用功吧，三点一四！”

“是，库马尔先生。”

他成了我在小修院最喜欢的老师和我在多伦多大学学习动物学的原因。我感到和他有一种亲缘关系。我第一次知道了无神论者也是我的兄弟姐妹，他们有着不同的信仰，他们所说的每一个字都说明了自己的信仰。像我一样，理性引导他们走多远他们便走多远——然后便跳跃起来。

老实说，让我生气的不是无神论者，而是不可知论者。有一段时间怀疑是有用的。我们都必须经过客西马尼园[1]。如果耶稣心存怀疑，那么我们一定也是如此。如果耶稣整整一夜都在痛苦地祈祷，如果他在十字架上大声叫喊：“我的上帝，我的上帝，你为什么抛弃了我？”那么我们肯定也可以怀疑。但是我们必须继续向前。选择怀疑作为生活哲学就像选择静止作为交通方式。

---

1 《圣经》中耶稣蒙难前祷告的地方。

8

我们这一行通常说动物园里最危险的动物就是人。这句话的大概意思是，人类过度的掠夺使整座星球都成了我们的猎物。更具体地说，我们想到的是这么一些人，他们给水獭喂鱼钩，给熊喂剃须刀，给大象喂里面有小钉子的苹果，给动物喂各种五金制品：圆珠笔、回形针、安全别针、橡皮筋、梳子、咖啡勺、马蹄铁、碎玻璃片、戒指、胸针和其他珠宝（而且不只是便宜的塑料手镯，也有黄金婚戒）、吸管、塑料刀具、乒乓球、网球，等等。讣告上由于被人喂了异物而死亡的动物园里的动物包括长颈鹿、野牛、鹳、美洲驼、鸵鸟、海豹、海狮、大型猫科动物、熊、骆驼、大象、猴子以及几乎所有种类的鹿、反刍动物和燕雀。动物饲养员都知道哥利亚之死；他是一头雄海象，一头重达两吨的庞大的珍贵野兽，是他所在的欧洲动物园的明星，受到所有游客的喜爱。他在吃了一个人喂他的破啤酒瓶之后死于内出血。

这样的残忍常常更加主动、直接。文献记载了动物园里的动物遭受各种折磨的报告：一只鲸头鹳在嘴被一把锤子砸烂以后死于休克；一头雄性麋鹿在一名游客的刀下失去了胡须和一块食指大小的肉（这头鹿六个月后被毒死）；一只猴子伸手去拿递给它的坚果时被弄断了胳膊；一头鹿的角遭到了钢锯的袭击；一匹斑马被剑刺中；还有用其他东西，包括手杖、雨伞、发夹、缝衣针、剪刀和诸如此类的东西，对其他动物进行的攻击，目的通常是要挖出一只眼睛，或者伤害性器官。动物也会被投毒。还有一些丑行甚至更加下流，离奇：手淫者在猴子、驴子和小鸟面前干得大汗淋漓；一个宗教狂热者割下了一条蛇的头；一个疯子喜欢上了在驼鹿嘴里小便。

在本地治里，我们相对幸运一些。我们没有不断攻击欧洲和美洲动物园的虐待狂。尽管如此，我们的金色刺豚鼠还是不见了，父亲怀疑是被人偷去吃掉了。各种鸟——雉鸡、孔雀、金刚鹦鹉——在贪图它们美丽的人手里丢了羽毛。我们曾经抓住一个拿着一把刀爬进鼷鹿圈的人；他说他要惩罚邪恶的罗波那[1]（他在《罗摩衍那》里变成鹿，绑架了罗摩的配偶悉多）。还有一个人在偷一条眼镜蛇时被当场捉住。他是个耍蛇人，自己的蛇死了。他和蛇都得救了：眼镜蛇不用去过受奴役的生活，忍受糟糕的音乐，而人则避免了可能被蛇咬到的那致命的一口。有时我们得对付扔石头的人，他们认为动物太平静了，想要得到反应。有一位女士的纱丽[2]被一头狮子抓住了。在极度尴尬和死亡之间她选择了前者，像一只玩具转线盘一样打着转。事实是，这甚至不是个意外。她向前凑过身子，把手伸进笼子里，在狮子面前晃动着纱丽的一端，这是出于什么目的，我们一直没弄明白。她没有受伤；很多被这一情景吸引的人来帮她。她红着脸对父亲作出的解释是："谁听说过狮子吃棉纱丽？我以为狮子是食肉动物呢。"最大的麻烦制造者是那些给动物喂食的人。尽管我们很警惕，动物园的兽医阿塔尔医生还是能根据有消化问题的动物数量来判断哪一天是动物园游客

1 罗波那，印度神话中的十首魔王。
2 印度妇女用以裹身包头或裹身披肩的整段布或绸。

最多的一天。他把由于吃了太多的碳水化合物，尤其是太多的糖，而得的肠炎和胃炎叫做“美味炎”。有时候我们希望人们只喂甜食。人们有一种看法，认为动物可以吃任何东西，却不会有健康问题。事实并非如此。我们的一只懒熊吃了一个人给它的腐烂的鱼以后因为肠子大出血而病得很严重，而那个人却相信自己是在做好事。

就在售票处旁边，父亲用鲜红的字在墙上写道：**你们知道动物园里最危险的动物是什么吗？**一支箭头指向一道小小的帘子。有那么多只急切好奇的手去拉开帘子，我们不得不定期更换帘子。帘子后面是一面镜子。

但是我付出了代价，了解到父亲相信还有一种动物甚至比我们更加危险，而且这种动物非常常见，在每一座大陆上，每一处栖息地都有：可怕的物种Animalus anthropomorphicus[1]，即人眼里的动物。我们都遇见过这种动物，也许甚至还养过一只。这是一种“漂亮”“友好”“可爱”“忠诚”“快乐”“善解人意”的动物。这些动物埋伏在每一家玩具店和儿童动物园里，关于它们的故事数也数不清。它们是那些“邪恶”、“嗜血”、“堕落”的动物的补充，后者燃起了我刚才提到的那些疯子的怒火，他们用手杖和雨伞对它们发泄怨恨。在两种情况下，我们都在看一只动物时看到了一面镜子。痴迷于把我们自己置于一切的中心，这不仅是神学家的灾祸，也是动物学家的灾祸。

动物就是动物，无论是在本质上还是在实际上都与我们迥

---

1 作者仿照拉丁文构词法自造的词，意即“具有人形状的动物”。

然不同，我两次得到这一教训：一次从父亲那里，一次从理查德·帕克那里。

那是一个星期天的早晨。我正安静地独自玩耍。父亲叫我们了。

“孩子们，到这儿来。”

出了什么事了。他的语调在我脑子里拉响了一只小警钟。我迅速回顾了一遍自己的良心。它是清白的。拉维肯定又闯祸了。我不知道这次他做了什么。我走进起居室。母亲在那儿。这很不寻常。教训孩子和照料动物通常都是由父亲去做的。拉维最后一个进来，他那张罪犯的脸上写满了过失。

“拉维，派西尼，今天我要给你们上非常重要的一课。”

“噢，真的吗，这有必要吗？”母亲打断他说。她的脸红了。

我倒吸了一口气。如果平常如此沉着、如此镇静的母亲现在却如此担心，甚至不安，那就意味着我们有大麻烦了。我和拉维交换了一下眼神。

“是的，有必要，”父亲生气地说，“这很可能救他们的命。”

救我们的命！现在我脑子里拉响的不是小警钟——而是大警钟，就像我们听见的从离动物园不远的耶稣圣心堂传来的钟声一样响。

“但是派西尼呢？他只有八岁。”母亲坚持说。

“最让我担心的就是他。”

“我没犯错！”我脱口叫道，“是拉维的错，不管是什么事。是他干的！”

“什么？”拉维说，“我什么错也没犯。”他恶狠狠地瞪了我一眼。

“嘘！”父亲举起手说。他看着母亲。“吉塔，你看见派西尼了。他这个年龄的男孩子喜欢到处乱跑，探头探脑。”

我？到处乱跑？探头探脑？不是这样的，不是这样的！为我辩护啊，母亲，为我辩护啊，我在心里祈求道。但她只是叹口气，点了点头，表示这件可怕的事情可以继续下去了。

“跟我来。”父亲说。

我们出发了，就像罪犯走向刑场。

我们离开家，穿过大门，走进动物园。时间还早，动物园还没有对游客开放。我看见西塔拉姆，他是照管猩猩的，是我最喜欢的饲养员。他停下手中的活，看着我们走过去。我们走过小鸟、熊、猿猴、猴子、有蹄类动物、陆栖小动物、犀牛、大象和长颈鹿的笼子。

我们来到大型猫科动物——我们的老虎、狮子和豹子——的笼前。他们的饲养员巴布正等着我们。我们走过去，沿着小路朝笼子走去，他打开了通向猫科动物笼舍的门，笼舍在一座周围有深沟的小岛上。我们走了进去。那是一座很大的光线昏暗的水泥洞穴，洞是圆形的，温暖潮湿，闻上去有猫尿的气味。周围全是用很粗的绿色铁栏杆分隔开来的高大的笼子。一束发黄的光线透过天窗照射下来。透过笼子出口，我们可以看见周围小岛上的植物，上面洒满了阳光。笼子都是空的，只有一只除外：玛赫沙，我们的孟加拉虎元老，一只体重550磅的瘦长、笨拙的动物被关在了里面。我们一跨进去，他就跳跃着朝笼子栏杆跑过来，发出洪亮的嗥叫声，耳朵紧贴着脑袋，圆圆的眼睛目不转睛地看着巴布。叫声那么响亮、那么凶猛，仿佛把整座笼舍都震动了。我的膝盖开始哆嗦起来。我紧挨着母亲。她也在发抖。父亲甚至似乎也停顿了一下，稳住自己。只有巴布对突然爆发的叫声和像钻头一样直刺向他的灼热的目光无动于衷。根据经验，他对铁栏杆很信任。玛赫沙开始在笼子有限的空间里走来走去。

父亲转身面对我们。“这是什么动物？”他吼道，声音盖过了玛赫沙的嗥叫。

“是老虎。”拉维和我异口同声地回答，顺从地指出这个显而易见的事实。

“老虎危险吗？”

“是的，父亲，老虎危险。”

“老虎非常危险，”父亲叫道，“我想要你们明白，你们永远——无论在什么情况下——都不要碰老虎，不要摸老虎，不要把手伸进笼子里，甚至不要靠近笼子。明白吗？拉维？”

拉维用力地点点头。

“派西尼？”

我更加用力地点点头。

他一直看着我。

我点头那么用力，脖子竟然没有断，头没有掉到地上，真是奇怪。

我要为自己辩护，尽管我也许把动物人格化，直到它们能说流利的英语，雉鸡用傲慢的英国口音抱怨茶是凉的，狒狒用美国歹徒带有威胁的平板语调计划抢劫银行后如何逃走，但我一直都知道这是幻想。我在想象中故意给野生动物披上驯服的家养动物的外衣。但我从没有在我的玩伴的真正本性方面欺骗自己。我到处乱探的头脑还不至于那么不明智。我不知道父亲的这种想法是从哪里来的，竟会认为他的小儿子渴望进入一只拥有凶猛食肉动物的笼子。但是无论他的奇怪担忧从何而来——父亲的确是个好担忧的人——显然他已下定决心就在那天早晨消除担忧。

“我要让你们看看老虎有多危险，”他接着说，“我想要你们一辈子记住这堂课。”

他转向巴布，点点头。巴布离开了。玛赫沙的目光一直追随着他，甚至没有离开他消失的那扇门。几秒钟后他回来了，手里拎着一只被捆住了脚的山羊。母亲从身后紧紧抓住了我。玛赫沙的嗥叫声变成了从深深的喉咙里发出的吼叫声。

巴布打开锁，打开门，走进去，关上门，锁上老虎笼旁边的一个笼子。栏杆和活板门把两个笼子分开。玛赫沙立刻冲向隔离栏杆，开始用爪子抓栏杆。除了吼叫，他现在又发出爆炸般的间歇的呜呜声。巴布把山羊放在了地上；山羊的侧腹剧烈起伏着，舌头从嘴里伸出来，眼珠像球一样转动着。他给它的腿松了绑。山羊站了起来。巴布和进去时一样小心翼翼地离开了笼子。笼子有两层，一层和我们站的地面平齐，另一层在后面，高出大约三英尺，通向外面的小岛。山羊慌慌张张地爬上了第二层。玛赫沙现在已经不关心巴布了，他在笼子里也跳上了第二层，动作优美流畅、毫不费力。他蹲下来，一动不动地待着，只有慢慢动着的尾巴显示他很紧张。

巴布走到两个笼子之间的活板门前，开始把门拉开。因为想到自己就要得到满足，玛赫沙不叫了。那一刻我听见了两个声音：父亲一边严厉地看着一边说“永远不要忘记这一课”的声音；山羊的咩咩叫声。它一定一直在叫，只是我们刚才听不见。

我能感到母亲的手按在我怦怦直跳的心上。

活板门发出刺耳的声音。玛赫沙极度兴奋——他看上去似乎就要穿过栏杆冲出去了。他似乎在犹豫，不知道是待在原地，那里离猎物最近，但根本抓不到；还是到下面一层去，那里离猎物远一些，但活板门就在那儿。他直立起来，又开始嗥叫。

山羊开始跳起来。它跳得高得惊人。我不知道山羊能跳这么高。但是笼子后面是又高又滑的水泥墙。

活板门突然很容易地拉开了。笼子里又安静下来。只听见咩咩的叫声和山羊的蹄子踏在地上发出的咔嗒咔嗒声。

一道混合着黑色和橘黄色的闪光从一只笼子闪进另一只笼子。

为了模拟野生环境，通常一个星期里有一天动物园不给大型猫科动物喂食。后来我们知道，父亲下令饿了玛赫沙三天。

我不知道自己是在转身扑进母亲怀里之前看见了血，还是后来用一把大刷子在记忆中抹上去的。但是我听见了。那声音足以把吃素食的我吓得六神无主。母亲匆匆把我们推了出去。我们的歇斯底里发作了。她被激怒了。

“你怎么能这么做，桑托什？他们是孩子！他们这一辈子都会受惊吓的！”

“吉塔，我的小鸟，这是为他们好。要是有一天派西尼把手从笼子栏杆伸进去摸漂亮的橘黄色毛怎么办？是山羊总比是他好，不是吗？”

他的声音很轻，几乎是在耳语。他看上去后悔了。他以前从不在我们面前叫她“我的小鸟”。

我们紧紧挤在她身边。他也和我们挤在一起。但是课还没有结束，虽然在那之后要温和一些。

父亲把我们领到狮子和豹子笼前。

“从前澳大利亚有个疯子，空手道黑带。他想证明自己比狮子厉害。他输了。输得很惨。早晨饲养员只发现了他的半具尸体。”

“是的，父亲。”

喜马拉雅熊和懒熊。

“这些喜欢搂搂抱抱的动物只要用爪子打你一下，你的内脏就会被挖出来，溅得满地都是。”

“是的，父亲。”

河马。

“它们能用柔软松垂的嘴把你的身体挤成一堆血淋淋的肉酱。在陆地上它们比你们跑得快。”

“是的，父亲。”

鬣狗。

“大自然最有力的嘴巴。不要以为它们是胆小鬼，只吃腐肉。它们不是胆小鬼，它们也不只吃腐肉！它们会在你还活着的时候就开始吃你。”

“是的，父亲。”

猩猩。

“力气有十个男人那么大。它们会像折断小树枝一样折断你的骨头。我知道有几只曾经是宠物，在它们还小的时候，你们和它们一起玩过。但是现在它们长大了，有了野性，难以捉摸。”

“是的，父亲。”

鸵鸟。

“看上去紧张不安，傻里傻气，是不是？听着：这是动物园里最危险的动物之一。它只要踢你一下，你的背就断了，或者你的身体就碎了。”

“是的，父亲。”

梅花鹿。

“多么漂亮啊，是不是？如果雄鹿感到有必要，它就会朝你冲过来，那些短小的鹿角会像匕首一样把你刺穿。”

“是的，父亲。”

阿拉伯骆驼。

“淌着口水的嘴咬你一口，你的一大块肉就没了。”

“是的，父亲。”

黑天鹅。

“它们的嘴会啄你的头。它们的翅膀会扇断你的胳膊。”

“是的，父亲。”

小一些的鸟。

“它们的嘴会啄穿你的手指，就像啄黄油一样。”

“是的，父亲。”

大象。

“最危险的动物。被大象杀死的饲养员和游客比被动物园任何其他动物杀死的都要多。幼象很可能把你撕碎，把你的尸体踩扁。这就是发生在欧洲一个从窗户爬进象舍的可怜的迷失的灵魂身上的事。岁数大一些的，耐心好一些的象会把你挤在墙上，或者坐在你身上。听上去很好笑？但是想想吧！”

“是的，父亲。”

“还有我们没有停下来看的动物。不要以为它们就是无害的。生命会保卫自己，无论是多么小的生命。每一种动物都很凶猛，很危险。也许它不会杀死你，但是它一定会伤害你。它会抓你咬你，你的伤口会肿起来，流脓，感染，你会发高烧，在医院里住十天。”

“是的，父亲。”

我们来到豚鼠笼前，它们是除了玛赫沙之外唯一按照父亲的命令没有被喂食的动物。前一天晚上它们没有吃食。父亲打开笼门。他从口袋里拿出一袋饲料，全部倒在地上。

“你们看见这些豚鼠了吗？”

“是的，父亲。”

这些动物一边发狂似的啃着玉米粒，一边因为虚弱而颤抖着。

“啊……”他身体前倾，捧起一只。“它们没有危险。”其他豚鼠立即四散逃开。

父亲大笑起来。他把吱吱叫的豚鼠交给我。他想轻松地结束这堂课。

豚鼠紧张地待在我怀里。那是只幼鼠。我走到笼边，小心地把它放在地上。它迅速跑到了妈妈身边。这些豚鼠不危险——不会用牙齿和爪子让人流血的唯一原因是它们实际上已经被驯服了。否则，空手抓野豚鼠就像抓刀刃。

课结束了。拉维和我闷闷不乐，冷淡了父亲一个星期。母亲也不理他。经过犀牛栏的时候，我想象它们正因为失去了一个最亲爱的朋友而伤心地低垂着头呢。

但是如果你爱自己的父亲，你能怎么办呢？生活在继续，你不去碰老虎。只是现在，因为谴责拉维犯了某件他没有犯的、我未能具体指明的错，我的麻烦大了。在那之后的几年里，当他想要吓唬我的时候，就会低声对我说："你就等着我们单独在一起的时候吧。你就是下一只山羊！"

9

让动物适应人的存在是动物园管理艺术和管理科学的核心。关键目的在于缩短动物的安全距离，也就是动物希望它所察觉到的敌人与之保持的最短距离。在野生环境中，如果你在距离红鹳300码以外的地方，它便不会在意你。如果你跨过了那道界限，它便变得紧张起来。如果再靠近些，你便会引起鸟儿的逃跑反应，除非重新确定了300码的界限，或者它的心肺功能不允许它再跑下去了，否则它是不会停下来的。不同的动物有不同的安全距离，并且通过不同的方式来判断这一距离。猫科动物用眼睛看，鹿用耳朵听，熊用鼻子嗅。如果你在汽车里，长颈鹿可以允许你到离它30码远的地方，但是如果你是徒步，那么在你离它还有150码的时候，它便会跑开了。招潮在你距它10码的时候会急忙走开；吼猴在你距它20码的时候会在树枝上警觉起来；非洲水牛在你距它75码时便有反应。

缩小安全距离的工具是我们对动物的了解，我们提供的食物和栖息处，和我们给予的保护。当这一切起作用的时候，野生动物便会情绪稳定，不感到紧张，不仅待在动物园里，而且健康、长寿、安心进食、行为自然、合群，还有——最好的标志是——能够繁殖后代。我不会说我们的动物园能与圣地亚哥或多伦多或柏林或新加坡的动物园相比，但是你无法阻止一位优秀的动物园管理员发挥自己的天分。父亲是个天才。他的直觉天赋和敏锐目光弥补了正规训练的不足。他有一种本领，可以看着一只动物，猜出它有什么心事。他对自己照管的动物非常关心，作为回报，它们繁殖起来，有些繁殖得太多了。

10

然而总是有动物设法逃出动物园。最明显的例子是被养在不合适的围栏内的动物。每一只动物都有它独特的栖息地，这一点必须得到满足。如果它的围栏阳光太强烈或者太潮湿或者太空旷；如果它的栖木太高或者太暴露；如果地上沙子太多；如果树枝太少，不够做窝；如果食槽太低；如果没有足够的泥巴可以打滚——还有很多其他的如果——那么动物就不会平静。问题并不在于建造一处模仿野生环境的地方，而在于体现这些环境的本质。围栏里的每一样东西都必须刚好合适——换句话说，在动物适应能力的范围之内。愿上天降祸于围栏糟糕的动物园吧！它们损害了动物园的名声。

另一种有逃跑倾向的动物是在完全成年后被捉住的动物；它们通常太习惯于自己的生活方式了，无法改造自己的主观世界以适应新的环境。

但是，甚至那些在动物园出生长大，对野生环境一无所知，对围栏完全适应，在人类面前丝毫不紧张的动物也会有兴奋的时刻，这样的时刻促使它们设法逃跑。所有生物都有几分疯狂，会让它们作出奇怪的、有时难以解释的行为。这种疯狂可能会救它们的命；这是适应能力的必要组成部分。没有了这种疯狂，任何物种都无法生存。

无论想要逃跑的原因是什么，是清醒还是疯狂，诋毁动物园的人都应该意识到，动物不是要逃到某个地方去，而是要逃离某样东西。它们地盘上的某样东西让它们受到惊吓——敌人的入侵，占支配地位的动物的攻击，让它们受惊吓的声音——引起了逃跑反应。于是动物逃跑了，或者试图逃跑。在多伦多动物园，一座非常好的动物园，我应该补充一句——我惊讶地读到豹子可以垂直向上跳18英尺。我们在本地治里的豹子围栏后面有一堵16英尺高的墙；罗茜和模仿猫从没有跳出去过，我推测这并不是因为它们体质虚弱，而完全是因为它们没有理由要那么做。逃跑的动物从它们所熟悉的环境进入它们所不熟悉的环境——如果有什么是动物最痛恨的，那就是不熟悉的环境。逃跑的动物通常躲在第一个它们认为能够给它们安全感的地方，只对那些碰巧挡在了它们和它们所认为的安全地点之间的人有危险。

11

考虑一下1933年冬天一只雌性黑豹从苏黎世动物园逃跑的实例。她是新来的，似乎与雄豹相处不错。但是她身上很多被抓伤的痕迹暗示了他们夫妻间的冲突。人们还没有决定该怎么办，她已经从笼子顶部栏杆的一处缺口挤了出去，消失在夜色里。有一只从笼子里逃出来的野生食肉动物就在他们中间，这一发现引起了苏黎世市民的骚动。人们设置了陷阱，放出了猎狗。这些措施只消灭了州里极少的几只半野生的狗。十个星期过去了，却没有发现豹子的任何踪迹。最后，一名临时工在25英里外的一座牲口棚里发现了她，开枪把她打死了。附近发现了吃剩的狍。一只生活在热带的大型黑色猫科动物在瑞士的冬天生活了两个多星期而没有被任何人发现，更不用说袭击任何人了，这一事实明显说明从动物园里逃跑的动物并不是危险的逃犯，而只是努力适应环境的野生动物。

而这只是许多事例当中的一个。如果你把东京倒过来抖一抖，掉出来的动物会让你大吃一惊的。我告诉你倾泻而下的可不只是猫和狗。王蛇、巨蜥、鳄鱼、水虎鱼、鸵鸟、狼、猞猁、沙袋鼠、野牛、豪猪、猩猩、野猪——这些就是你指望会落到你伞上的雨。而他们期望发现——哈！在墨西哥一座热带丛林的中心，想象一下吧！哈！哈！这太好笑了，简直太好笑了。他们那时在想什么呢？

12

有时候他变得焦虑不安。不是因为我说了什么（我很少说话）。是他自己的故事使他这样。记忆是座海洋，他在海面上起伏。我担心他会想停下来。但是他想把自己的故事告诉我。他又接着说下去。在这么多年以后，理查德·帕克仍然让他痛苦。

他是个可爱的人。每次我去拜访，他都准备一桌丰盛的印度南部的素食盛宴。我告诉他我喜欢辛辣的食物。我不知道为什么我会说这么蠢的话。这是个彻头彻尾的谎言。我加了一点儿酸奶又加了一点儿酸奶。没有用。每次都一样：我的味蕾枯萎死去，我的皮肤变得火红，我的眼睛里满是泪水，我的头感觉就像一座失火的房子，我的消化道开始扭曲和痛苦呻吟，像一条吞下了一台割草机的王蛇。

13

因此你瞧，如果你掉进了狮栏里，狮子会把你撕成碎片，不是因为它饿了——动物园里的动物被喂得很饱，这是肯定的——也不是因为它嗜血，而是因为你侵入了它的地盘。

顺便插一句，这就是马戏团的驯兽师每次都必须先进狮子表演场，而且要在狮子看得很清楚的地方进去的原因。他以此表明表演场是他的地盘，而不是它们的地盘，他通过叫喊、跺脚和甩鞭子来强调这一概念。狮子们肃然起敬。它们的劣势沉重地压在心头。注意它们是怎么进来的：尽管它们是强壮有力的食肉动物，“百兽之王”却低垂着尾巴爬了进来，紧贴着场边走，而表演场总是圆的，因此它们无处躲藏。它们面对的是一头强壮的居统治地位的雄狮，一个雄性超级老大，而它们必须顺从他的统治仪式。于是它们把嘴张得大大的，它们坐起来，它们从蒙着纸的圈子里跳过去，它们从管子里钻过去，它们倒着走，它们打滚。“他是个奇怪的家伙。”它们隐约觉得。“从没见过他那样的领头狮。但是他领的是一群引人注目的狮子。食品柜总是满满的，而且——老实说，伙伴们——他的滑稽姿势让我们忙个不停。老是打瞌睡的确有点儿烦。至少我们没像棕熊那样骑自行车，也没像黑猩猩那样接飞碟。”

只是驯兽师最好确保自己永远都是老大。如果无意之中滑到了老二的位置，他就会付出惨重的代价。动物之间的很多不友好和好斗的行为都是在群体中缺乏安全感的表现。你面前的动物一定要知道它的位置在哪里，是在你之上还是在你之下。动物在群体中的地位对它如何生活至关重要。地位决定了它可以与谁交往，如何交往；它可以在什么地点和什么时候进食；它可以在什么地方休息；它可以在什么地方饮水，等等。在明确知道自己的地位之前，动物的生活一直处于无法忍受的无政府状态。它一直紧张不安，易受惊吓，充满危险。高级动物在群体中的地位并不总是由蛮力决定的，这是马戏团驯兽师的幸运。黑迪格尔（1950）说："当两只动物相遇时，能将对方吓唬住的那只被认为在群体中拥有更高的地位，因此群体决定并不总是取决于一场搏斗；在某些情况下，一次冲突也许就够了。"一位明智的动物研究者的话。黑迪格尔先生曾做过很多年的动物园园长，先是在巴塞尔动物园，后来在慕尼黑动物园。他对动物的行为十分精通。

这是脑力战胜体力的问题。从本质上说，马戏团驯兽师拥有的是心理上的优势。陌生的环境、驯兽师的直立姿势、平静的外表、镇定的目光、毫不畏惧地向前的步伐、奇怪的咆哮声（例如甩鞭子的声音或是哨声）——这么多的因素让动物心里充满了怀疑和恐惧，并且让它明白自己的位置在哪里，而这正是它最想知道的。得到满足后，老二就会向后退缩，老大就可以转身面向观众大声说:“让我们继续表演!现在,女士们,先生们,火圈上点燃的是真正的火……”

14

有趣的是,我们注意到最顺从马戏团驯兽师各种把戏的是狮群中地位最低的那头狮子,那个老小。它从与超级老大驯兽师的亲密关系中获利最多。这不仅仅是额外奖赏的问题。亲密的关系也意味着狮群中其他成员的保护。正是这头顺从的动物,在观众眼里与其他狮子的个头和凶猛程度没有什么不同的狮子,将会成为表演明星,而驯兽师却让狮群中的老二和老三,那些更难驾驭的下属,坐在表演场边上的彩色筒上。

马戏团里其他动物的情况也是如此,而且这一情况在动物园里也能见到。在群体中地位低下的动物正是特别努力地、机敏地去了解饲养员的动物。事实证明,它们最忠实于饲养员,最需要他们的陪伴,最不可能反抗他们或者让他们为难。我们在大型猫科动物、野牛、鹿、野羊、猴子和很多其他动物身上都曾观察到这一现象。这是我们这一行众所周知的事实。

15

他的家是一座庙宇。门厅里挂着一幅镶了框的象头神[1]的

---

1 象头神,湿婆与雪山神女之子,司掌文学与艺术,能排除障碍。象头神常见的塑像色红、大腹、象牙一全一残,四臂四手,分执套索、刺棒、巨罐(内装米或甜食)和断牙。这四手也可颁恩或庇护受难者。

画像，他长着一个大象头。他面朝外坐着——玫瑰红的肤色，肥大的肚子，头戴王冠，面露微笑——三只手拿着不同的物体，第四只手掌心向外，在给人祝福，向人问好。他是征服障碍之王，幸运之神，智慧之神，知识的庇护神。最高的和谐。他让微笑浮上了我的嘴唇。在他脚下是一只聚精会神的大鼠。他的坐骑。因为象头神是骑着大鼠旅行的。对面墙上的画上是一个朴素的十字架。

在起居室里，沙发旁边的桌上，有一幅镶了框的瓜达卢佩圣母马利亚的小画像，鲜花从她敞开的斗篷里撒落下来。画像旁边是一张镶了框的覆盖着黑布的天房的照片，那是伊斯兰教最神圣的圣所，周围环绕着一千层忠诚的教徒。电视机上有一尊舞王形象的湿婆[1]铜雕像，他是宇宙的舞蹈之王，控制着宇宙的运动和时间的流动。他在无知这个恶魔的身上跳舞，四只胳膊以舞蹈姿势伸展着，一只脚踩在恶魔背上，另一只脚提在空中。当舞王把脚放下来时，他们说，时间就停止了。

厨房里有一个神龛。神龛放在一只碗橱里，橱门被他换成了装饰着浮雕细工的拱门。拱门部分地挡住了晚上照亮神龛的黄色灯泡。一座小圣坛后面有两幅画像：旁边是另一幅象头神的画像，中间大一些的画框里是面带微笑、蓝色皮肤的克利须那[2]在吹笛子。两尊神的额头上方的玻璃上都有红色和黄色粉末的痕迹。在圣坛上的一只铜盘子里有三座银像——神的

1 湿婆，印度教主神之一，集水火不相容的特性于一身，既是毁灭者又是起死回生者，既是大苦行者又是色欲的象征，既有牧养众生的慈心又有复仇的凶险。

2 克利须那，黑天，印度教主神之一毗湿奴的主要化身。

代表。他用手指指着一一向我说明：吉祥天女，化身为雪山神女[1]的女神之主萨克蒂[2]，还有克利须那，这次是手脚并用在爬着的顽皮婴孩的样子。在两尊女神之间有一尊石雕的约尼—林伽[3]湿婆，看上去像中间竖着一个男根的半个鳄梨，这是一个印度教的象征，代表着宇宙的男性和女性力量。盘子一边是放在垫座上的一只小海螺；另一边是一只小小的银子做的手摇铃。四周放着米粒，还有刚刚开始枯萎的鲜花。很多东西上面都轻轻涂了黄色和红色。

下面一层架子上放着各种各样奉献的东西：一只装满了水的烧杯；一把铜勺子；一盏灯芯缩在油里的油灯；几支香；还有几只盛满了红色粉末、黄色粉末、米粒和糖块的碗。

餐厅里还有一幅圣母马利亚画像。

在楼上他的办公室里，电脑旁边有一尊盘腿坐着的象头神的铜雕像，墙上挂着一尊从巴西买来的木雕十字架上的耶稣像，角落里放着一块绿色祷告毯。耶稣的表情丰富——他在忍受痛苦。祷告毯躺在自己清清爽爽的地方。祷告毯旁边一个矮阅览架上放着一本书，书上盖着一块布。布中间有一个阿拉伯字，织得非常精细，有四个字母：一个alif，两个lam和一个ha。这个字在阿拉伯文里是上帝的意思。

阅览架上的那本书是《圣经》。

---

1 雪山神女，湿婆之妻，代表萨克蒂女神的仁慈一面。

2 萨克蒂，印度教三大派之一性力教所崇拜的最高女神，是众女神之主或某一男神（如湿婆）的配偶。

3 约尼，代表女性生殖器，象征湿婆的配偶女神。林伽，代表男性生殖器，象征湿婆。

16

我们出生时都像天主教徒一样，不是吗——身处地狱边缘，没有宗教信仰，直到某个人把我们引到了上帝面前。在那次见面之后，对我们大多数人来说，事情就结束了。如果有什么变化，通常也是变得对上帝更加怀疑，而不是更加坚信；很多人似乎在生活中失去了上帝。我的情况不是这样。对我来说，我刚才说到的那个人物就是母亲的一个姐姐，她思想更加传统，在我还是个婴儿的时候，她就把我带进了一座庙宇里。罗西妮姨妈很高兴见到她刚刚出生的外甥，而且想要女神之主也分享这一喜悦。“这会是他具有象征意义的第一次郊游，”她说，“这是家祭[1]！”的确很有象征意义。我们当时在马杜赖；坐了七个小时的火车之后，我刚刚成了一个经验丰富的老乘客。这无关紧要。我们出发了，去举行这印度教的通过礼仪，母亲抱着我，姨妈推着她。对第一次参观庙宇，我并没有记忆，但是香烟的某种气味，光与影的某种变幻，某种火焰，某种鲜亮的色彩，这个地方某种令人动情的神秘的东西一定在我心中留下了印象。一粒只有芥子那么大的宗教升华的种子在我心里种下了，并且开始发芽。自从那天开始，它从未停止过生长。

我成了一个印度教徒，是因为那装在一个个有雕刻装饰的圆锥形卷筒里的红色郁金粉和一篮篮黄色姜黄块，因为一只只

---

1 家祭，指印度教教徒从受胎到死亡各阶段所举行的个人净化仪式。

花环和一块块碎椰子，因为宣布某人来到神的面前的叮叮当当的钟声，因为芦苇做的纳达斯瓦拉姆[1]的呜咽声和鼓的咚咚声，因为光脚走过射进一束束阳光的昏暗的走廊时在石板上发出的啪哒啪哒声，因为香烟的芬芳气味，因为进行阿拉提[2]时在黑暗中转着圈的油灯的火苗，因为甜蜜吟唱的祈祷歌，因为四周站着的祈神赐福的大象，因为述说着有声有色故事的色彩鲜艳的壁画，因为人们额头上用不同的方式写着同一个词——信仰。甚至在了解这些意义和目的之前，我就已经忠实于这些感觉印象了。是我的心要求我这么做的。我在印度教庙宇里感到无拘无束。我能意识到神就在那儿，不是以我们通常感觉存在的个人方式，而是更加宏大。当我现在看见庙宇圣所里的像，那神之所在的时候，我的心还是会停跳一下。我的确是在一个神圣的宇宙子宫里，一切都是从那里出生的，我能看见它的核心，这是我极大的幸运。我的双手自然地合在一起，虔诚地膜拜。我渴望得到惠赐，那献给神之后又作为神圣的款待返还给我们的甜蜜的供物。我的手掌需要感受神圣的火焰的热量，我把这热量的赐福放在眼睛上和额头上。

但是宗教不仅仅是礼仪和仪式。还有礼仪和仪式所象征的意义。在这一点上我也是一个印度教徒。宇宙通过印度教徒的眼睛对我产生了意义。还有梵天[3]，世界的灵魂，用经线和纬线在上面织成存在之布的支撑框架，布上有各种空间和时间的装

---

1 纳达斯瓦拉姆，印度南部一种乐器，类似于单簧管。

2 阿拉提，印度教的一种仪式，由祭司手持油灯在神像面前进行，信徒用手轻轻覆盖灯火，然后在自己的眼睛上碰触一下，代表接受神祇赐予的力量。

3 梵天，印度教主神之一，为创造之神，亦指终生之本。

饰。还有至尊非人格梵天，没有质量，不可理解、不可描述、不可企及；我们用可怜的语言为它缝制了一套外衣——一体，真理，统一，绝对，最高实在，存在基础——努力想让衣服合身，但是至尊非人格梵天总是撑破了线缝。我们说不出话来。但是还有至尊人格梵天，它有质量，这套外衣也合它的身。现在我们称它为湿婆，克利须那，萨克蒂，象头神；我们可以通过部分地理解它去接近它；我们可以识别某些特征——仁爱，慈悲，令人惊恐——我们还能感到我们和它之间的联系在轻轻地吸引着我们。至尊人格梵天是在我们有限的感觉面前体现的梵天，是不仅通过神，而且通过人、动物、树木、一抔泥土表现出来的梵天，因为一切都有神的踪迹。生命的真理在于，梵天与自我，也就是我们心中的精神力量，你可以称之为灵魂的东西，并没有什么不同，个人的灵魂向世界灵魂接近，就像一口井向地下水位靠近。支撑着思想和语言之外的宇宙的，和我们内心挣扎着表达的，是同样的东西。无限之中的有限，有限之中的无限。如果你问我梵天和自我之间究竟是如何联系的，我会说就像圣父、圣子、圣灵之间的联系一样，是神秘的。但是有一件事很清楚：自我努力了解梵天，努力与绝对相结合，并且在今生踏上了朝圣的旅程，在这个旅程中出生和死亡，再次出生又再次死亡，一次又一次，直到它终于摆脱了将它囚禁在下面的外壳。通往自由的道路有无数条，但是沿途的堤岸都是一样的，那是羯磨之岸，在那里，行为的不同决定了我们每个人的自由账目是记入贷方还是记入借方。

这就是印度教，它存在于神圣外壳里，我一辈子都是印度教徒。心里有了印度教的观念，我看见了自己在宇宙中的位置。

但是我们不应该拘泥于字面理解！愿上天降祸于原教旨主义者和拘泥于字面解释的人吧！这使我想起了克利须那是牧牛人时的一个故事。每天夜晚他都邀请挤奶女工和他一起在森林里跳舞。她们来了，她们跳起舞来。夜色深沉，她们中间的火堆呼呼地燃烧着，噼啪作响，音乐的节奏变得越来越快——姑娘们和自己快活的主一起跳啊跳啊跳啊，他变化出那么多自己，每一位姑娘的怀里都有一个。但是就在姑娘们有了占有欲的时候，就在每一位姑娘都想象他是自己一个人的舞伴的时候，他消失了。因此我们不应该有独占神的念头。

我在多伦多认识一位我衷心热爱的女人。她是我的养母。我叫她姨妈吉，她喜欢我这么叫她。她是魁北克人。虽然已经在多伦多生活了三十多年，她那说法语的大脑有时候在理解英语发音的时候仍然会出错。因此，当她第一次听到“克利须那派教徒”的时候，她没听准。她听到的是“不留须发的基督教徒”。很多年来她一直以为克利须那派教徒就是不留须发的基督教徒。我纠正她的时候，告诉她其实她错得不那么严重；就他们爱的能力而言，印度教徒的确是不留须发的基督教徒，正如就他们认为神存在于一切事物之中的观点而言，穆斯林就是留胡须的印度教徒，而就他们对上帝的忠诚而言，基督教徒就是戴帽子的穆斯林。

17

第一次惊奇给人留下的印象最深；那之后的惊奇都被纳

入第一次惊奇所留下的印象的模式之中。我要感激印度教，给我提供了最初的宗教想象的全景，那些城镇和河流，战场和森林，神圣的高山和深深的海洋，神、圣人、恶棍和普通人在这些地方相互交往，并且通过这样做来解释我们是谁，为什么存在。我是在这片信奉印度教的土地上第一次听说充满了爱的善所拥有的广博而无穷的能力的。那是克利须那在说话。我听见他了，我跟随他了。在他的智慧和完美的爱里，克利须那带我去见了一个人。

那时我十四岁——是一个心满意足的正在度假的印度教徒——这时我遇见了耶稣。

父亲很少从动物园的工作中抽出时间来，但是有一次他抽出时间，我们去了穆纳尔，就在喀拉拉邦。穆纳尔是一处很小的山间驻地，四周是世界上海拔最高的几座茶园。刚到五月，季风还没有来临。泰米尔纳德的平原异常炎热。我们从马杜赖沿着蜿蜒的道路开了五个小时的车到了穆纳尔。那里凉爽的天气十分怡人，就像在口里含了薄荷一样舒服。我们做了游客会做的事情。我们参观了一座塔塔茶厂。我们在湖上泛舟。我们游览了一个牛群养殖中心。我们在一座国家公园里给几只尼尔吉里塔尔羊——一种野羊——喂盐。（“我们动物园里也有。你们应该到本地治里来。”父亲对几位瑞士游客说。）拉维和我到城镇附近的茶园里去散步。这些都是让我们不要那么懒散的借口。到了傍晚，父亲和母亲已经在我们舒适的旅馆的茶室里稳稳地坐了下来，像两只在窗前晒太阳的猫。母亲在读书，父亲在和其他客人聊天。

穆纳尔有三座小山。它们无法与那些环绕着城镇的高山——你可以称之为大山——相比，但是第一天早晨，我们吃早饭的时候，我注意到它们的确有一点与众不同之处：每座山上都有一座神的居所。旅馆外面，小河对面的右侧那座山的山腰上有一座印度教庙宇；更远一些的中间那座山上有一座清真寺；而左面那座山的山顶上有一座基督教教堂。

我们在穆纳尔的第四天。就在下午即将过去的时候，我站在左边那座小山上。虽然我上的是名义上的基督教学校，但是从来没有到教堂里去过——而且当时也不敢这么做。我对这种宗教所知甚少。它有一个神祇很少而暴力却很多的名声。但是学校不错。我绕教堂走着。这座建筑有着厚厚的毫无特点的淡蓝色的墙和根本无法往里看的高高的细长的窗户，外观丝毫也显示不出它里面有些什么。一座堡垒。

我碰到了教区长。门是开着的。我躲在一个角落里看那个地方。门左边是一块木板，上面写着“牧区神父”和“助理神父”。两个词旁边各有一根活动木闩。木板上的金字告诉我神父和他的助理都当值，这我可以很清楚地看到。一位神父正在办公室里工作，背对着凸窗，另一位正坐在宽敞的前厅里一张圆桌前的长凳上，前厅显然是接待客人的房间。他面对着门窗坐着，手里捧着一本书，我猜是一本《圣经》吧。他读了几行，抬起头来，又读几行，又抬起头来。这一系列动作轻松自在，却又机警而镇静。几分钟后，他把书合上，放到一边。他双手交叉放在桌上，坐在那儿，表情平静，既不充满期待，也不听之任之。

前厅的白色墙壁十分干净；桌子和长凳是深色的木头做的；神父穿着一件白色法衣——一切都那么整洁、朴素、简单。我心里充满了平静。但是除了这里的环境，更加吸引我的是我能凭直觉感到他就在那儿——敞开心扉，充满耐心——时刻准备着会有人，任何人，想要和他谈一谈；一个心灵的问题，一件沉重地压在心里的事情，良心中的一个黑暗面，他会带着爱去倾听。他的职业就是去爱，他会尽自己最大的能力提供安慰和指引。

我受到了感动。眼前的一切悄悄地溜进了我心里，令我感到震颤。

他站起来了。我以为他会把他那根木闩推过去，但是他没有。他退到了前厅更里面的地方，仅此而已，前厅和旁边房间之间的门还开着，像外面的门一样。我注意到了，两扇门都是大开着的。显然，他和同事仍然可以见来访的人。

我从角落走开，鼓足了勇气。我走进了教堂。我紧张极了。我害怕会遇见一个基督教徒，他会对我大吼："你在这儿干什么？你怎么敢走进这个神圣的地方，你这个渎神的家伙？出去，马上出去！"

里面一个人也没有。也没有一件我能看明白的东西。我继续向里走，仔细打量着里面的圣所。有一幅画。这就是神像吗？是关于人类牺牲的事。一位愤怒的神，需要用血去平息他的怒气。惶惑的妇女抬头注视着空中，长着小翅膀的胖乎乎的婴儿飞来飞去。一只有超凡能力的鸟。哪一个是神？圣所一边有一尊上了漆的木头雕像。又是那个受难者，满身伤痕，鲜血直流，血的颜色十分醒目。我目不转睛地看着他的双膝。膝盖被擦破得厉害。粉红色的皮肤向后翻，看上去就像花瓣，露出像消防车的颜色一样红的膝盖骨。我很难将这幅受折磨的情景和前厅里的神父联系起来。

第二天，大约在同一个时间，我又走了进去。

天主教徒有着严肃的名声，人们都知道他们的惩罚十分严厉。和马丁神父的交往让我觉得事情根本不是那样的。他很友善。他用一套茶具招待我喝茶、吃饼干，那套茶具每次被碰一下都叮叮当当地响；他对我就像对待一个大人；他还给我说了一个故事。

那是一个什么样的故事啊。首先吸引我的是，这个故事令我难以置信。什么？人类犯了原罪，付出代价的却是上帝的儿子？我试图想象神父在对我说："派西尼，今天一头狮子溜进了美洲驼圈里，咬死了两头美洲驼。昨天另一头狮子咬死了一头黑羚羊。上星期两头狮子把骆驼吃了。上上个星期它们吃了彩色鹳鸟和灰鹭。谁能肯定是谁把我们的金色刺豚鼠当点心吃了呢？情况已经变得让人无法忍受。一定得采取措施了。我已经决定了，为狮子赎罪的唯一方法就是把你喂给它们。"

"是的，神父，这样做很正确，也符合逻辑。给我一点儿时间梳洗一下吧。"

"哈利路亚，我的孩子。"

"哈利路亚，神父。"

真是个十足的怪异故事。真是奇怪的心理。

我要求再听一个故事，一个也许能让我更加满意的故事。这个宗教肯定有不止一个故事——所有宗教都有很多故事。但是马丁神父让我明白，在这个故事之前发生的故事——这样的故事有很多——对基督教徒来说都只是引子而已。他们的宗教只有一个故事，他们不断地，一次又一次地回到这个故事。对他们来说，有这个故事就够了。

那天晚上在旅馆里，我很安静。

神可以忍受厄运，这我能明白。印度教里的神也面对很多窃贼、恶霸、绑匪和篡位者。《罗摩衍那》不就是对罗摩所度过的漫长的糟糕的一天的叙述吗？厄运，有的。好运的逆转，有的。背叛，有的。但是屈辱？死亡？我无法想象克利须那乐意自己被剥光了衣服、被鞭打、被嘲笑、被拖着从大街上走过，最后被钉死在十字架上——而且纯粹是拜人类所赐。我从没有听说过一个印度神死去。启示梵天没有死。恶魔会死，凡人也会死，成千上万地死去——他们活着就是为了死去。物质也会消亡，但是神不应该受死亡的折磨，这是不对的。世界灵魂不能死，甚至它的一个组成部分也不能。这个基督教上帝让他的化身死去，这是不对的。那就相当于让自己的一部分死去。因为如果圣子要死去，那不可能作假。如果十字架上的上帝是假装人类悲剧的上帝，那么耶稣受难就会变成耶稣的闹剧。圣子的死一定是真的。马丁神父向我保证说那是真的。但是上帝一旦死去，那就永远死了，即使是在复活以后。圣子必须永远品尝死亡的滋味。三位一体一定因此而受到玷污；圣父上帝的右手一定散发着某种恶臭。这恐怖一定是真的。上帝为什么希望这件事发生在自己身上？为什么不把死亡留给凡人？为什么要让美丽变得丑陋，要将完美损毁？

爱。这就是马丁神父的回答。

这位圣子的行为怎么样呢？有一个关于婴孩克利须那被朋友冤枉说他吃了一点儿泥土的故事。他的养母雅首达摇着手指向他走来。“你不应该吃泥土，你这个淘气的孩子。”她训斥他说。“但是我没有吃啊。”无可置疑的主宰一切的主说，开玩笑地假装成害怕的人类孩子的样子。“啧！啧！张开嘴。”雅首达命令说。克利须那照她说的做了。他张开了嘴。雅首达倒吸了一口气。她在克利须那嘴里看见了整个完整的永恒的宇宙，天空中所有的恒星和行星以及它们之间的距离，地球上所有的陆地、海洋和那里的生命；她看见了过去所有的日子和未来所有的日子；她看见了所有的思想和所有的情感，所有的遗憾和所有的希望，以及三部分物质；一颗卵石、一根蜡烛、一个生物、一座村庄或星系都不缺少，包括她自己和在自己的真实位置上的每一粒尘埃。“我的主啊，你可以闭上嘴了。”她虔诚地说。

有一个毗湿奴化身为矮人筏摩那[1]的故事。他只向恶魔之王末梨要求他三步之内所能走过的土地。末梨大声嘲笑这个小矮子请求者和他微不足道的要求。他同意了。毗湿奴立刻变回无比巨大的身材。他一步便跨过了整座地球，第二步跨过了整个宇宙，第三步一脚把末梨踢进了地狱。

罗摩是最具有人性的化身，他为了从楞伽[2]的邪恶国王罗波那那里夺回自己的妻子悉多而变得面容阴郁，必须有人提醒他他所具有的神性，但即使是他也不是个无能之辈。没有一个单薄的十字架能压倒他。当攻势太猛的时候，他会用任何人都不可能有的力气和任何人都不会使用的武器超越自己有限的人

---

1 筏摩那，意为侏儒，毗湿奴十种化身中的第五种。
2 楞伽，即今天的斯里兰卡。

类的身躯。

上帝就应该是那样。拥有光辉、才智和力量。能用这些来挽救和拯救善良，击败邪恶。

另一方面，这位忍受饥饿，忍受干渴、疲惫、悲伤、焦虑、被诘问和骚扰、不得不忍受无知的信徒和不尊重他的对手的圣子——他是个什么样的神啊？是个太像人类的神，就是那样。基督教有奇迹，是的，大多数都与医药有关，有几个满足了饥饿的肚皮；最多使暴风雨不那么猛烈，在水上走了一会儿。如果那是魔法，那也是小魔法，和扑克牌把戏差不多。任何一位印度教里的神都能做得比这个好一百倍。这位圣子是一个把大部分时间都用来说故事，说话的神。这位圣子是一位走路的神，一位行人神——而且在一个炎热的地方——他的步伐和任何一个人类的步伐一样，凉鞋只抬到路上的大石头上；当他舍得在交通上花钱的时候，那交通工具只是一头普通的毛驴。这位圣子是一个呻吟、喘息、悲叹了三小时后死去的神。那是个什么样的神啊？这位圣子能赋予我们什么灵感呢？

爱，马丁神父说。

而且这位圣子只在很久以前在很远的地方出现过一次，在一个早已消失的帝国疆域内、西亚一个落后地区的一个寂寂无闻的部落里。在头上还没有一根白发的时候就被杀死了。没有留下一个后代，只留下分散在各处的不完整的箴言，他的完整作品就是用手指在尘土上写的字？等一下。这不仅是严重怯场的梵天。这是自私的梵天。这是不慷慨不公平的梵天。这实际上是没有显露神性的梵天。如果梵天只有一个儿子，他一定像挤奶女工怀里的克利须那一样有无数的化身，不是吗？什么能为神的吝啬辩护？

爱，马丁神父重复说。

我还是忠于我的克利须那，非常感谢。我觉得他的神性非常令人信服。你可以把爱出汗、爱唠叨的圣子留给自己。

这就是我很久以前遇到那位令人讨厌的拉比的情形：心存怀疑和恼怒。

一连三天，我都和马丁神父一起喝茶。每一次，当茶杯碰在碟子上咯咯作响，勺子碰在茶杯边上叮当作响的时候，我就开始提问。

答案永远是一样的。

他使我不安，这位圣子。每天我心中对他的愤怒都更加强烈，每天我都能找到他的更多缺点。

他任性！那是在贝瑟尼的早晨，上帝饿了；上帝想吃早饭。他来到一棵无花果树前。当时不是结无花果的季节，因此树上没有无花果。上帝恼怒了。圣子小声抱怨说："愿你永远都不要再结果子了。"于是无花果树立即枯萎了。马太是这么说的，马可也证明了。

我问你，当时不是结无花果的季节，难道这是无花果树的错吗？像这样对待一棵无辜的无花果树，让它立即枯萎，这是什么事啊？

我无法把他从我心里赶走。现在仍然不能。我花了整整三天时间想他。他越令我不安，我越无法忘记他。我对他了解得越多，就越不想离开他。

最后一天，在我们离开穆纳尔之前几个小时，我匆匆爬上了左边那座山。现在我感到这是典型的基督教的情景。基督教是一个匆忙的宗教。看看这个七天之内创造的世界。即使是在象征的层面上，这也是疯狂的创造。在我出生的宗教里，为了一个灵魂的战争可以像接力赛一样持续很多个世纪，接力棒在无数代人的手中传过，对我来说，基督教迅速解决问题的方式令人困惑。如果说印度教就像恒河一样平静地流淌，那么基督教就像高峰时间的多伦多一样匆匆地奔忙。这是一个像燕子一样迅速，像救护车一样急迫的宗教。一切都发生得那么迅速，转瞬之间便作出了决定。转瞬之间你就迷失了，或得救了。基督教可以追溯到许多个世纪以前，但是在本质上它只存在于一个时间里：现在。

我飞快地爬上山去。尽管马丁神父不当值，唉，他的那根木闩已经推过去了，感谢上帝他在里面。

我上气不接下气地说："神父，我想成为一名基督教徒。"

他笑了。"你已经是了，派西尼——在你心里。任何一个真诚地来见耶稣的人都是基督教徒。在穆纳尔你遇见了基督。"

他拍了拍我的头。实际上更像是重重地打了几下。他的手拍在我头上发出砰砰砰的声音。

我想我要高兴得发狂了。

"等你回来的时候，我们再一起喝茶，我的孩子。"

"好的，神父。"

他给了我一个善意的微笑。基督的微笑。

我走进教堂，这次没有恐惧，因为现在这里也是我的家了。我向基督祷告，他是活着的。然后我冲下左边的山，又冲上右边的山——去谢谢克利须那王把我引到拿撒勒的耶稣——我发现他的人性非常令人信服——面前。

18

紧接着我又信了伊斯兰教，在不到一年的时间。那时我十五岁，正在探索自己的家乡。穆斯林居住区离动物园不远。那是一个小小的安静的地段，房子临街一面写着阿拉伯文，画着新月。

我来到毛拉街。我偷偷张望了一下那座大清真寺，当然，我小心地待在外面。伊斯兰教的名声比基督教的名声更糟，神更少，暴力更多，而且我从没有听任何人说过穆斯林学校的好话，因此我不会进去，尽管那里没有人。这是一座干净的白色建筑，只有各个边缘处漆成了绿色，开放的结构围绕着中间一间空荡荡的房间伸展开来。地上到处都铺着长长的草席。上面，两座细长的有凹槽的光塔直伸向空中，背后是参天的椰子树。这个地方没有什么具有明显宗教性的东西，或者就此而言，有趣的东西，但是这里很舒适、很安静。

我继续向前走。就在清真寺前面有一排连在一起的一层楼的住宅，前面有阴凉的门廊。这些房子年久失修，破败不堪，绿色的灰泥墙已经退了色。其中一间房子是一家小商店。我看到满满一架落满了灰尘的瓶子，里面装着可乐，还有四个透明塑料罐子，装了半罐子糖果。但是主要的货物是别的东西，是一种扁平的圆圆的白色的东西。我走近了。看上去像一种无酵饼。我戳了戳其中一只。它硬邦邦地弹了起来。这些东西看上去像放了三天的印度式面包。谁会吃这些啊，我想。我拿起一只，摇了摇，看看它会不会碎。

一个声音说："想尝尝吗？"

我吓得差点儿灵魂出窍。我们有过这样的经历：四周有阳光和树荫，有斑斑点点的色彩，而你的心思在别的地方，因此辨认不出就在面前的东西。

在离那堆饼不到四英尺的地方，有一个人盘腿而坐。我大吃一惊，手猛地向上一扬，饼飞到了路中间，落在了一堆新鲜牛粪上。

"对不起，先生。我没看见你！"我脱口而出。我正准备要逃走。

"别担心，"他平静地说，"那块饼可以喂牛。再拿一块吧。"

他把一块饼掰成两半。我们一起吃了。饼又硬又有弹性，咬起来很费劲，但容易填饱肚子。我平静了下来。

"这些饼都是你做的啰。"我没话找话地说。

"是的。到这儿来，我来告诉你是怎么做的。"他从台子上下来，招手让我进了他家。

那是一座有两间房间的茅舍。被一只烤炉占据了的大一些的房间是面包房，另一间用一块薄帘子隔开的房间是他的卧室。烤炉底部覆盖着光滑的卵石。他正在向我解释饼是怎样在这些加热了的卵石上烘烤的，这时穆安津带鼻音的呼唤从清真寺随风传来。我知道那是呼唤信徒去祷告，但是我不知道它意味着什么。我猜想这声音是召唤忠实的穆斯林去清真寺，很像钟声召集我们基督教徒去教堂。事实并非如此。面包师说了一半停住了，说："对不起。"他弯腰走进隔壁房间，一分钟后拿着一块卷起来的毯子回来了。他把毯子打开，放在面包房的地上，扬起的面粉像刮起一场小小的风暴。就在我面前，在他工作的地方，他开始祷告起来。他的举止并不妥当，但是感到格格不入的却是我。幸运的是，他是闭着眼睛祷告的。

他站直了身体。他用阿拉伯文低声咕哝着。他把双手放在耳朵旁边，两个大拇指碰到耳垂，看上去好像在扯着耳朵听安拉的回答。他向前鞠了一躬，然后又站直身体。他双膝跪下，双手和额头触地。他坐了起来，又向前趴下，又站了起来。他把整个动作又重复了一遍。

嗨，伊斯兰教只是一种简单的锻炼，我想。贝都因人在炎热的气候中做的瑜伽。不出汗的正坐，不需费力即可进入的极乐之乡。

他把这一套动作重复了四遍，同时一直不停地咕哝着。做完以后——最后头向左右转动一次，冥想了一会儿——他睁开眼睛，微微一笑，从毯子上下来，三下两下就把毯子卷了起来，看得出这是他的老习惯了。他把毯子放回隔壁房间原来的地方，然后回到我这里。“刚才我说到哪儿了？”他问。

这就是我第一次看见一个穆斯林做祷告——身体运动，动作迅速，出于必要，低声咕哝，引人注目。下一次我在教堂里做祷告的时候——跪在十字架上的耶稣面前，一动不动，沉默不语——在一袋袋面粉中间像做健美操一样与上帝交流的画面不断出现在我脑海里。

19

我又去见了他。

“你的宗教是关于什么的？”我问。

他的眼睛里有了神采。“是关于安拉的。”他回答。

我要向所有人挑战，要求他们去了解伊斯兰教，了解它的精神，而并不是去爱它。它是关于兄弟之情和奉献的美好的宗教。

清真寺是真正的开放的建筑，对上帝开放，也对微风开放。我们盘腿而坐，听伊玛目讲经，一直听到祈祷时间。那时，随意坐的情况不见了，我们站起来，肩并肩一排排坐好，前面的每一个空都被后面的一个人补上，直到每一排的人都满了，我们是一排排的拜神者。以额触地的感觉很好。这立刻让人感到深入的宗教接触。

20

他是苏菲派教徒，一个穆斯林神秘主义者。他寻求个人意志在真主意志面前的毁灭，即与真主的结合，他与真主的关系是私人关系，是充满了爱的关系。“如果你向真主走两步，”他曾经对我说，“真主就会向你跑来！”

他的长相十分平常，容貌和衣着没有任何能让人在回忆时猛然想起的特别之处。我们第一次见面时我没有看见他，这一点儿也不让我感到奇怪。甚至当我非常了解他之后，在我们一次又一次见面之后，我仍然很难认出他来。他名叫萨蒂什·库马尔。在泰米尔纳德这个名字很平常，因此这个巧合并不十分引人注目。即便如此，我仍然很高兴看到他们有同样的名字。这位虔诚的面包师像影子一样平平常常，身体结实健康，而生物老师是位共产主义者，虔诚的科学信徒，童年时不幸患上小儿麻痹症，现在踩在高跷上走路，那样子就像一座移动的大山。库马尔先生和库马尔先生教我生物学和伊斯兰教。库马尔先生和库马尔先生引导我在进多伦多大学以后学了动物学和宗教学。库马尔先生和库马尔先生是我在印度的青年时期的先知。

我们一起祷告，一起进行虔诚赞颂真主安拉的仪式，即背诵真主的九十九个尊名。他是个哈菲兹，会背诵整部《古兰经》，还会用缓慢、简单的音调吟唱经文。我的阿拉伯文一向不太好，但我却喜欢它的发音。从喉咙里突然发出的声音和拉长的流畅的元音就在我的理解力的层面之下潺潺而过，像一条美丽的小溪。我长久地注视着这条小溪。它并不宽，里面只有一个人的声音，但却像宇宙一般深邃。

我把库马尔先生的住处描绘成一间简陋的小屋。然而从没有任何清真寺、教堂或庙宇像这间小屋一样让我感觉如此神圣。有时候我从那间面包房出来，心里沉甸甸地装满了天国的荣耀。我会跨上自行车，将那份荣耀踏进空气里。

有一次我出城去，在回来的路上，在一处地面很高，左边能看见大海的地方，沿着长长的下坡走着的时候，我突然感到自己是在天堂里了。实际上这个地方和我刚才经过的时候没有什么不同，但是我看待它的方式却发生了变化。这种由跃动的活力和极度的平静自相矛盾地混合而成的感觉十分强烈，充满了幸福极乐。在此之前，道路、大海、树木、空气、太阳都对我说着不同的话，而现在它们却说着同一种语言。树木注意到了道路，道路意识到了空气，空气留意着大海，大海与太阳分享一切。自然环境中的每一个元素都与周围的其他元素和谐共处，大家都是亲友。我跪下时是个凡人；站起来时却已不朽。我感到自己就像一个小圆的中心，和一个大得多的大圆的中心相重合。自我和安拉相遇了。

还有一次，我感到上帝离我很近。那是在加拿大，在很久以后。我正在乡间看望朋友。那是个冬天。我独自一人在他们家的大园子里散步，当时正往回走。前一天夜里下了一夜的雪，那天天气晴朗，阳光灿烂。大自然中的一切都盖上了一床白色的毯子。就在我朝房子走去时，我转过头。那里有一片树林，树林里有一块空地。一阵微风，或者也许是一只动物，让一根树枝晃动起来。细细的雪从空中落下，在阳光下闪着光。在那片洒满了阳光的空地上，那片纷纷落下的金色的尘雾中，我看见了圣母马利亚。为什么是她，我不知道。我对马利亚的虔诚是第二位的。但那就是她。她的皮肤是白色的。她穿着一件白色长裙，披着一件蓝色斗篷；我记得那一道道的褶裥和皱痕给我留下了很深的印象。我说我看见了她，并不是真的如此，尽管她的确有躯体有肤色。我感到自己看见了她，那是幻象之外的幻象。我停住脚步，眯起眼睛。她看上去非常美丽，非常威严。她带着充满了爱的善意看着我。几秒钟后她离开了我。我的心因为敬畏和快乐而狂跳起来。

神的降临是最优美的报酬。

21

之后，我坐在闹市区的一家咖啡馆里，思考着。我刚刚花了大半个下午的时间和他在一起。我们的相遇总是让我对毫无生气的满足感感到厌烦，这种感觉是我生活的特点。是他用的什么词给我留下了深刻印象？啊，对了："干巴巴的、丝毫不能引人激动的真实性"，"更好的经历"。我拿出笔和纸，写道：

对神圣觉悟的词语：道德升华；持续的高尚和兴高采烈的感觉；加快拥有道德感，这让人强烈地感到比通过智力了解事物更加重要；把宇宙放在道德的范围内，而不是智力的范围内；对存在的基本原则是我们所谓的爱的认识，这样的认识有时并不能让人立即完全清楚明白，但最终必然会让人明白的。

我停顿了片刻。上帝的沉默怎么解释？我仔细考虑了一会儿。我补充道：

困惑的智力然而却是对存在和最终目的的信任感。

22

我完全能够想象一位无神论者临终时所说的话："白色，白色！爱——爱——爱啊！我的上帝！"——还有临终前突然有的对上帝的信仰。而不可知论者，如果他忠实于自己的理性自我的话，如果他依赖干巴巴的、丝毫不能引人激动的真实性的话，也许会试图这样解释沐浴着他的温暖的光："也许是大——大——大脑缺——缺——缺氧。"直到最后一刻，由于缺乏想象力而错过了更好的经历。

23

哎，给一个民族带来集体感的共同信仰却给我招来了麻烦。我的宗教行为开始只有一些与之无关、只是感到好笑的人注意到，后来终于被对他们来说关系重大的人注意到了——这些人并不感到好笑。

“你儿子到庙宇去干什么？”神父问。

“有人看见你儿子在教堂里画十字。”伊玛目说。

“你的儿子成了一个穆斯林。”梵学家说。

是的，我困惑不解的父母不得不注意到了这一切。你瞧，他们并不知道。他们不知道我是虔诚的印度教徒、基督教徒和穆斯林。青少年总有几件事瞒着父母，不是吗？所有的十六岁少年都有自己的秘密，不是吗？但是命运决定了我的父母和我以及那三位智者（我就这样称呼他们吧），有一天会在古贝尔·萨莱海滨散步广场相遇，我的秘密会暴露。那是一个可爱的微风轻拂、天气炎热的星期天下午，孟加拉湾在蓝天下波光闪烁。城里的人都出去散步了。孩子们大声叫着笑着。五颜六色的气球在空中飘来飘去。冰淇淋卖得飞快。在这样的一天为什么要考虑工作上的事呢？我问。为什么他们不能点点头，笑一笑，就从我们身边走过去呢？事情没有这样发生。我们遇到了不止一位智者，而是三位智者，不是一位接一位地遇到，而是三位同时遇到，每一位都在看到我们的时候认定，那是见那位本地治里的名人、动物园的园长、那位模范的虔诚的儿子的父亲的绝妙时机。看见第一位的时候，我微笑了一下；看见第三位的时候，我的微笑变得僵硬，成了一只恐怖面具。当我看清三位都在朝我们走来的时候，我的心一下子跳了起来，然后慢慢沉了下去。

当三位智者意识到他们三人都在朝同样的人走去时，似乎很不高兴。每一位一定都以为其他两位是为其他事，而不是为与传教有关的事到那儿去的，又都粗暴地选择了在那一刻来讨论这个问题。他们相互交换了不快的目光。

父母被三位满脸微笑的陌生的宗教人士彬彬有礼地挡住了去路，感到很不解。我要解释一下，我的家庭绝不是一个正统的家庭。父亲认为自己是新印度——富有、现代、像冰淇淋一样世俗的新印度的一部分。他根本没有宗教细胞。他是个商人，就他而言，显然是个忙碌的商人，一个工作勤奋、讲求实际的专业人员，对狮子的近亲交配比对任何包罗万象的道德或存在图式更加关心。的确，他请牧师来给所有新来的动物祝福，动物园里还有两座小神龛，一座供奉象头神，一座供奉神猴，两位都是可能让动物园园长高兴的神，第一位长了一个大象脑袋，第二位是只猴子。但是父亲的打算是，这对生意有好处，而不是对他的灵魂有好处，这是公共关系问题，而不是个人得救问题。精神上的担忧对他而言是件陌生的事情；让他身心苦恼的是经济上的担忧。“只要有一种疾病在这群动物当中流行，”他说，“我们就只能做修路工去砸石头了。”在这个问题上，母亲感到厌烦，保持沉默和中立的态度。印度教的家庭教育和浸礼会的学校教育在宗教方面恰好相互抵消，让她成了一个不信奉宗教的人，并且对此心安理得。我怀疑她已经怀疑到我对这件事有不同的反应，但是，当我小时候贪婪地阅读

《罗摩衍那》和《摩诃婆罗多》的连环漫画和插图本少儿《圣经》以及其他神的故事的时候，她从没有说过什么。她自己非常喜欢读书。她很高兴看见我埋头读书，任何书，只要不是下流的书就行。至于拉维，如果克利须那手里拿的不是笛子而是板球球拍，如果耶稣在他看来更像一个裁判员，如果先知穆罕默德——愿他安息——表达过对保龄球的看法，那么也许他会抬起虔诚的眼皮，但是他们没有，于是他睡了。

在问了“你好”，说了“天气不错”之后，是一阵尴尬的沉默。神父打破了沉默，他用充满自豪的声音说：“派西尼是个很好的基督教小伙子。我希望看见他很快就能参加我们的合唱。”

我的父母、梵学家和伊玛目看上去吃了一惊。

“你一定弄错了。他是个很好的穆斯林小伙子。他每个星期五都来祷告，他对神圣的《古兰经》的学习也进步得很快。”伊玛目这样说道。

我的父母、神父和梵学家看上去难以置信。

梵学家说话了：“你们都错了。他是个很好的印度教小伙子。我总是在庙宇里看见他来得福和做礼拜。”

我的父母、伊玛目和神父看上去惊讶得目瞪口呆。

“肯定没错，”神父说，“我认识这个小伙子。他是派西尼·莫利托·帕特尔，是个基督教徒。”

“我也认识他，而且我要告诉你们他是个穆斯林。”伊玛目肯定地说。

“荒唐！”梵学家叫道，“派西尼生下来就是个印度教徒，活着是个印度教徒，死了也是印度教徒！”

三位智者相互瞪着眼，气喘吁吁，满腹怀疑。

主啊，让他们把目光从我身上移开吧，我在心里低语。

所有的目光都落到了我身上。

“这是真的吗？”伊玛目急切地问道，“印度教徒和基督教徒都是偶像崇拜者。他们有很多神。”

“而穆斯林则有很多老婆。”梵学家回敬道。

神父轻蔑地看着他们俩。“派西尼，”他几乎是在耳语，“只有耶稣才能让我们得救。”

“胡言乱语！基督教徒根本就不懂什么是宗教。”梵学家说。

“他们很久以前就偏离了真主的道路。”伊玛目说。

“你们宗教里的上帝在哪里？”神父厉声问道，“你们连一个可以显示上帝存在的奇迹都没有。没有奇迹，那还算是什么宗教？”

“宗教不是马戏，总是有死人从坟墓里跳出来，不是的！我们穆斯林坚信最基本的生命奇迹。飞翔的小鸟，飘落的雨水，生长的庄稼——这些对我们来说就是奇迹。”

“羽毛和雨水都非常好，但我们想知道上帝真正和我们在一起。”

“是吗？啊，和你们在一起对上帝的好处可真不少啊——你们试图杀了他！你们用大钉子把他钉在十字架上。这是对待先知的文明方式吗？先知穆罕默德——愿他安息——给我们捎来了真主的话，却没有受到任何有损尊严的荒唐对待，而是活到了高龄。”

“真主的话？捎给沙漠中间你们那群不识字的商人？那都是他因为骆驼的摇摆而导致的癫痫发作之后的胡说八道，而绝不是神的启示。就是那样，要不就是太阳烤坏了他的脑子！”

“如果先知——愿他安息——还活着，他会说出气愤的话的。”伊玛目眯缝着眼睛说。

“哎，他没活着！耶稣还活着，而你们的老‘愿他安息’已经死了，死了，死了！”

梵学家静静地打断了他们。他用泰米尔语说：“真正的问题是，为什么派西尼轻率地对待这些外来的宗教？”

神父和伊玛目的眼珠子这一下简直要从脑袋里蹦出来了。他们都是土生土长的泰米尔人。

“上帝是无处不在的。”神父气急败坏地说。

伊玛目点头表示完全赞同。“只有一个真主。”

“只有一个真主的穆斯林总是招惹麻烦，引起暴乱。伊斯兰教有多坏的证明，就是穆斯林有多么不文明。”梵学家宣布道。

“种姓制度的奴隶监工在说话，”伊玛目愤怒地说，“印度教徒奴役人民，膜拜穿上衣服的玩偶。”

“他们热爱金色小牛犊。他们在牛面前下跪。”神父插话表示赞成。

“而基督教徒却在一个白人面前下跪！他们是拍外来神马屁的势利小人。他们是所有非白色人种的噩梦。”

“他们吃猪肉，是食肉生番。”伊玛目另外补充道。

“归根结底，”神父抑制住愤怒，冷静地宣布说，“问题是派西尼是想要真正的宗教，还是要卡通连环画里的神话。”

“是要真主，还是偶像。”伊玛目拖长了声音严肃地说。

“是要我们的神，还是要殖民地的神。”梵学家尖利地说。

很难分清谁的脸更红。看样子他们可能要打起来了。

父亲举起双手。“先生们，先生们，请不要这样！”他插话道，“我要提醒你们，这个国家有宗教信仰自由。”

三张有中风迹象的脸转向了他。

“是的！信仰，只能有一种！”三位智者不约而同地叫道。三根食指就像三个标点符号，一下子蹦到了空中，以吸引别人的注意力，强调自己的观点。

他们对这无意的异口同声的效果和不由自主的相同手势很不高兴。他们迅速把手指放下，叹了口气，各自发出不满的声音。父亲和母亲继续瞪着他们，不知道该说什么。

梵学家第一个说话了。“帕特尔先生，派西尼的虔诚令人钦佩。在这动荡的年代，看到一个小伙子对神如此热心，这真是太好了。我们都同意这一点。”伊玛目和神父点点头。“但是他不可能同时做一个印度教徒，一个基督教徒和一个穆斯林。这是不可能的。他必须作出选择。”

“我不认为这是件罪行，但我想你是对的。”父亲答道。

那三位咕哝了几声表示同意，然后抬头看着天，父亲也一样，他们感到上天一定能作出决定。母亲看着我。

一阵沉默重重地压在了我的肩上。

“嗯，派西尼？”母亲用胳膊肘轻轻推了推我。“你对这个问题有什么感觉？”

“甘地老爹说，‘所有宗教都是真实的’。我只是想热爱神。”我脱口而出，然后低下头，脸红了。

我的尴尬具有传染性。没有人说一句话。我们碰巧离海滨散步广场上的甘地塑像不远。这位圣雄正在行走，他手里拿着拐杖，嘴上挂着顽童似的微笑，眼里闪着光。我想他听见了我们的谈话，但他更注意我的内心。父亲清了清嗓子，用压低了的声音说："我想这是我们大家都在努力做的事——热爱神。"

他这么说让我感到很滑稽，自从我有记忆力以来，他就从没有带着严肃的目的跨进寺庙过。但是这话似乎起了作用。你不能责备一个想要热爱神的小伙子。三位智者脸上带着僵硬的、勉强的微笑离开了。

父亲看了我一秒钟，似乎要说什么，却又改变了主意，说："冰淇淋，谁想要？"我们还没有回答，他便朝最近的卖冰淇淋的小贩走去。母亲又盯着我看了一会儿，表情既温柔又困惑。

那就是我对不同宗教间对话的入门。父亲买了三只冰淇淋三明治。我们一边非常安静地吃着冰淇淋，一边继续星期天的散步。

24

拉维发现这件事后对我尽情嘲笑了一番。

"那么，耶稣先知，今年你要去朝觐吗？"他说，一边把双手放在面前，行了一个虔诚的合十礼。"麦加在召唤吗？"他画了个十字。"还是到罗马去参加你自己登上下一任庇护教皇宝座的加冕礼？"他在空中画了一个希腊字母，拼出自己的嘲弄。"你腾出时间做了包皮环割术，成了犹太人了吗？照你这个速度，如果你星期四去庙宇，星期五去清真寺，星期六去犹太教堂，星期天去教堂，那么你只需要再皈依三个宗教，下半辈子就可以天天放假了。"

以及诸如此类的其他的冷嘲热讽。

25

这还没有结束。总有人以保卫上帝为己任，仿佛最高实在，还有支撑万物的结构是软弱无助的。这些人从因为患了麻风病而变得畸形、正在乞讨几个派萨的寡妇身边走过，从住在大街上、衣衫褴褛的孩子身边走过，他们想:“一切如常。”但是如果他们觉察到对上帝的轻视，那情况就完全不同了。他们的脸变得通红，他们的胸脯起伏得厉害，他们气急败坏地说出了生气的话。他们愤慨的程度令人惊讶。他们的决心令人惊恐。

这些人没有意识到，保卫上帝应该从内心做起，而不是从外部做起。他们应该对自己生气。因为外在的邪恶是从内心释放出来的。为善而战的战场并不在外面广阔的公共场所，而在每个人心中的那一小块空地。同时，寡妇和无家可归的孩子的命运十分艰难，那些自以为是的人急急忙忙去保护的应该是他们，而不是上帝。

有一次，一个蠢货把我从大清真寺里赶了出去。当我到教堂去的时候，神父怒视着我，让我无法感受到耶稣带来的宁静。有时候某位高雅之士会用“嘘”声赶我走，不让我得福。有人用揭露叛逆罪般的压低了的声音急迫地把我的宗教行为告诉我的父母。

好像这样狭小的心胸对上帝有什么好处。

对我来说，宗教关乎我们的尊严，而非堕落。

我不再去无沾成胎圣母马利亚堂做弥撒，而是去天使圣母马利亚堂。星期五做完祷告之后，我不再继续留下和教友们在一起。我在人多的时候去庙宇，那时高雅之士们需要分心的事太多，不会挡在神和我之间。

26

在散步广场和那几位相遇之后几天，我鼓起勇气，到父亲的办公室去见他。

“父亲？”

“什么事，派西尼。”

“我想要受洗，我还想要一块祷告毯。”

我的话影响父亲的速度很慢。他几秒钟以后才从文件上抬起头来。

“一块什么？什么？”

“我想在外面祷告的时候不要把裤子弄脏。我在上一所基督教教会学校，却没有受过基督的真正的洗礼。”

“你为什么想在外面祷告？实际上，你为什么想要祷告呢？”

“因为我爱神。”

“啊哈。”他似乎被我的回答吓了一跳，几乎被弄得有些窘。片刻的停顿。我以为他又要给我冰淇淋了。“嗯，小修院只是有一个基督教的名字，有很多不是基督教徒的孩子也在那里上学。你不受洗也同样能好好地毕业。向安拉祷告也不会有什么两样。”

“但是我想向安拉祷告。我想成为一个基督教徒。”

“你不能两者都是。你只能要不做这个要不做那个。”

“为什么我不能两者都是？”

“它们是不同的宗教！它们没有任何相同之处。”

“他们不是这么说的！他们都声称自己信奉亚伯拉罕。穆斯林说希伯来人和基督教徒的上帝和穆斯林的真主是一样的。他们都承认大卫、摩西和耶稣是先知。”

“这和我们有什么关系，派西尼？我们是印度人！”

“基督教徒和穆斯林已经在印度生活了好几个世纪！有人说耶稣就葬在克什米尔。”

他什么也没说，只是看着我，眉头紧锁。突然有工作需要他去处理。

“去和你母亲说吧。”

她正在读书。

“母亲？”

“什么事，亲爱的。”

“我想要受洗，我还想要一块祷告毯。”

“去和你父亲说吧。”

“说过了。他让我来和你说。”

“是吗？”她放下书，朝窗外动物园的方向看去。我敢肯定，就在那一刻，父亲一定感到颈背上有一阵凉风吹来。她转身走到书架跟前。“这儿有本书，你会喜欢的。”她已经伸出胳膊去够书了，是罗伯特·路易斯·史蒂文森的书。这是她惯用的方法。

“我已经读过那本书了，母亲。读过三次了。”

“噢。”她的胳膊停在了左边一本书上。

“柯南·道尔的书我也读过了。”

她的胳膊又转向了右边。“R. K.纳拉扬的书呢？纳拉扬的书你不可能都读过吧？”

“母亲，这些事情对我很重要。”

“《鲁滨孙漂流记》！”

“母亲！”

“但是派西尼！”她说。她坐回椅子上，脸上一副避难就易的表情，这意味着我得抓住关键，进行顽强的斗争。她重新放了一下靠垫。“我和你父亲认为你的宗教热忱有点儿神秘。”

“这的确是依靠神的启示才能理解的奥秘。”

“嗯。我不是那个意思。听着，亲爱的，如果你要信仰宗教，那么你必须要么做印度教徒，要么做基督教徒，要么做穆斯林。你听到他们在散步广场是怎么说的。”

“我不明白为什么不能三者都是。玛玛吉有两本护照。他是印度人，同时也是法国人。为什么我不能同时是印度教徒、基督教徒和穆斯林？”

“这不一样。法国和印度是地球上的国家。”

“天上有多少个国家？”

她想了一秒钟。“一个。关键就在这儿。一个国家，一本护照。”

“天上只有一个国家？”

“是的。或者没有。也有这种可能性，你知道。你喜欢的是非常过时的东西。”

“如果天上只有一个国家，那不是所有护照都有效了吗？”

她显出不能确定的神色。

“甘地老爹说——”

“是的，我知道甘地老爹说过什么。”她用一只手扶住额头。她表情疲惫，真的。“天啊。”她说。

27

那天晚上晚些时候，我偶尔听到父母在说话。

“你说了可以？”父亲说。

“我相信他也问过你。你让他来找我。”母亲回答。

“是吗？”

“是的。”

“我今天很忙……”

“你现在不忙。看上去你挺舒服清闲。如果你想走进他的房间，把祷告毯从他膝下抽出来，和他讨论基督教洗礼问题，那就去吧。我不会反对的。”

“不，不。”我能从父亲的声音听出来，他朝椅子里陷得更深了。片刻的停顿。

“他就像狗招引跳蚤一样招引宗教，”他接着说道，“我不明白。我们是一个现代的印度家庭；我们以现代的方式生活；印度正处在朝着真正现代和进步的国家过渡的高峰期，而我们却生了这么一个儿子，他以为自己是罗摩克里希纳[1]的化身。”

“如果现代和进步就是甘地夫人，那我可不能确定自己是否喜欢。”母亲说。

---

1 罗摩克里希纳（1836—1886），印度教改革家，宗教哲学家，提出“人类宗教”的思想，认为各种宗教目的都是要达到与神的结合。

"甘地夫人会成为过去的！进步不可阻挡。这是我们大家都必须随之而前进的鼓点。技术可以帮助我们，好的思想传播开来——这是两条自然规律。如果你不让技术帮忙，如果你拒绝好的思想，那你就只好回到恐龙时代了！我对这一点确信无疑。甘地夫人和她的愚蠢会成为过去的。新印度一定会到来。"

（她当然会过去的。而新印度，或者它的一个家庭，会决定搬到加拿大去。）

父亲继续说道："你有没有听见他说，甘地老爹说过，'所有宗教都是真实的'？"

"听见了。"

"甘地老爹？这个孩子已经和甘地有如此亲密的关系了吗？现在是甘地老爹，下面是什么？耶稣叔叔？这是什么样的荒唐事啊——他真的成了穆斯林了吗？"

"似乎是这样。"

"穆斯林！做个虔诚的印度教徒，好吧，我能理解。还是一个基督教徒，这变得有点儿怪，但我可以绞尽脑汁来接受。基督徒在这里生活了很长时间——圣多马，圣方济各·沙勿略，传教士，等等。我们有好学校得归功于他们。"

"是的。"

"因此所有这一切我都可以接受。但是穆斯林？这在我们的传统中完全是陌生的东西。他们是外来者。"

"他们也在这里生活了很长时间。他们的数量比基督教徒多好几百倍。"

"这不起作用。他们是外来者。"

"也许派西尼在随着不同的鼓点前进。"

“你是在为这个孩子辩护吗？你不在乎他认为自己是穆斯林？”

“我们能怎么办呢，桑托什？他非常喜欢，而这又不对任何人造成伤害。也许这只是一个阶段。这也会过去的，就像甘地夫人一样。”

“为什么他不能和同龄孩子一样有正常的兴趣呢？看看拉维，他整天想的就是板球、电影和音乐。”

“你认为这样更好吗？”

“不，不。噢，我都不知道该怎么想了。今天可真是漫长的一天啊。”他叹了口气。“我不知道他对这些会感兴趣到什么程度。”

母亲咯咯笑了起来。“上星期他看完了一本书，书名是《模仿基督》。”

“模仿基督！我又要说了，我不知道他对这些会感兴趣到什么程度！”父亲叫道。

他们大笑起来。

28

我喜欢我的祷告毯。尽管它的质量很一般，但在我眼里却美丽耀眼。我很难过把它弄丢了。无论把它放在哪里，我都对它下面的那块地和它四周的东西有一种特别的喜爱之情，对我来说，这显然表明它是一块好祷告毯，因为它帮助我记得大地是上帝的创造，并且把周围的一切都变得神圣起来。祷告毯是红色的，上面用金线织出简单的图案：细长的长方形，一端有三角形尖顶，指示着教徒的礼拜方向，四周有细小的花饰，仿佛一缕缕轻烟在飘荡，又仿佛陌生语言中一个个的音质符号。绒毛很柔软。我祷告的时候，毯子一端没有打结的短穗子离我的额头只有几英寸，另一端的穗子离我的脚趾只有几英寸，这个尺寸让你感到温馨，让你无论在这广阔大地上的任何地方都感到无拘无束。

我在室外祷告，因为我喜欢这样。大多数时候，我在屋后院子里的一个角落铺开毯子。那是刺桐树荫下一个僻静的角落，旁边是一堵墙，墙上爬满了九重葛。沿墙摆放着一排花盆，里面种着一品红。九重葛也爬到了刺桐树上。它那紫色的苞片和树上红色的花朵相互映衬，漂亮极了。树开花的时候，就成了一个十足的大型鸟舍，乌鸦、鹩哥、鹛鸟、粉红椋鸟、太阳鸟和长尾小鹦鹉都飞来了。墙在我右边，和我成钝角。在我前面和左边，在乳白色的斑驳的树荫外面，是沐浴在阳光下的院子的空地。当然，随着天气、时间和季节的变化，院子里的景象也会变化。但是，在我的记忆里，这一切都非常清晰，似乎从不曾改变过。我按照自己在淡黄色的地上画的一条线所指示的方向面对着麦加，小心翼翼地保持着这个方向。

有时候，祷告结束后，我转过身去，会看见父亲或母亲或拉维在观察我，在他们习惯了这个情景之前一直如此。

我的洗礼有些尴尬。母亲一直都假装得很好，父亲面无表情地看着，拉维很仁慈，他没有来，因为他去参加板球赛了，但这并没有阻止他对这件事发表长篇大论。水从我的脸上淌下来，流到了脖子上；尽管只有一烧杯的水，却像季风季节的雨一样，令我神清气爽。

29

人们为什么迁移？是什么使他们离开家园，离开他们所熟知的一切，到地平线外完全陌生的地方去？为什么要经过一道道堆得像珠穆朗玛峰一样高的手续，让你感觉自己像个乞丐？为什么走进这座一切都那么新鲜、陌生又困难的异域丛林？

全世界的答案都是一样的：人们迁移，是希望过上更加美好的生活。

在印度，20世纪70年代中期是一个动荡不安的年代。我从父亲看报纸时额头上出现的深深的皱纹里，从他与母亲或玛玛吉或其他人交谈时的只言片语中得出了这样的结论。并不是我不理解他们谈话的含义，只是我对此不感兴趣。猩猩仍像往常一样迫不及待地要吃薄煎饼；猴子从不询问来自德里的消息；犀牛和山羊继续和平相处；小鸟叽叽喳喳地叫；云朵带来了降雨；太阳火辣辣地照着；大地在呼吸；上帝，在我的世界里，没有紧急情况。

甘地夫人最终战胜了父亲。1976年2月，泰米尔纳德政府被德里推翻了。这个政府是甘地夫人最直言不讳的批评者之一。接管顺利进行，卡鲁纳尼迪首席部长的内阁悄悄消失了，阁员们或是辞职，或是被软禁，当整个国家的宪法在过去八个月中已被暂时取消的时候，地方政府的垮台又有什么关系呢？但是，甘地夫人接管了国家，并进行独裁统治，这对父亲是最大的打击。这就像压垮骆驼的最后一根稻草一样，虽然没有让我们动物园里的骆驼受到打扰，却使父亲再也无法忍受。

他叫道："很快她就会到我们的动物园里来，告诉我们说她的监狱里人满为患，她需要更多的地方。我们能把德赛和狮子关在一起吗？"

穆拉吉·德赛是一位反对派政治家。不是甘地夫人的朋友。父亲不停地担忧，这使我很伤心。甘地夫人可以把动物园炸掉，只要父亲乐意，我不在乎。我希望他不那么苦恼。看见父亲因为担心而心烦意乱，做儿子的心里很不好受。

但是他的确在担心。任何生意都需要冒险，小生意冒的风险最大，能让人赔得精光。动物园是一个文化机构，像公共图书馆一样，像博物馆一样，它是为普及教育和科学服务的。同样，它也不是一个挣钱的企业，因为挣大钱和办好事这两个目的并不相容。事实上，我们不是一个富裕的家庭，按照加拿大标准当然不是。我们是一个贫穷的家庭，碰巧拥有许多动物，尽管并不拥有它们头顶（还有我们头顶）上的屋檐。动物园的生命，就像它的居民在野外的生命一样，十分脆弱。它既不是大到可以凌驾于法律之上的大生意，也不是小到可以在法律的空白里生存的小生意。动物园要兴旺发达，就需要议会政府、民主选举、言论自由、新闻自由、集会自由、法治以及印度宪法所奉为神圣的其他一切。长期糟糕的政治局面对生意非常不利。

人们迁移是因为焦虑使人备受折磨。因为那种折磨人的感觉，就是无论多么努力工作，所有的努力都将没有任何结果，无论他们用一年的时间建造了什么，都会在一天之内被别人拆毁。因为有那么一种印象，就是通往将来的道路被堵死了，也许他们没什么，但是他们的孩子却不会有好日子过。因为感到一切都不会改变，幸福富裕只有在别处才能得到。

在父亲心里，新印度破碎了、倒塌了。母亲同意了。我们要逃离这里了。

这个消息是一天晚上吃晚饭的时候宣布的，拉维和我大吃一惊。加拿大！如果说我们北边的安得拉邦是异域，如果说和我们隔着一条连猴子都能一跃而过的海峡的斯里兰卡是在月亮的背面，那么想想看加拿大是什么吧。加拿大对我们完全没有任何意义。它就像廷巴克图，永远是一个遥远的地方。

30

他结过婚了。我弯着腰，正在脱鞋子，这时我听见他说："来见见我太太。"我抬起头来，他身边站着的是……帕特尔太太。"你好，"她说，一边微笑着伸出手来，"派西尼对我说过很多关于你的事。"我没法对她说同样的话。我对她一无所知。她正准备出去，因此我们只交谈了几分钟。她也是印度人，但是说话带有更典型的加拿大口音。她一定是第二代移民。她比他年轻些，皮肤的颜色更深一些，黑头发梳成一绺。明亮的黑眼睛，可爱的白牙齿。她抱着一件干洗过的在实验室里穿的白大褂，外面盖着一层起保护作用的塑料薄膜。她是个药剂师。当我对她说"很高兴见到你，帕特尔太太"的时候，她回答道："请叫我米娜。"他们匆匆互吻了一下，她便在星期六上班去了。

这座房子不仅是一个充满了图标的盒子。我开始注意到夫妻生活的小标记。这些标记一直都在那儿，但我却没有看见，因为我没有去寻找。

他是个害羞的人。生活教会了他不要炫耀对他来说最珍贵的东西。

她会是我的消化道的处罚者?

“我给你做了一道特别的印度酸辣酱。”他说。他在微笑。

不，他才是。

31

库马尔先生和库马尔先生，面包师和教师，见过一次面。第一位库马尔先生表示想去动物园看看。“这么多年了，我从没去动物园看过。而且它就在附近。你能带我去吗?”他问。

“可以，当然可以，”我答道，“我很高兴能带你去。”

我们约好第二天放学后在大门口见面。

那一整天我都在担心。我骂自己说:“你这个笨蛋！你为什么要说在大门口见面？不管什么时候那个地方总是有一大堆人。你忘了他长得多平常吗？你决不会认出他来的！”如果我从他身边走过却没有看见他，他会伤心的。他会以为我改变了主意，不想让人看见我和一个贫穷的穆斯林面包师在一起。他会一句话也不说就离开。他不会生气的，他会接受我的说法，说那是因为阳光太刺眼，但是他再也不想到动物园来了。我能看见事情像这样发生。我一定得认出他来。我要躲起来，等到我能肯定是他时再出来，我就那么做。但是我以前就注意到，每当我特别努力地想要认出他时，反而无法将他认出来。努力本身似乎让我看不见了。

在约定的时间，我站在正对着动物园大门的地方，开始用两只手揉眼睛。

“你在干什么？”

是拉吉，一个朋友。

“我在忙。”

“你在忙着揉眼睛？”

“走开。”

“我们到海滩路去吧。”

“我在等人。”

“哼，如果你像这样不停地揉眼睛，你会看不到他的。”

“谢谢你告诉我。祝你在海滩路玩得好。”

“到政府公园去怎么样？”

“我不能去，我告诉你。”

“去吧！”

“求求你，拉吉，你走吧！”

他走了。我又开始揉眼睛。

“你能帮我做数学作业吗，派？”

是阿吉特，另一个朋友。

“过会儿吧。走开。”

“你好，派西尼。”

是拉达克里希南太太，母亲的一个朋友。我用几句话把她打发走了。

“对不起，请问拉波特大街在哪里？”

是个陌生人。

“在那边。”

“动物园门票要多少钱？”

另一个陌生人。

“五卢比。售票处在那边。”

“氯进了你眼睛吗？”

是玛玛吉。

“你好，玛玛吉。不，不是的。”

“你父亲在吗？”

“我想他在。”

“明天早晨见。”

“再见，玛玛吉。”

“我在这儿，派西尼。”

我的手在眼睛上僵住了。那个声音。我感到熟悉的陌生声音，我感到陌生的熟悉声音。我感到微笑从心底洋溢上来。

“Salaam alaykum[1]. 库马尔先生！看见你真好。”

“Wa alaykum as-salaam[2]. 你的眼睛不舒服吗？”

“不，没什么。只是进了灰尘。”

“看上去很红。”

“没关系。”

他朝售票处走去，但是我把他叫了回来。

“不，不。你不用买票，师傅。”

我自豪地挥挥手，让检票员把手缩了回去，然后带库马尔先生进了动物园。

---

1 阿拉伯语，意为“真主与你同在”。
2 阿拉伯语，意为“愿真主保佑你”。

一切都令他惊奇。他看见高大的长颈鹿来到高大的树下；食肉动物吃食草动物，而食草动物吃草；一些动物白天聚集在一起，而另一些动物则夜晚聚集在一起；一些需要尖嘴的动物长了尖嘴，而另一些需要灵活的四肢的动物长了灵活的四肢。他对这一切感到惊讶不已。

他引用了《古兰经》里的一句话："对于敏悟的人其中确有迹象。[1]"

我们来到斑马笼前。库马尔先生从来没有听说过这种动物，更不用说看见过了。他惊讶得目瞪口呆。

"它们叫斑马。"我说。

"它们身上的条纹是用刷子漆的吗？"

"不，不。它们天生就那样。"

"下雨的时候会怎么样？"

"不会怎么样。"

"条纹不会被雨冲掉吗？"

"不会。"

我带了几根胡萝卜。现在还剩下一根，是又大又结实的那种。我把它从包里拿了出来。就在那时，我听见右边有轻微的沙砾的刮擦声。是库马尔先生，像往常一样一瘸一拐摇摇摆摆地朝栏杆走来。

"你好，先生。"

"你好，派。"

害羞但庄重的面包师对教师点了点头，教师也对他点了点头。

---

1 《古兰经》第三十章《罗马人》，第二十四节。

一匹警觉的斑马注意到了我手里的胡萝卜，走到了低矮的围栏前。它抽动几下耳朵，轻轻地在地上跺了跺脚。我把胡萝卜掰成两半，一半给了库马尔先生，另一半给了库马尔先生。“谢谢，派西尼。”一位说；“谢谢，派。”另一位说。库马尔先生先走过去，把手伸进围栏里。斑马迫不及待地用厚厚的有力的黑色嘴唇夹住了胡萝卜。库马尔先生不肯松手。斑马用牙咬住胡萝卜，猛地咬成了两半。它大声地嚼了几秒钟这顿美餐，接着又去吃剩下的那半根，嘴唇从库马尔先生的手指上滑过。他松开胡萝卜，碰了碰斑马柔软的鼻子。

轮到库马尔先生了。他对斑马没有这么高的要求。它刚用嘴唇夹住半根胡萝卜，他就松手了。嘴唇急急忙忙把胡萝卜送进嘴里。

库马尔先生和库马尔先生看上去很高兴。

“一匹斑马，你是说？”库马尔先生说。

“对，”我答道，“它和驴、马是同一科的。”

“马科动物中的劳斯莱斯。”库马尔先生说。

“多么奇妙的动物啊。”库马尔先生说。

“这匹是格兰特斑马。”我说。

库马尔先生说：“Equss burchelli boehmi[1].”

库马尔先生说：“Allahu akbar[2].”

我说：“它非常漂亮。”

我们继续看。

---

1 拉丁语，意为“格兰特斑马”。
2 阿拉伯语，意为“真主至上”。

32

动物往往会进入令人惊讶的生活状态，这方面的例子有很多，都是与人化论相对应的动物界中的兽化论的例子，即动物将人类或另一只动物，当作自己的同类。

最著名的也是最常见的例子是：宠物狗在其狗的世界中很大程度地接受了人类，甚至想和他们结成伴侣。任何一位不得不将含情脉脉的狗从窘迫的客人的腿上拉下来的主人都将证明这一点。

我们的金色刺豚鼠和斑点无尾刺豚鼠相处得非常好，在金色刺豚鼠被偷走之前，它们一直满意地挤在一起，紧挨着睡觉。

我已经提到过我们的犀牛和山羊成群结伴的例子，还有马戏团的狮子的例子。

关于海豚将溺水的船员推到水面上并帮助他们浮在水面上的故事已经得到证实，这是海洋哺乳动物相互帮助的典型方式。

文献中提到过一只白鼬和一只大鼠相互为伴生活在一起的例子，当人们把其他大鼠丢给白鼬时，它以白鼬特有的方式把那些大鼠都吞吃了。

我们自己的动物园里也有给人怪异悬念的捕食者—被捕食者关系。有一只老鼠和一群蝰蛇一起生活了好几个星期。其他被丢进饲养箱的老鼠都在一两天之内不见了，而这只棕色的小玛土撒拉[1]却为自己筑了一个窝，把我们给它的谷子储藏在好

---

1 玛土撒拉：基督教《圣经·创世记》中以诺之子，据传享年969岁。

几个它躲藏的地方，而且就在蛇的眼皮底下跑来跑去。我们感到非常惊奇。我们竖了一块牌子，让游客注意这只老鼠。最终它以一种奇怪的方式结束了生命：一条小蝰蛇咬了它一口。这条蝰蛇没有意识到这只老鼠的特殊地位吗？也许是不适应它？不管是什么情况，这只老鼠被一条小蝰蛇咬了一口，却被一条大蝰蛇吞了下去，而且是立刻吞了下去。如果有什么魔咒的话，那么魔咒被小蝰蛇打破了。在那之后，一切恢复了正常。所有老鼠都以正常的速度消失在蝰蛇的食管里。

在我们这一行，狗常常被用来充当幼狮的乳母。尽管幼狮长大了，长得比养育它们的狗更大，也更危险，但是它们从不找母亲的麻烦，而狗的行为还是一直那么平和，它也从未失去对小狮崽的权威感。我们不得不竖起牌子，向游客解释，狗并不是给狮子的活食（就像我们不得不竖起牌子，指出犀牛是食草动物，它们不吃山羊）。

兽化论该如何解释？难道犀牛不能分辨大小，也不能分辨粗糙的皮和柔软的毛吗？难道海豚不清楚海豚长什么样吗？我相信以前我已经提到过答案，那就是那几分疯狂使动物走上了奇怪的却能挽救生命的道路。金色刺豚鼠和犀牛一样，需要伙伴。马戏团的狮子不愿意知道领头的是一个弱小的人；想象保证了它们安康的社会地位，避免充满暴力的无政府状态。至于幼狮，如果它们知道自己的母亲是一只狗，一定会吓得晕倒在地，因为那就意味着它们没有母亲，这对任何一只幼小的热血动物来说都是最最糟糕的事情。我敢保证即使是那条成年蝰蛇，当它吞下老鼠的时候，它那不发达的大脑的某个部分一定因为后悔而感到一阵难过，那是刚刚错过了某件更加重大的事情的感觉，是爬行动物的孤独而粗陋的现实中的一个想象的飞跃。

33

他给我看了家庭纪念册。先是结婚照。一个印度式的婚礼，带有明显的加拿大痕迹。一个更年轻的他，一个更年轻的她。他们去尼亚加拉瀑布度蜜月。玩得好极了。微笑能证明。我们回到从前。他在多伦多大学求学时代的照片：和朋友在一起；在圣迈克学院前；在他的房间里；排灯节时在芝兰街上；身穿白色长袍在圣巴兹尔教堂里读经；身穿另一种白色长袍在动物学系实验室里；在毕业典礼上。每次都在微笑，但他的眼睛却述说了另一个故事。

在巴西拍的照片，上面有许多原产地的树懒。

翻过一页，我们跃过了太平洋——关于那段生活几乎没有任何记录。他告诉我说照相机的确经常咔嚓咔嚓地拍——在所有通常被认为重要的场合上——但是所有的照片都弄丢了。很少的几张是玛玛吉事后搜集了邮寄过来的。

有一张照片是一位大人物参观动物园时拍的。黑白两色向我展示了另一个世界。照片上挤满了人。一位联合王国内阁阁员是大家关注的焦点。背景有一只长颈鹿。在这群人边上，我认出了比现在年轻的阿迪鲁巴萨米先生。

“玛玛吉？”我指着那个人问。

“是的。”他说。

阁员身边有一个人，戴着角质框眼镜，头发梳得一丝不乱。他看上去有可能是帕特尔先生，他的脸比他儿子的脸圆一些。

“这是你父亲吗？”我问。

他摇摇头。“我不知道他是谁。”

几秒钟的停顿。他说：“照相的是我父亲。”

这一页还有一张集体照，上面大多数是学生。他轻轻拍了拍照片。

“那是理查德·帕克。”他说。

我十分惊讶。我仔细地看，努力想从他的外表看出他的性格。不幸的是，这张照片还是黑白的，而且聚焦有些不准。一张在幸福的日子里拍的照片，很随意。理查德·帕克在看着别处。他甚至没有意识到有人正在给他拍照。

旁边一页被一张奥罗宾多静修处游泳池的彩色照片占满了。这是一座很大的可爱的室外游泳池，池水清澈，闪耀着光亮，池底是蓝色的，很干净，旁边还连着一座跳水池。

下面一页是一张小修院学校前门的特写。一道拱门上写着学校的校训：Nil magnum nisi bonum.（没有美德何来伟大。）

就这么多了。四张几乎不相关的照片是对整个童年的纪念。

他变得严肃起来。

“最糟糕的是，”他说，“我已经几乎记不起来母亲的模样了。我能在心里看见她，但她的形象一闪即逝。我刚要好好看看她，她便消失了。她的声音也是一样。如果我再一次在大街上看见她，一切都会回来的。但那不可能发生。记不住自己母亲的模样是一件非常令人伤心的事。”

他合上了纪念册。

34

父亲说："我们要像哥伦布一样航行！"

"他希望能发现印度。"我生气地指出。

我们卖了动物园，卖了所有家当。到一个新的国家去，开始新的生活。除了能保证我们有一个幸福的未来，这笔买卖还能支付我们的移民费用，并且还能节余一大笔钱，让我们可以在加拿大有一个崭新的开始（尽管现在回想起来，这笔钱少得可笑——钱让我们变得多么盲目啊）。我们可以把动物卖给印度的动物园，但是美洲的动物园愿意出更高的价钱。CITES，也就是"国际濒危动物交易公约"，刚刚生效，交易捕获的野生动物的窗口被砰地关上了。现在，动物园的未来就取决于其他动物园了。本地治里动物园恰好在合适的时候关了门。很多动物园都抢着要买我们的动物。最后的买家有几家动物园，主要是芝加哥的林肯公园动物园和即将开门的明尼苏达动物园，但是剩下来的动物会被卖到洛杉矶、路易维尔、俄克拉何马城和辛辛那提。

还有两只动物正被运往加拿大动物园。这就是拉维和我的感觉。我们不想去。我们不想住在一个刮大风，冬天的温度在华氏零下200度的国家。板球世界的地图上没有加拿大。出发前的准备工作要花很多时间，这使离别变得容易——就让我们习惯离别这个概念而言。我们花了一年多的时间做准备。我不是说为我们自己。我是说为动物。考虑到动物没有衣服、鞋袜、亚麻床单、家具、厨房用品、化妆品也能过；考虑到国籍对它们毫无意义；考虑到它们一点儿也不在乎护照、钱、就业前景、学校、住房的费用、健康设施——简短地说，考虑到它们的生活如此轻松，而要搬动它们却如此困难，真是令人惊讶。搬动一座动物园就像搬动一座城市。

书面工作十分繁重。贴邮票用去了好几升胶水。“亲爱的某某先生”写了好几百遍。有人给出了报价。听见叹息。表示疑惑。经过讨价还价的过程。决定被呈报上去，让上面做决定。双方同意了一个价格。交易敲定了。在虚线处签了名。接受祝贺。开了血统证明。开了健康证明。开了出口许可证。开了进口许可证。弄清了检疫隔离规定。安排好了运输。打电话花了一大笔钱。买卖一只鼩鼱需要的文件比一头大象还重，买卖一头大象所需要的文件比一条鲸鱼还重，你永远都不要试图去买卖一条鲸鱼，永远不要。这在动物园经营行业真是一个笑话，一个令人疲倦的笑话。似乎有一队吹毛求疵的官僚从本地治里排到德里，再到华盛顿，最后到明尼苏达，每个官僚都有表格、有问题、有犹豫。把动物运到月球上也不会比这更复杂了。父亲几乎把头上的每一根头发都扯了下来，而且很多次都差点儿要放弃。

还有令人意想不到的事。我们大多数的鸟类和爬行动物，还有我们的狐猴、犀牛、猩猩、山魈、狮尾猕猴、长颈鹿、食蚁动物、老虎、豹子、猎豹、鬣狗、斑马、喜马拉雅猫和懒熊、印度大象和尼尔吉里塔尔羊，以及其他一些动物，都有人要，但是另一些动物，例如艾尔菲，却遇到了沉默。“白内障手术！”父亲挥舞着信叫道，“如果我们给它的右眼做白内障手术他们就要它。给河马做白内障手术！下面会是什么？给犀牛做鼻子手术？”我们的另一些动物被认为“太普通”，例如狮子和狒狒。父亲很有见地，用它们从迈索尔动物园多换了一只红毛猩猩，从马尼拉动物园换了一只黑猩猩。（至于艾尔菲，它在特里凡得琅动物园度过了余生。）有一座动物园想为他们的儿童动物园要一只“纯正的贵族出身的奶牛”。父亲走进本地治里的城市丛林，买了一只奶牛，它长着一双水灵灵的黑眼睛，可爱的肥厚的脊背，笔直的角和头之间的角度恰恰好，看上去就像它刚刚舔了电源插座。父亲把它的角漆成鲜艳的橘黄色，在角尖挂上塑料小铃铛，以增加它的纯正性。

一个由三个美国人组成的代表团来了。我很好奇。我从没有见过真正的活生生的美国人。他们的皮肤是粉红色的，身体肥胖，待人友好，非常能干，很容易出汗。他们检查了我们的动物。他们让大多数动物睡觉，然后用听诊器听心脏，像查星象一样查小便和大便，用注射器抽血化验，摸摸脊背和头盖骨，敲敲牙齿，用电筒照照眼睛，照得它们头晕目眩，捏捏皮，摸摸又拽拽毛。可怜的动物。它们一定以为自己正被征召进美国陆军呢。美国人对我们咧着嘴微笑，用力和我们握手，把我们的骨头都要握碎了。

结果是动物们和我们一样，有了雇佣证明。他们是未来的美国佬，而我们，是未来的枫叶国度的居民。

35

我们于1977年6月21日乘坐在巴拿马登记的日本货船“齐姆楚姆号”离开马德拉斯。船上的高级船员是日本人，普通船员是台湾人。船很大，令人难忘。我们在本地治里的最后一天，我对玛玛吉、库马尔先生和库马尔先生、所有的朋友，甚至许多陌生人都说了再见。母亲穿着她最漂亮的纱丽。她长长的发绺很有艺术性地盘在脑后，扎着一个新鲜的茉莉花环。她看上去很美，很悲伤。因为她就要离开印度，那个地方气候炎热，会刮季风，那个地方有稻田和高韦里河，有海岸线和石头寺庙，有牛车和五彩卡车，有朋友和我们认识的店主，有尼赫鲁大街和古贝尔·萨莱，有这个那个，那是她所熟悉和热爱的印度。当她的男人们——我想自己也已经是一个男人了，尽管我只有十六岁——正匆匆忙忙准备出发，心里已经在想着温尼伯的时候，她却在留恋徘徊。

我们出发前一天，她指着一个卖香烟的，认真地问:“我们要不要买几包?”

父亲回答说:“加拿大有烟草。你为什么想要买香烟呢?我们又不抽烟。”

是的，加拿大有烟草，但是那里有金火花牌香烟吗?那里有阿伦冰淇淋吗?那里的自行车是英雄牌的吗?那里的电视机是奥尼达斯牌的吗?那里的汽车是大使牌的吗?那里的书店是希金博瑟姆家开的吗?我猜母亲在考虑买香烟的时候，她心中萦绕的就是这些问题。

动物被注射了镇静剂，笼子被装上船，捆牢放好，食物被存放妥当，床铺被分配好，绳子被抛了出去，哨子吹响了起来。船驶离港口，开到了海上，我拼命向印度挥手告别。太阳照耀着，微风一直吹着，海鸥在我们头顶的天空尖声鸣叫。我太激动了。

事情并没有像我们预想的那样发生，你能怎么办呢？无论生活以怎样的方式向你走来，你都必须接受它，尽可能地享受它。

36

印度的城市很大，很拥挤，令人难忘，但是当你离开城市之后，就会穿过广阔的乡村，那里几乎看不到一个人。我记得自己曾经很不明白九亿五千万印度人都藏到哪里去了。

他的家也是一样。

我到得有点儿早了。我刚踏上前廊的水泥台阶，一个少年便从前门冲了出来。他穿着棒球服，拿着棒球器械，一副急匆匆的样子。看见我，他一下子停了下来，很吃惊。他转过身，对着家里大声叫喊："爸！那个作家来了。"他对我说了句"你好"，便急忙跑掉了。

他父亲来到前门。"你好。"他说。

"那是你儿子？"我问，感到难以置信。

"是的，"承认这个事实使他唇上浮起了微笑，"很抱歉你们没能好好地见面。他训练迟到了。他叫尼基。我们叫他尼克。"

我进了门。"我不知道你有个儿子。"我说。传来一声狗叫。一只黑色和棕色相间的小杂种狗朝我跑过来，边跑边喘着嗅着。它扑到了我腿上。"也不知道你有一条狗。"我补充说。

"它很友好。塔塔，下来！"

塔塔没理他。我听见有人说"你好"。只是这句问候不像尼克的问候一样简短有力。长长的带鼻音的声音轻轻地哼着

"你好"，那个"好"字在我听来就像有人在轻轻地拍我的肩膀，或是轻轻地拽我的裤子。

我转过身。靠在起居室的沙发上，羞怯地抬头看着我的，是一个棕色皮肤的小姑娘，健康漂亮，无拘无束。她怀里抱着一只橘黄色的猫。从她交叉的双臂上面，只能看见猫的两只笔直地向上伸着的腿和埋在下面的头。猫的身体的其余部分一直拖到地板上。这只动物被如此痛苦地拉长了身体，却似乎感到很放松。

"这是你女儿。"我说。

"是的。乌莎。乌莎亲爱的，你肯定莫卡辛这样舒服吗？"

乌莎把莫卡辛放了下来。它镇定地扑通落在地上。

"你好，乌莎。"我说。

她走到父亲跟前，从他的腿后面偷偷看我。

"你在做什么，小东西？"他说，"你为什么要躲起来？"

她不回答，只是微笑着看着我，藏起自己的脸。

"你几岁了，乌莎？"我问。

她不回答。

然后，派西尼·莫利托·帕特尔，大家都称他派·帕特尔的那个人，弯腰抱起了他的女儿。

"你知道那个问题的答案的。嗯？你四岁了。一，二，三，四。"

每数一个数字，他就用食指轻轻地按一下她的鼻尖。她觉得这很好玩。她咯咯地笑起来，把头埋在他的颈弯里。

这个故事有个幸福的结局。

PART TWO
太平洋

37

船沉了。它发出一声仿佛金属打嗝般的巨大声响。船上的东西在海面上冒了几个泡泡便消失了。一切都在尖叫：海，风，我的心。在救生艇上，我看见水里有个东西。

我大叫道："理查德·帕克，是你吗？我看不清楚。噢，雨快停吧！理查德·帕克？理查德·帕克？是的，是你！"

我能看见他的脑袋。他正挣扎着不让自己沉下去。

"耶稣啊，圣母马利亚，穆罕默德和毗湿奴，看见你真好，理查德·帕克！别放弃啊，求求你。到救生艇上来。你听见哨声了吗？嚯！嚯！嚯！你听见了。游啊，游啊！你是个游泳好手。还不到一百英尺呢。"

他看见我了。他看上去惊慌失措。他开始朝我游过来。海水在他四周汹涌地翻卷着。他看上去弱小又无助。

“理查德·帕克，你能相信我们遇到了什么事吗？告诉我这是个糟糕的梦。告诉我这不是真的。告诉我，我还在‘齐姆楚姆号’的床铺上，正翻来覆去，很快就会从这场噩梦中醒来。告诉我，我还是幸福的。母亲，我温柔的智慧守护天使，你在哪里呀？还有你，父亲，我亲爱的经常发愁的人？还有你，拉维，我童年时代倾慕的英雄？毗湿奴保全我吧，安拉保护我吧，耶稣救救我吧，我受不了了！嚯！嚯！嚯！”

我身上没有一处受伤，但我从没有经受过如此剧烈的痛苦，我的神经从没有被如此撕扯过，我的心从来没有如此疼痛过。

他游不过来的。他会淹死的。他几乎没在前进，而且他的动作软弱无力。他的鼻子和嘴不断地浸到水下。只有他的眼睛仍然注视着我。

“你在做什么，理查德·帕克？难道你不热爱生命吗？那就一直游啊！嚯！嚯！嚯！踢腿！踢啊！踢啊！踢啊！”

他在水里振奋起来，开始向前游。

“我的大家庭怎么了？我的鸟、兽和爬行动物？它们也都淹死了。我生命中每一件珍贵的东西都被毁了。而我却得不到任何解释吗？我要忍受地狱的煎熬却得不到天堂的任何解释吗？那么，理性的目的是什么呢，理查德·帕克？难道它只在实用的东西上——在获取食物、衣服和住所的时候闪光吗？为什么理性不能给我们更伟大的答案？为什么我们可以将问题像网一样撒出去却收不来回答？为什么撒下巨大的网，如果没有几条小鱼可抓？”

他的脑袋几乎要沉到水下去了。他正抬着头，最后看一眼天空。船上有一只救生圈，上面拴着一根绳子。我抓起救生圈，在空中挥舞着。

“看见这只救生圈吗，理查德·帕克？看见了吗？抓住它！嗨唷！我再试一次。嗨唷！”

他离得太远了。但是看见救生圈朝他飞去，他有了希望。他恢复了生机，开始有力地拼命地划水。

“这就对了！一，二。一，二。一，二。能呼吸就赶快呼吸。小心海浪。嘿！嘿！嘿！”

我的心冰凉。我伤心难过极了，但是没有时间吓得发呆。我在受到惊吓的同时还在行动。我内心的某种东西不愿放弃生命，不愿放手，想要斗争到底。这样的决心是从哪里来的，我不知道。

“难道这不是很有讽刺意义吗，理查德·帕克？我们在地狱里，却仍然害怕不朽。看看你已经离得多近了！嘿！嘿！嘿！快啊！快啊！你游到了，理查德·帕克，你游到了。抓住！嗨唷！”

我用力把救生圈扔了出去。救生圈恰好掉在他面前。他用尽最后一点力气向前抓住了它。

“抓紧了，我把你拉上来。别放手。你用眼睛拉，我用手拉。几秒钟后你就会到船上来了，我们就会在一起了。等一下。在一起？我们要在一起？难道我疯了吗？”

我突然清醒过来，明白了自己在做什么。我猛地一拉绳子。

“放开救生圈，理查德·帕克！放手，我说。我不要你到这儿来，你明白吗？到别的地方去吧。让我一个人待着。走开。淹死吧！淹死吧！”

他的腿用力踢着。我抓起一支船桨。我用桨去戳他，想把他推开。我没戳到他，却把桨弄丢了。

我又抓起一支桨。我把它套进桨架，开始用力划，想把救生艇划开。但我却只让救生艇转开了一点儿，一端靠理查德·帕克更近了。

我要打他的脑袋！我举起了桨。

他的动作太快了。他游上前来，爬到了船上。

“噢，我的上帝啊！”

拉维是对的。我真的是下一只山羊。我的救生艇上有了一只浑身湿透、不停颤抖、淹得半死、又咳又喘的三岁成年孟加拉虎。理查德·帕克在油布上摇摇晃晃地站了起来，看到我时，他的眼睛闪闪发光，耳朵紧贴着脑袋两侧，所有的武器都收了起来。他的脑袋和救生圈一样大，一样的颜色，只是有牙齿。

我转过身，从斑马身上跨过去，跳进了海里。

38

我不明白。许多天来，船一直在前进，它满怀信心，对周围环境漠不关心。日晒，雨淋，风吹，浪涌，大海堆起了小山，大海挖出了深谷——“齐姆楚姆”都不在乎。它以一座大陆的强大信心，缓缓前进着。

为了这次旅行，我买了一张地图；我把地图钉在我们船舱里的软木告示板上。每天早晨，我从驾驶台得知我们的位置，然后用橘黄色针头的大头针把位置标在地图上。我们从马德拉斯出发，越过孟加拉湾，向南穿过马六甲海峡，绕过新加坡，向北朝马尼拉开去。我喜欢在船上的每一分钟。船上的日子令人兴奋。照料动物使我们整日忙碌。每天晚上我们倒在床上时已经累得筋疲力尽了。我们在马尼拉停留了两天，为了补充新鲜食品，装新的货物，另外，我们听说，还要对机器做常规维修。我只注意前两件事。新鲜食品是一吨香蕉，而新的货物，一只雌性刚果黑猩猩，是父亲独断专行的结果之一。那吨香蕉上布满了黑色大蜘蛛，足有三四磅之多。黑猩猩就像个头小一些、瘦一些的大猩猩，但长相要丑一些，也不像它的表亲那样忧郁温柔。黑猩猩碰大黑蜘蛛的时候会耸耸肩，做个鬼脸，像你我一样，然后它会用指关节将蜘蛛压碎，这却不是你我会做的事。我觉得香蕉和黑猩猩比船腹里那些吵嚷肮脏的奇怪的机械装置有趣多了。拉维整天待在机器旁边，看船员们干活。机器有些问题，他说。修理有问题吗？我不知道。我想永远也不会有人知道了。答案成了一个谜，正躺在几千英尺深的水底。

我们离开马尼拉，驶进了太平洋。进入太平洋以后第四天，在去中途岛的途中，我们沉没了。在我的地图上被大头针戳了一个洞的位置，船沉没了。一座大山在我眼前坍塌了，消失在我脚下。我周围全是消化不良的船只吐出来的东西。我的胃感到恶心。我感到震惊。我感到心里一片空落落的，接着又被沉寂填满。很多天以后，我的胸口仍然因痛苦和恐惧而感到疼痛。

我想是发生了一次爆炸。但我不能肯定。爆炸是在我睡觉的时候发生的。爆炸声将我惊醒。这艘船并不是一艘豪华邮轮。它是一艘肮脏的辛苦的货船，它不是为付钱乘船的乘客或为了让他们舒适而设计的。任何时候船上都有各种噪音。正是因为这些噪音的音量一直保持不变，我们才像婴儿一样睡得很香。那种寂静什么都不能打破，无论是拉维的鼾声还是我的梦话。因此，如果的确发生了爆炸的话，那爆炸声就不是一种新的噪音。那是一种不规则的噪音。我突然惊醒，就好像拉维在我耳边吹炸了一只气球。我看了看表。凌晨四点半刚过。我探出身子，朝下铺看去。拉维还在熟睡。

我穿上衣服，爬下床去。通常我睡得并不沉。通常我会接着睡。我不知道为什么那天晚上我起来了。这似乎更像拉维做的事情。他喜欢召唤这个词；他会说："冒险活动在召唤。"然后在船上四处巡视。声音又恢复了正常，但是也许有了一种不同的音质，也许变得低沉了。

我摇摇拉维。我说："拉维！刚才有个奇怪的声音。我们去探险吧。"

他睡意蒙眬地看着我。他摇摇头，翻过身，把被单拉到下巴。噢，拉维！

我打开船舱门。

我记得自己沿着走廊走。无论白天黑夜，走廊看上去都一个样。但我能在心里感到四周的夜色。我在父亲和母亲的房门口停下脚步，考虑要不要去敲门。我记得自己看了看表，决定不去敲门。父亲喜欢睡觉。我决定爬到主甲板上，迎接黎明。也许我会看见流星。我边爬楼梯边想着这个，想着流星。我们的船舱在主甲板下面两层。我已经把奇怪的声音忘了。

推开通向主甲板的那道厚重的门的时候，我才注意到外面的天气。那能算是暴风雨吗？当时确实在下雨，但雨并不大。当然不是你在季风季节看见的那种大雨。风也在刮。我想有几阵狂风能把伞掀翻了。但是我在风雨中走过，并没有什么困难。大海看上去波涛汹涌，但是对旱鸭子来说，大海总是使人激动，令人生畏，美丽又危险。海浪涌来，白色的泡沫被风卷起来，吹打着船侧。但是我在其他时候也见过这样的景象，船并没有沉。货船是一种巨大的稳定的装置，是工程学了不起的设计。货船的设计可以让它在最不利的情况下漂浮在海上。像这样的天气当然不会让船沉没的吧？嗨，我只需关上门，暴风雨就会消失不见了。我走到甲板上。我抓住栏杆，面对着自然环境。这就是冒险。

“加拿大，我来了！”我大喊，雨水将我淋得透湿，让我感到冷飕飕的。我感到自己很勇敢。天还黑着，但是已经有足够的光亮可以让我看清楚了。那是地狱之光。大自然可以上演令人激动的剧目。舞台那么广阔，灯光那么夸张，临时演员多得不可胜数，制造特技效果的预算完全没有限制。我前面是风与水的奇观，是感官的地震，甚至好莱坞也编排不出。但是地震在我脚下停止了。我脚下的地是坚实的。我是安全地坐在自己的座位上的观众。

我是在抬头看见桥楼上的救生艇时才开始担心的。救生艇并不是垂直地悬挂着。它面朝船倾斜，与吊艇柱形成了一个角度。我转过身，看看自己的手。指关节发白。我并不是因为天气恶劣才紧紧抓住栏杆的，而是因为如果不抓紧我就会跌倒。船在朝另一边，即朝左舷倾斜。倾斜度虽然不大，却足以让我感到吃惊。当我朝船外看去时，发现斜坡不再陡直。我能看见巨大的黑色的舷侧。

一阵寒战传遍我全身。我肯定那确实是一场暴风雨。该回到安全的地方去了。我松开手，匆匆走到船壁，走过去把门拉开。

船里有噪音。机器构造的低沉呻吟声。我绊了一下，摔倒了。没有受伤。我爬了起来。我扶住栏杆，一步四级，朝楼梯井下跑去。刚跑下一层，我就看见了水。很多水。水挡住了我的路。水像喧闹的人群一样从下面涌上来，汹涌着，翻滚着，冒着泡泡。楼梯消失在了黑暗的水中。我无法相信自己的眼睛。这些水是怎么回事？水是从哪里来的？我仿佛被钉在了原地，心里充满了恐惧和疑惑，不知道接下来应该做什么。我的家人就在下面。

我跑上楼梯，跑到了主甲板上。天气不再令我感到乐趣。我非常害怕。现在情况已经非常清楚了：船倾斜得很厉害。纵的方向也不平。从船头到船尾出现了明显的倾斜。我朝船外看去。水看上去离我们没有八十英尺。船在沉。我简直无法理解。这就像月亮着火一样令人无法相信。

高级船员和普通船员都在哪里？他们在做什么？在靠近船头的地方，我看见几个人在黑暗中奔跑。我想我还看见了动物，但是我把这当作是雨和影子造成的幻觉，并没有在意。天气好的时候，我们会把分隔栏顶上的活板抽开，但是在任何时候动物都是不能离开笼子的。我们运的是危险的野生动物，而不是农场上的家畜。我想我听见有人在叫喊，就在我头顶上，在桥楼上。

船晃了一下，发出了那种声音，那种巨大的金属打嗝般的声音。那是什么声音？那是人类和动物抗议即将到来的死亡而一起尖叫吗？是船自己正在完蛋吗？我摔倒了，又爬了起来。我再一次朝船外看去，海面在上升，海浪正向我们靠近。我们正迅速沉没。

我清楚地听见猴子的尖叫声。什么东西正在摇晃甲板。一只白肢野牛——印度野牛——突然从雨中冲出来，从我身边冲过去，发出轰隆隆的声响。它受了惊吓，变得狂怒，无法控制。我看着它，惊愕不已。天啊，究竟是谁把它放出来了？

我跑上楼梯，朝桥楼跑去。高级船员就在那儿，他们是船上唯一会说英语的人，是我们命运的主宰，是能纠正这个错误的人。他们会解释一切的。他们会照顾我和我的家人。我爬上中间的桥楼。右舷没有一个人。我跑到左舷。我看见三个人，是普通船员。我跌倒了。又爬起来。他们正在朝船外看。我叫起来。他们转过身来。他们看看我，又互相看看。他们说了几句话。他们迅速朝我走来。一阵感激和宽慰涌上我的心头。我说："感谢上帝，我找到你们了。发生了什么事？我很害怕。船底有水。我很担心我的家人。我去不了我们船舱的那层了。这是正常的吗？你们认为……"

这些船员中的一个把一件救生衣塞进我怀里，大声用中文说了些什么，我的话被打断了。我看见救生衣上挂了一只橘黄色的哨子。他们正用力朝我点头。当他们用强有力的臂膀抓住我，把我举起来时，我没觉得什么。我以为他们是在帮我。我太信任他们了，当他们把我举到空中时，我心里充满了感激。当他们把我从船上扔出去时，我才感到怀疑。

39

我像跳蹦床一样，弹落在半卷起来盖住船下面四十英尺

的救生艇的油布上。我没有受伤，这真是个奇迹。我把救生衣弄丢了，但哨子还在我手里。救生艇被放下去一半，挂在那儿。它朝远离吊艇柱的方向倾斜着，在距离海面二十英尺的地方，在暴风雨中荡来荡去。我抬起头。两个船员正低头看着我，发疯一般指着救生艇大叫。我不明白他们想要我做什么。我以为他们会跟在我后面跳进来。但他们却掉过头去，一脸的恐惧。这时这只动物在空中出现了，用赛马一般优雅的动作跳了下来。斑马没有跳到油布上。这是一匹雄性格兰特斑马，体重五百多磅。它哗啦一声重重摔在最后面一张坐板上，砸碎了坐板，把救生艇砸得左右摇晃。它叫出了声来。我以为会听见类似于驴叫或马嘶的声音。完全不是。只能说那是一阵吠叫，夸—哈—哈，夸—哈—哈，夸—哈—哈，声音因为痛苦而极其尖利。这只动物的嘴张得大大的，站得笔直，浑身发抖，露出了黄色的牙齿和暗粉色的牙床。救生艇掉了下去，我们撞进了沸腾的海水。

40

理查德·帕克没有跟在我后面跳进海里。我准备用来做棍棒的船桨漂在水上。我抓住桨，同时伸手去抓救生圈，现在救生圈里已经空了。在水里太可怕了。水又黑又冷，汹涌澎湃。我感到仿佛自己就在一口正在碎裂的井底。海水不断打在我身上。刺痛了我的眼睛。把我往下拉。我几乎不能呼吸了。如果没有救生圈，我连一分钟也坚持不下来。

我看见在离我十五英尺的地方有一只三角形的东西正划破水面。那是一条鲨鱼的鳍。一阵又冷又湿的可怕震颤在我的脊椎蹿上蹿下。我以最快的速度朝救生艇一端，就是仍然盖着油布的那一端，游过去。我用胳膊撑住救生圈，直起身子。我看不见理查德·帕克。他不在油布上，也不在坐板上。他在船底。我又抬起身子。那飞快的一瞥只让我看见斑马的头在船的另一端猛烈地来回转动着。当我跌回水里时，另一条鲨鱼的鳍就在我面前划过。

鲜艳的橘黄色油布被一根结实的尼龙绳拉住，绳子穿过油布上的金属索环和船另一侧的钝钩子。我碰巧在船头旁边踩着水。油布经过艏柱——艏柱有一个很短的突出的前端，如果长在脸上，就是翘鼻子——的地方没有在船的其他地方系得牢。就在绳子从艏柱一侧的钩子穿进另一侧的钩子的地方，油布有些松。我举起船桨，朝这处有些松的地方，这处救命的细节，捅过去。我尽量把桨往里捅。现在，救生艇的船头突出在波浪之上了，虽然有些歪。我让自己立起来，双腿环绕住船桨。桨柄顶起了油布，但是油布、绳子和桨都支持住了。我已经离开了水面，尽管随着海面的起伏，我与海水之间的距离只有两英尺或三英尺。大浪的浪尖还在不断地拍打着我。

我独自一人，孤立无助，在太平洋的中央，吊在一支船桨上，前面是一只成年老虎，下面是成群的鲨鱼，四周是狂风暴雨。如果我用理性思考自己的前途，就一定会放弃努力，松开船桨，希望自己在被吃掉之前能被淹死。但是我不记得在相对安全的最初几分钟里我有过一点点想法。我甚至没有注意到天已经亮了。我紧紧抓住船桨，就那么抓着，只有天知道为什么。

过了一会儿，我充分利用了救生圈。我把救生圈从水里提上来，把船桨从中间穿过去。我让救生圈沿着船桨向下滑，直到套在我身上。现在我只需要用腿勾住船桨就行了。如果理查德·帕克出现了，从船桨上掉下去会更加尴尬，但是一次只能经历一种恐惧，我选择太平洋而不是老虎。

41

自然环境允许我继续活下去。救生艇没有沉。理查德·帕克一直没有出现。鲨鱼游来游去，但是没有冲上来。海浪溅在我身上，但是没有把我拉下去。

我看着大船伴着打嗝声和汩汩声消失了。灯光闪了几下便熄灭了。我环顾四周，寻找我的家人，寻找幸存者，寻找另一只救生艇，寻找任何能够给我带来希望的东西。什么也没有。只有雨，黑色海洋上劫掠一切的浪，和悲剧过后漂浮的残骸。

黑暗从天空渐渐消退。雨停了。

我不能永远保持这样的姿势。我冷。我的脖子因为一直抬着头引颈张望而感到很酸。我的背因为靠在救生圈上而感到很痛。而且，如果要看见别的救生艇，我必须站得更高一些。

我沿着船桨一英寸一英寸地移动，直到双脚能够踩到船头。我必须非常小心翼翼地向前移动。我猜理查德·帕克正在油布下面的船板上，背对着我，面对着斑马，斑马现在一定已经被他杀死了。在五种感觉中，老虎依赖最多的是视觉。它们的目光非常锐利，尤其是在看移动的物体的时候。它们的听觉很好。嗅觉一般。当然，我是说和其他动物相比。和理查德·帕克相比，我又聋又瞎，而且没有嗅觉。但是那一刻他没有看见我，因为我身上是湿的，也许他也没有闻到我，而且因为风在呼号，海浪破碎时嘶嘶尖啸，所以如果很小心的话，他也不会听见我。只要他不感觉到我，我就有机会。如果他感觉到了，就会立刻杀死我。他会从油布下面突然冲出来吗，我不知道。

恐惧和理性给出截然不同的答案。恐惧说会的。他是一只凶猛的450磅重的食肉动物。他的每一根爪子都像刀一样尖利。理性说不会的。油布是用结实的帆布做的，不是日本纸墙。油布已经受住了我从高空落下的重量。理查德·帕克不用花多长时间，也不用花多大力气，就能用爪子把油布撕成碎片，但是他不能像揭开匣盖就能跳起来的玩偶一样突然跳出来。而且他没有看见我。既然他没有看见我，就没有理由要用爪子抓破油布冲出来。

我沿着船桨滑下去。我把两条腿都放在船桨一侧，让双脚踩在舷侧。舷侧是一只船的上面的边缘，也可以说是船边。我又移动了一点儿，这样两条腿都在船上了。我的眼睛一刻也没有离开过油布边缘。我随时准备看见理查德·帕克站起来，朝我冲过来。有好几次我害怕得一阵阵发抖。我最希望静止不动的部位——我的两条腿——偏偏抖得最厉害。腿像击鼓一样敲打着油布。我想不出还有什么在理查德·帕克的门上的拍打声能比这个更明显了。颤抖扩散到我的两只胳膊，我所能做的只有紧紧抓住。每一次颤抖都过去了。

当大部分身体都到了船上的时候，我站了起来。我朝油布那端看去。我惊讶地看见斑马还活着。它在靠近船尾它摔下去的地方躺着，没精打采的，但是肚子仍然在急速地起伏，眼睛仍然在动，眼神里满是恐惧。它侧身躺着，面对着我，头和脖子很别扭地搁在船侧的坐板上。它的一条后腿断了，角度非常不自然，骨头从皮肤下面伸了出来，伤处在流血；只有细细的前腿的姿势看上去还正常，前腿弯曲，蜷缩在扭曲的身体前面。斑马时不时摇摇头，叫一声，喷一下鼻息。除此之外，它就静静地躺着。

这是一只非常可爱的动物。它身上潮湿的条纹黑白分明，十分耀眼。焦虑深深地困扰着我，我不能老是看它；然而，顺便提一下，虽然事后的记忆很模糊，当时它那奇怪、简洁、具有大胆的艺术性的条纹和它那优美的头部却给了我很深的印象。对我来说更重要的是，理查德·帕克没有杀死它，这真是奇怪。按照正常情况，他应该已经把斑马杀死了。这就是捕食动物做的事：他们杀死猎物。在当前的情况下，理查德·帕克应该非常紧张，恐惧应该使他变得非常好斗。斑马应该已经被残杀了。

很快我便知道了斑马没有被伤害的原因。这让我的血液都冻结起来——接着又让我稍稍感到了宽慰。一只脑袋在油布那头出现了。它害怕地直视着我，然后低下头去，接着又出现了，然后又低下头去，又再一次出现，最后消失了。那是一只有些像熊、看上去是秃毛的斑点鬣狗的脑袋。我们动物园有一群共六只，两只居统治地位的雌性，四只居从属地位的雄性。它们应该到明尼苏达去。这儿的这只是雄的。我是看它的右耳认出来的。它的右耳被严重撕破，已经伤愈的有缺口的耳郭是过去暴力的证明。现在我明白为什么理查德·帕克没有杀死斑马了：他已经不在船上了。一只鬣狗和一只老虎不可能在这么小的地方同时存在。他一定从油布上摔下去淹死了。

我得向自己解释鬣狗是怎么到救生艇上来的。鬣狗能在海里游泳，这一点我毫不怀疑。我的结论是，它一定一直就在船上，躲在油布下面，而我弹落下来时没有看见它。我还注意到另一件事：鬣狗是那些水手把我扔上救生艇的原因。他们不是在试图救我。这是他们最不关心的事。他们是把我当作饲料。他们希望鬣狗会袭击我，而我却能摆脱它，让船成为一个他们可以去的安全地方，无论这是否会让我付出生命的代价。现在我知道在斑马出现之前他们发疯般的指的是什么了。

我从不认为发现自己和一只斑点鬣狗一起被困在一个狭小的空间里是一个好消息，但就是这样。实际上，这可是双重好消息：如果没有这只鬣狗，那些水手就不会把我扔进救生艇里，我就会待在大船上，一定会淹死；如果我不得不和一只野生动物分享住舱，那么一只公开表现残忍的犬科动物比一只悄悄使用力量的猫科动物要好。我非常轻地松了一口气。为了预防万一，我又回到了船桨上。我跨坐在船桨上，在船桨从中间穿过的救生艇的圆边上，左脚抵住船头前端，右脚踩住舷侧。这样很舒服，也能让我面对着船。

我环顾四周。只有大海和天空。在浪尖上时也一样。大海很快地模仿着陆地上的地形——每一座山丘，每一座山谷，每一座平原。加速的地壳构造运动。环游地球八十排浪。但是到处都找不到我的家人。很多东西浮在水上，但是没有一样带给我希望。我看不见别的救生艇。

天气的变化非常迅速。如此广阔，广阔得令人惊讶的大海，渐渐平静了下来，海浪紧跟在后；风变得柔和，成了悦耳的微风；在无边无际的淡蓝色穹顶上，白得耀眼的蓬松云朵开始被阳光照亮。这是太平洋上美丽的一天的黎明。我的衬衫已经开始干了。夜晚就像船一样迅速消失了。

我开始等待。各种想法在疯狂地打转。我不是专心地想解决迫在眉睫的生存问题所必须考虑的实际细节，就是因痛苦而束手无策，默默地哭泣，张着嘴，双手抱着头。

42

她在一圈光晕中伏在一座香蕉堆成的小岛上漂了过来，像圣母马利亚一样可爱。她身后是初升的太阳。她火红色的毛发让人看得目瞪口呆。

我叫道："噢，神圣的伟大母亲，本地治里多产的女神，奶与爱的提供者，充满慰藉的奇妙怀抱，你令虱蝇恐惧，你抱起了哭泣的幼儿，你也要目睹这场悲剧吗？让温柔遭遇恐惧是不对的。你还不如立刻死掉。我看见你是多么高兴啊。你带来了快乐也带来了痛苦。我快乐是因为你和我在一起，我痛苦是因为这样的相聚不会长久。你对大海了解多少？一无所知。我对大海了解多少？一无所知。这辆汽车没有司机，迷失了方向。我们的生命结束了。上船来吧，如果你的目的地是湮没——湮没就是我们的下一站。我们可以坐在一起。如果你愿意，你可以坐靠窗的位子。但窗外是令人伤心的景象。噢，到此为止吧，别再假装了。让我明白地说出来：我爱你，我爱你，我爱你，我爱你，我爱你，我爱你。请别让蜘蛛上来。"

那是"橘子汁"——这么叫她是因为她常常流口水——我们了不起的婆罗洲雌性红毛猩猩家长，动物园的明星，两个漂亮儿子的母亲，她被一大群黑色蜘蛛包围着，这些蜘蛛像心怀恶意的崇拜者一样在她身边爬来爬去。漂浮的香蕉被尼龙网聚在一起，香蕉就是装在尼龙网里运上船的。当她从那堆香蕉上跨上船的时候，一根根香蕉向上跃起，翻滚起来。网变松了。只因为网就在手边，而且就要沉下去了，我想都没想就抓住网，拖到了船上。后来从各方面来看，这个随意的动作都成了救命的动作；这张网成了我最宝贵的物品之一。

香蕉堆散开了。黑色蜘蛛拼命地爬，但是它们的处境已经毫无希望了。小岛在它们身体下面碎裂了。它们都淹死了。有那么一会儿，救生艇就漂浮在一片水果的海洋上。

我捡起了当时以为毫无用处的一张网，但是我有没有想过从香蕉圣餐中拿几根？没有。一根都没有。那是用切开的香蕉做的香蕉圣餐，但做的方法不对：将香蕉切开的是海水。这巨大的浪费会沉重地压在我心头。我会因为自己的愚蠢而绝望得抽搐。

“橘子汁”如坠雾中。她的动作十分缓慢，带有试探性，她的眼神反映了心中深深的困惑。她受到了极度的惊吓。她在油布上躺了好几分钟，一声不响，一动不动，然后才将身体前倾，完全跌进救生艇里。我听见了鬣狗的尖叫。

43

大船留下的最后痕迹是水面上漂浮的一片闪光的油。

我肯定自己不是孤独的。无法想象“齐姆楚姆号”没有引起一点点关心。现在，在东京，在巴拿马城，在马德拉斯，在火奴鲁鲁，嗨，甚至在温尼伯，控制台上的红灯在闪烁，警铃在拉响，一双双眼睛因恐惧而睁得大大的，一张张嘴在倒吸凉气：“我的天啊！‘齐姆楚姆号’沉没了！”一双双手去拿电话话筒。更多的红灯开始闪烁，更多的警铃开始拉响。飞行员们迅速向飞机跑去，连鞋带都没来得及系，他们就这样匆忙。船长们飞快地转动着舵轮，直转到自己头都晕了。甚至潜水艇也在水底突然转向，参加了救援行动。我们很快就会得救的。一艘大船会在地平线上出现。会找到一支枪杀死鬣狗，结束斑马的痛苦。也许“橘子汁”会得救。我会爬上大船，受到家人的欢迎。他们已经被另一只救生艇救起来了。我只需在接下来的几个小时内，在救援的船只到来之前，保证自己活着就行了。

我从自己休息的地方伸手去够那张网。我把网卷起来，扔到油布中间，这样网就可以形成一道屏障，无论这屏障多么小。“橘子汁”看上去差不多陷入了强直昏厥状态。我猜她因为受惊已经奄奄一息。让我担心的是鬣狗。我能听见它发出阵阵哀鸣。我始终希望它所熟悉的猎物斑马和它所不熟悉的猎物红毛猩猩能分散它的注意力，让它想不到我。

我一边注意着地平线，一边注意着救生艇的另一头。除了鬣狗的哀鸣，我几乎听不见动物发出的其他声音，只有爪子在坚硬的表面来回摩擦的声音，偶尔几声呻吟声和被抑制的叫声。似乎没有大规模的打斗。

上午，鬣狗又出现了。在这之前的几分钟里，它的哀鸣声越来越高，变成了尖叫声。它从斑马身上跳过去，跳到船尾，在那里，舷边的坐板连在一起，形成了一张三角形的坐板。那是一个相当暴露的地方，坐板和舷侧之间只有大约十二英寸。那只动物紧张地凝视着船外面。浩瀚起伏的海水似乎是它最不愿意看见的东西，因为它立刻便低下头，跳进了斑马身后的船底。那是一处狭窄的空间；坐板下面、船的四周到处都是浮箱，在斑马宽阔的后背和这些浮箱的边缘之间没有多少空间，很难容下一只鬣狗。它扭动了一会儿，然后又从斑马身上跳过去，回到了船中间，消失在了油布下面。这一阵突发的动作持续了不到十秒钟。鬣狗到了距我不到十五英尺的地方。我唯一的反应就是吓得不能动弹。相反，斑马迅速昂起头，叫了起来。

我希望鬣狗会一直待在油布下面。我失望了。它几乎立刻又从斑马身上跳过去，跳到了船尾坐板上。它在上面转了几次身，呜呜咽咽地叫着，犹豫不决。我不知道它下面会做什么。答案很快便揭晓了：它低下头，绕着斑马跑起来，把船尾坐板、舷边坐板和油布那边的横坐板变成了周长二十五英尺的室内田径场。它跑了一圈—两圈—三圈—四圈—五圈还在继续跑，一直不停地跑，最后我都数不清它跑了多少圈了。一圈又一圈跑的同时，它一直在尖声叫喊。我的反应还是很慢。我完全被恐惧控制了，只能看着它。这野兽奔跑的速度很快，而且它不是一只小动物；它是一只看上去有一百四十磅重的成年雄性动物。它的腿敲打在坐板上，让整只船都摇晃起来，它的爪子在坐板上发出很大的咔嚓咔嚓的声响。每次它跑到船尾时我都很紧张。看到那个东西朝我飞速跑来已经让人汗毛直竖了；更糟的是，我害怕它会一直朝我跑来。很显然，无论“橘子汁”在哪里，她都不会成为障碍。卷起的油布和堆成一团的网更是可怜的防御物。只需要一点点力气，鬣狗就能来到船头我的脚下。它似乎并不想那么做；每次来到横坐板边，它都会跃过去，我能看见它的上半身在沿着油布边缘迅速奔跑。但是在这样的状态下，鬣狗的行为完全不可预料，它很可能会决定不加警告便对我发动袭击。

跑了很多圈后，它突然在船尾停住，蹲伏下来，眼睛向下，朝油布下面看去。它抬起眼睛，目光落到了我身上。那是一种茫然而不加掩饰的眼神，带着明显的好奇，却没有暴露一点儿心里的想法。它的嘴张得大大的，耳朵僵硬地竖着，眼睛又亮又黑。要不是因为它身体的每一个细胞都散发出紧张的气息——那是一种焦虑，让它浑身发抖，好像在发烧一样——那几乎就是典型的鬣狗的眼神。我为自己的末日做好了准备。什么也没有发生。它又开始绕着圈跑起来。

当动物决心做一件事的时候，它可以做很长时间。整个早晨，鬣狗都在尖声吠叫着绕着圈跑。有时候它会在船尾停一会儿，但是除此以外，每一圈都和前一圈一样，动作、速度、叫声的音高和音量、逆时针的方向都没有变化。看它这么跑太单调太累人了，最后我把头扭向一边，试图用眼角的余光保持警惕。刚开始的时候，每次鬣狗从斑马的头旁边跑过，斑马都会喷鼻息，现在甚至它也麻木了。

然而，每一次鬣狗在船尾坐板旁边停留时，我的心都会猛地跳一下。尽管我很想注意看地平线，那个救援出现的地方，但是我的眼神却总是不由自主地回到这只狂躁的野兽身上。

我不是一个对动物抱有偏见的人，但是斑点鬣狗的长相实在让人不敢恭维，这是显而易见的事实。它丑得不可救药。粗粗的脖子和向后腿倾斜的高高的肩膀使它们看上去像一种被淘汰的长颈鹿，而粗糙蓬乱的毛看上去就像是用上帝造物剩下来的东西拼凑而成。毛上的棕褐色、黑色、黄色和灰色乱糟糟地混杂在一起，斑点根本无法和豹子身上值得炫耀的漂亮的圆形斑点相提并论；这些斑点看上去更像是得了一种皮肤病，一种致命的兽疥癣。头很宽，显得太大，有一个像熊一样的高高的额头，但是前额的毛已经脱落了，耳朵很滑稽，长得像老鼠耳朵，没有在战斗中被撕掉之前又大又圆。嘴永远张着，喘着气。鼻孔太大。尾巴蓬乱，不会摇摆。步态笨拙。所有这些部分加在一起让它们看上去像狗，但不像任何人愿意当作宠物的狗。

但是我没有忘记父亲的话。它们可不是胆小的腐食动物。

如果《国家地理》是这样描绘它们的，那是因为这个节目是在白天拍摄的。鬣狗的一天从月亮升起的时候开始，而它们是非常强有力的捕猎能手。鬣狗成群攻击任何可以捕杀的动物，这些动物还在全速奔跑时便被鬣狗撕开了腹侧。它们捕杀斑马、牛羚和水牛，而且不仅捕杀兽群中的年老体弱者——也捕杀身强体壮者。它们的攻击十分有力，被顶倒或踢倒后会立即爬起来，从不仅仅因为意志力不强而放弃。它们也很聪明，任何能从妈妈身边被引开的小动物都是好的。它们最喜欢吃刚出生十分钟的小牛羚，但是也吃小狮子和小犀牛。当努力得到回报的时候，它们坚持不懈。在仅仅十五分钟的时间里，一匹斑马便会只剩下一只头骨，而这只头骨也会被拖走，让窝里的小鬣狗慢慢啃。什么都不会浪费，甚至溅上了血的草也会被吃掉。当鬣狗吞下大块大块的猎物时，它们的肚子会明显地变大。如果幸运的话，它们会撑到连走路都困难。把猎物消化掉以后，它们会咳出厚密的毛团。它们会把毛团上能吃的东西都剔干净，然后在里面打滚。在进食的兴奋之中，意外的同类相食是常见的事；在争着去吃斑马的时候，鬣狗会吃掉同群中其他鬣狗的耳朵或鼻孔，但并没有什么敌意。鬣狗并不讨厌这种错误。使它们高兴的事太多了，它们不会对任何事情感到厌恶。

实际上，鬣狗能吃的东西太多了，太不挑食，几乎令人不得不敬佩。鬣狗可以一边在水里小便一边喝水。它们还有一种利用小便的独创方法：在又热又干的天气里，它们会在地上撒尿，然后用爪子给自己洗一个提神的烂泥浴，以此来给自己降温。鬣狗会高兴地咯咯叫着把食草动物的粪便当作零食吃下去。有什么是鬣狗不吃的吗，这是个可以讨论的问题。一旦同类死去，它们对尸体的厌恶会持续大约一天时间，然后便将尸体（耳朵和鼻子被它们当作开胃小菜大口吞下去的同类的剩余身体）吃掉。它们甚至会袭击汽车——前灯、排气管、侧视镜。限制鬣狗的并不是它们的胃液，而是它们爪子的能力，然而它们爪子的能力令人惊叹。

就是这样一只动物在我面前绕着圈跑。这只动物让我的眼睛疼痛，让我的心直往下沉。

事情以典型的鬣狗的方式结束了。它在船尾停了下来，开始发出低沉的呻吟声，中间夹杂着一阵阵沉重的喘息声。我在桨上一点一点地向外移，直到只有脚尖还在船上。这只动物频繁地发出短促的干咳声，突然它吐了起来，呕吐物猛地喷到了斑马的身体那边。鬣狗跳进了自己刚才吐出来的东西里面。它待在那儿，颤抖着，哀鸣着，转着身，探寻着动物痛苦的极限。那天它没再从那块地方出来过。有时候斑马会因为身后的捕食者而发出几声声响，但大多数时候它只是无助地郁郁寡欢地躺着。

44

太阳爬过天空，爬到天顶，开始落下。那一整天我都坐在船桨上，只为了保持平衡才稍微动一动。我整个人都朝地平线上那个会出现来救我的小点倾斜着。这是一种紧张得让人喘不过气来的单调状态。在我的记忆中，最初的几个小时是与一种声音联系在一起的，不是你猜的声音，不是鬣狗的吠叫声，也不是大海的嘶嘶声：而是苍蝇的嗡嗡声。救生艇上有苍蝇。它们出现了，以苍蝇的方式到处乱飞，懒洋洋地绕着大大的圈，相互靠近时便突然嗡嗡嗡地以令人头晕目眩的速度一起盘旋。有几只苍蝇很勇敢，冒险飞到我待的地方。它们绕着我飞，发出像单螺旋桨飞机的噼啪声，然后又急急忙忙地飞回去。它们不是原来就在船上，就是某一只动物带上来的，很可能是鬣狗带上来的。但无论它们是从哪里来的，都没有待长久；两天之内它们全都消失了。鬣狗从斑马身后猛地朝它们咬去，吃了好多。其他的也许被风吹到海上去了；也许有几只幸运的尽其天年，得享高寿。

傍晚近了，我也更加焦虑起来。一天结束时，一切都让我害怕。夜里，船只会很难发现我。夜里，鬣狗也许会活跃起来，也许“橘子汁”也会活跃起来。

夜幕降临了。没有月亮。云层遮住了星星。物体的轮廓变得难以辨认。一切都消失了，大海，救生艇，我自己的身体。海面平静，几乎没有风，因此我甚至不能让自己置身于声音之中。我似乎漂浮在纯粹的抽象的黑暗之中。我一直盯着我以为是地平线的地方，同时耳朵一直警觉地听着动物的任何动静。我无法想象怎么能熬过这一夜。

夜里的某个时候，鬣狗开始嗥叫，斑马开始发出吠叫声和长长的尖叫声，我还听见不断的敲打声。我害怕得发抖，而且——我不想在这儿隐瞒——尿裤子了。但是这些声音是从船的另一头传来的。我感觉不到能够表明动静的摇晃。那只恶魔般的动物显然离我很远。在黑暗中更近一些的地方，我开始听见很响的呼气声、呻吟声和呼噜声，还有各种边吃东西边发出的咂嘴声。我的神经实在承受不了“橘子汁”在活动这个想法，因此我没这么想。我只是不去注意这个想法。在我下面，在海里，也有声音，突然的拍打声和哗哗的挥动声，瞬间便消失了。那里也在进行着保卫生命的战斗。

黑夜一分钟一分钟地过去了，多么缓慢啊。

45

我冷。这是我不经意之间注意到的事情，似乎与我无关。天破晓了。白昼来临得如此迅速，却又是令人难以觉察地渐渐到来的。天空的一角改变了颜色。空气中开始充满了光亮。平静的大海像一本巨大的书一样在我身边打开了。四周仍然感觉像是黑夜。突然就变成了白天。

当太阳像一个被电点亮的橘子，冲出地平线时，空气才开始变得温暖起来，但我要感觉到温暖，却不需要等那么久。第一缕阳光刚刚照射下来，温暖的感觉便在我心中活跃起来：那是希望带来的温暖。随着物体的轮廓渐渐出现，充满了色彩，希望也不断地增长，直到在我心中变成了一首歌。噢，沐浴在希望中多好啊！事情终归会解决的。最糟糕的事已经过去了。我活过了黑夜。今天我就会得救的。想到这儿，在心里将这些词串在一起，这本身就是希望的源泉。希望之中又滋生出新的希望。当地平线变成一条简洁清晰的线条时，我急切地仔细地看着地平线的方向。天又晴朗起来，能见度很高。我想象拉维会第一个欢迎我，取笑我。“这是什么？”他会说，“你给自己找了一只了不起的大救生艇，在里面装满了动物？你以为自己是诺亚还是什么？”父亲肯定没有刮胡子，头发凌乱。母亲会看着天，把我拥进怀里。我想象了十几条救援船上的情景，各种甜蜜团圆的画面。那天早晨，地平线可能朝一个方向弯曲，而我的嘴唇却坚定地朝另一个方向弯曲，弯成了一个微笑。

可能这听起来很奇怪，但我确实是在很长时间以后才去看救生艇上正在发生什么事。鬣狗袭击了斑马。它的嘴是鲜红的，正在啃一块皮。我的眼睛自然地开始寻找伤口，寻找被袭击的部位。我害怕得倒吸了一口凉气。

斑马断了的腿不见了。鬣狗把断腿咬了下来，拖到了船尾，斑马的身后。一块皮松松垮垮地挂在外露的残肢上。血还在滴。受害者耐心地忍受着痛苦，没有作出引人注意的抗议。它在慢慢地不断地磨着牙，这是唯一能看得见的痛苦表示。震惊、厌恶和气愤猛然传遍我全身；我恨透了鬣狗，我想要做点儿什么，去杀死它。但我什么也没做，我的愤慨没有持续多久，这一点我必须老实承认，我不能对斑马长久地表示怜悯之情。当你自己的生命受到威胁时，你的同情便被恐惧和求生的自私渴望磨钝了。它非常痛苦，这太让人伤心了——它这么高大、这么强壮，它受的折磨还没有到头呢——但我无能为力。我感到它很可怜，然后便不再想这件事。我并不以此自豪。我很抱歉，我对这件事如此麻木不仁。我仍然没有忘记那匹斑马和它所忍受的痛苦，没有哪一次做祷告时我不想到它。

仍然不见“橘子汁”。我又将目光转向了地平线。

那天下午，风大了些，我开始注意到救生艇：尽管它很重，却轻轻地浮在海面上，毫无疑问，这是因为船上没有满员。干舷很高，也就是水面和舷侧之间的距离很大；只有狂暴不羁的大海才能将我们淹没。但这也意味着无论船的哪一头迎着风，都会转变方向，让舷侧对着海浪。碎浪像拳头一样不断在船壳上敲打，而大浪则会让船先向一边倾斜，再向另一边倾斜，令人厌倦地晃来晃去。不断的颠簸让我感到恶心。

也许换个姿势我会感觉好一些。我从船桨上滑下来，回到船头，面对海浪坐着，左手是船体的其余部分。我离鬣狗更近了，但它没有动。

就在我深深地呼吸，集中精力消除恶心的感觉时，我看见了"橘子汁"。鬣狗看着我，但没有动。"橘子汁"进入了我的视线。她无精打采地坐着，两只手抓着舷边，头低低地埋在两只手臂之间。她张着嘴，伸出舌头，显然在喘气。尽管我忍受着这场悲剧的折磨，尽管我感觉不舒服，我还是笑出了声来。那一刻"橘子汁"所有的表现都说明了一件事：晕船。一种新物种的形象跃入了我的脑海：一种罕见的能够航海的红毛猩猩，还是个新手。我又恢复了坐的姿势。可怜的东西看上去像人一样不舒服！在动物身上看到人的特征是一件非常有趣的事情，这在猿猴和猴子身上很容易看到。猿猴是我们在动物界最清晰的镜子。我又笑起来。我用双手捂住胸口，对自己的感觉感到非常惊讶。噢，天啊。这笑声就像一座快乐的火山，正在我心中爆发。"橘子汁"不仅让我高兴了起来，她还承担了我们俩的晕船感觉。我感觉好多了。

我又开始仔细搜索地平线，心中充满了希望。

除了晕船晕得要死以外，还有一件关于"橘子汁"的事让人惊奇：她没有受伤。而且她背对着鬣狗，似乎感到自己很安全，不必理睬它。这只救生艇上的生态系统确实让人困惑不解。在自然环境中，斑点鬣狗和红毛猩猩不可能相遇，因为婆罗洲没有鬣狗，而非洲没有红毛猩猩，因此我们不可能知道它们会如何相处。但是，当这些住在树上以水果为食的动物和热带稀树草原的食肉动物来到一起时，它们会如此清楚地划清各自的生态龛，不去注意对方，这种情况即使不是完全没有可能，似乎可能性也很低。红毛猩猩在鬣狗闻起来肯定是一只猎物，尽管是一只奇怪的猎物，一只因为会形成巨大的毛团而被记住的猎物，但是味道比排气管要好，值得在树丛附近寻找。鬣狗在红毛猩猩闻起来肯定是一只食肉动物，是一只榴梿偶然掉到地上时警惕的原因。但是大自然永远会引起我们惊讶。也许事情并非如此。如果山羊能够和犀牛友好相处，为什么红毛猩猩就不能和鬣狗友好相处呢？这在动物园里一定会大受欢迎。得竖起一块牌子。我已经能看见牌子上的字了："亲爱的游客，请不要为红毛猩猩担心！它们待在树上是因为它们住在那里，而不是因为它们害怕斑点鬣狗。请在它们进食时或太阳落山它们口渴时回来，你们就会看见它们从树上爬下来，在地面上四处走动，完全不受鬣狗的骚扰。"父亲会着迷的。

那天下午的某个时候我见到了第一种可能成为我亲爱的可靠的朋友的动物。船壳上有碰撞声和刮擦声。几秒钟后，一只大海龟出现了，它靠船那么近，我弯下腰去就能抓住它。那是一只玳瑁，它懒洋洋地划着鳍，从水里伸出了头。它丑陋的模样十分引人注目，坚固的发黄的棕色龟壳有大约三英尺长，上面长着一块块的海藻，深绿色的脸上长着一张尖尖的嘴，没有嘴唇，两只鼻孔就是两个实实在在的洞，黑色的眼睛目不转睛地看着我。那副表情既傲慢又严肃，像一个坏脾气的老头，心里总在抱怨。这只爬行动物的存在本身就是它的最奇怪之处。

和线条优美的滑溜溜的鱼相比，它模样古怪，浮在水里显得很不协调。但是显然它是在自己的环境中，格格不入的是我。它围着船绕了几分钟。

我对它说："去跟船说我在这儿。去吧，去吧。"它转过身，后鳍轮流划着水，一会儿便沉入水中，不见了踪影。

46

在船只应该出现的地方堆积起来的云层和渐渐消逝的白天慢慢将我微笑的弯弯的嘴角拉直了。要说这一夜或那一夜是我一生中最糟糕的夜晚，这是毫无意义的。我度过了那么多糟糕的夜晚，没有一夜可以被评为糟糕之最。但是，在我的记忆中，在海上度过的第二个夜晚异常痛苦，这种痛苦与第一夜焦虑得发呆的情况不同，那种焦虑是更常见的痛苦，是崩溃，包括哭泣、伤心和精神痛苦；这种痛苦与后来的痛苦也不同，后来我还能有力气去充分体会自己的感受。在那个可怕的夜晚之前，是一个可怕的傍晚。

我注意到救生艇周围有鲨鱼出现。太阳已经开始拉上帷幕，白天就要结束了。那是橘黄色和红色平静的爆发，是一首伟大的变音交响乐，是一块超自然尺寸的彩色画布，那是太平洋上一次真正壮丽的日落，而我却没能好好欣赏。那几条鲨鱼是灰鲭鲨——速度极快的尖鼻子食肉动物，长长的杀人的牙齿引人注目地从嘴里伸出来。它们大约有六七英尺长，其中一条还要更大一些。我不安地看着它们。最大的一条迅速朝船游过来，似乎要发起袭击，它的背鳍伸出了水面好几英寸，但就在快要到船面前时，它却没入水中，以令人畏惧的优雅动作在水下滑行。它转过身来，这一次游得不那么近，然后消失了。其他鲨鱼在船附近待的时间更长一些，在不同深度的水中来来回回地游，有几条就在伸手可及的水面下，看得清清楚楚，还有几条在更深的水里。还有其他的鱼，大大小小，五颜六色，形状各异。要不是我的注意力被吸引到别处去，也许我会更仔细地打量它们的:“橘子汁”进入了我的视野。

她转过身来，把手臂放在油布上，那动作就像你我抬起胳膊，非常放松地搭在旁边的椅子背上一模一样。但是她显然并不放松。她带着一副非常伤心悲痛的表情，开始四处张望，慢慢地把头从一边转向另一边。就在那一瞬间，我们与猿猴之间的相似之处变得并不可笑了。她在动物园里生了两只小红毛猩猩，这两只雄性红毛猩猩分别有五岁和八岁，他们身强体壮，是她的骄傲，也是我们的骄傲。毫无疑问，她在仔细搜寻水面，不经意之间模仿着我在过去三十六个小时内所做的事的时候，心里牵挂的就是他们。她注意到了我，却没有表达自己的心情。我只是另一只失去了一切、必死无疑的动物。我的情绪突然变糟了。

后来，鬣狗只嗥叫了一声，算是征兆，然后便露出了杀气。它已经一整天没有从狭窄的住舱里出来了。现在，它把前腿搭在斑马体侧，伸过头去，用嘴咬住了一块皮，用力地拽。斑马肚子上的一长条皮被拽了下来，像礼物外面的包装纸被撕开了边缘整齐、又长又宽的一条，只是现在被撕下来的是皮，因此没有声音，而且遇到了很大的阻力。血立刻像河水一样喷涌而出。斑马恢复了生气，吠叫着，喷着鼻息，发出长长的尖叫声，来保护自己。它匆匆迈着前腿，昂起头，想要咬鬣狗，但却够不到那头野兽。它摇晃着那条好的后腿，却只说明了前一天晚上敲打声的来源：那是蹄子敲打船侧发出的声音。斑马保全自己的努力只让鬣狗突然疯狂地嗥叫和撕咬起来。斑马的体侧有了一个裂开的伤口。鬣狗已经不再满足于从斑马背后伸头去咬，它爬到了斑马的腰上。它开始从斑马肚子里拽出一团团的肠子和其他内脏。它的行为没有任何规律。它在这儿咬一口，在那儿吞一口，似乎被眼前这么丰盛的食物弄得不知所措。吞下半个肝脏以后，它又开始用力扯发白的气球一样的胃囊。但是胃囊很重，而且斑马的腰部比它的腹部要高，血又很滑，于是鬣狗开始滑进受害者的身体里。它猛地把头和肩膀伸进斑马的内脏，连前腿膝盖都进去了。然后它又想把自己拖出来，却滑了下来。最后它固定了这样一个姿势，一半身体在里面，一半身体在外面。斑马在从身体内部开始被活活吃掉。

它反抗的力气越来越小。血开始从它的鼻孔里流出来。有一两次，它笔直地昂起头，似乎在向上苍乞求——淋漓尽致地表达了那一刻的憎恶。

“橘子汁”并没有漠不关心地目睹这一切。她从坐板上完全站了起来。巨大的身躯和短小得不相称的腿让她看上去像一台架在扭曲的轮子上的冰箱。但是她高高地举起巨大手臂的样子十分威严。她两只手臂伸展开的长度比她的身高还长。她一只手臂悬在水上，另一只手臂几乎能横着伸到救生艇另一边。她缩回嘴唇，露出巨大的犬齿，开始咆哮起来。叫声低沉、有力，带着愤怒，一个平常像长颈鹿一样安静的动物像这样叫，真令人惊奇。鬣狗和我一样被突然爆发的叫声吓了一跳，但时间不长。在紧张地盯着“橘子汁”看了一眼之后，它脖子上和背上的毛竖了起来，尾巴也直直地向上竖了起来。它爬回到奄奄一息的斑马身上，嘴唇滴着血，同样用高声的吼叫回敬“橘子汁”。两只动物相距三英尺，嘴巴张得大大的，面对着面。它们把所有的力气都用来叫喊，身体因为用力而颤抖着。我能看到鬣狗的喉咙深处。一分钟之前，太平洋上的空气中还响着大海的啸叫声和低语声，这是一种自然的旋律，在更快乐的情况下，我可以称之为令人心旷神怡，现在却突然充斥了这种可怕的噪音，像一场大规模的猛烈战斗中震耳的枪炮声和雷鸣般的爆炸声。我耳朵所能听见的高音域部分充斥着鬣狗的吼叫声，低音域部分充斥着“橘子汁”的低沉吼叫声，在这两部分之间是斑马无助的叫声。我的耳朵被各种声音塞满了；没有别的声音，没有任何一种别的声音能够挤过这些声音，被我听到。

我开始无法控制地颤抖起来。我坚信鬣狗要朝“橘子汁”冲过去了。

我无法想象事情还能比这更糟，但事情的确变得更糟了。斑马把一些血喷进了海里。几秒钟后，船被重重撞了一下，接着又是一下。我们周围的海水开始被鲨鱼搅得浪花翻滚。它们在寻找血的来源，寻找近在嘴边的食物。它们的尾鳍迅速在水上掠过，头突然伸出水面。船不停地遭到撞击。我并不担心船会翻——我想鲨鱼实际上会穿过金属船壳，把船弄沉。

船每次被撞一下，那两只动物都会跳起来，看上去像受了惊，但是它们主要的事就是互相吼叫，它们是不会从这件事上分心的。我肯定这场吼叫比赛会变成身体对抗。然而叫声却突然中断了几分钟。“橘子汁”气呼呼地咂着嘴转过身去，而鬣狗则低下头，退回到斑马被宰割的身体后面。鲨鱼什么也没找到，于是停止撞船，最后离开了。一切终于安静下来。

空气中飘浮着刺鼻的恶臭，一种锈蚀和排泄物相混合的土腥味。到处都是血，渐渐凝结成深红色的硬壳。只有一只苍蝇嗡嗡地飞，在我听来像报告疯狂的警铃。那天，地平线上没有出现船只，没有出现任何东西。现在一天就要结束了，当太阳滑到地平线下面的时候，逝去的不仅是白天和可怜的斑马，还有我的家人。第二次日落时，不相信被痛苦和悲伤所取代。他们死了；我不能再否认。这是你心里必须承认的一件什么样的事啊！失去一位哥哥就失去了一个可以分享成长经历的人，一个应该给你带来嫂子和侄子侄女的人，他们是为你的生命之树增添新的枝叶的人。失去父亲就失去了你可以寻求指导和帮助的人，一个像树干支撑树枝一样支持你的人。失去母亲，啊，那就像失去了你头顶的太阳。那就像失去了——对不起，我不想再说下去了。我在油布上躺下，脸埋在胳膊里，伤心哭泣了一整夜。夜里的大部分时间鬣狗都在吃。

47

天亮了，空气潮湿，阴云密布，风是暖的，天空像一块乌云织成的厚密的毯子，而乌云就像堆成团的肮脏的棉被单。

斑马还活着。我无法相信。它身上有一个两英尺宽的洞，洞口像一座刚刚爆发的火山，喷出被吃了一半的器官，在光线下闪着亮或发出晦暗的干巴巴的光，然而，在它最重要的部分，生命仍然在跳动着，尽管十分微弱。它的活动仅限于颤抖一下后腿，偶尔眨一下眼睛。我吓坏了。我不知道一个生命可以承受如此严重的伤害却还活着。

鬣狗很紧张。虽然天已经亮了，但是它并没有安下心来休息。这也许是因为吃得太多了吧，它的肚子胀得大大的。“橘子汁”的情绪也很危险，她坐立不安，龇着牙齿。

我待在原地，在靠近船头的地方蜷缩着。我的身体和精神都很虚弱。我担心如果在船桨上平衡不了身体就会掉进水里去。

中午的时候，斑马死了。它的眼睛毫无生气，对鬣狗偶尔的攻击已经毫不在意了。

下午，暴力爆发了。情绪已经紧张到了无法忍受的程度。鬣狗在尖声吠叫，“橘子汁”在发出呼噜声和很响的咂嘴声。突然，它们的抱怨被引燃，大量喷射而出。鬣狗跳到斑马残缺的尸体上，朝“橘子汁”冲了过去。

我想我已经把鬣狗的威胁说得很清楚了。我心里非常清楚，在“橘子汁”还没有机会保卫自己之前，我已经对她的生命不抱任何希望了。我低估了她。我低估了她的勇气。

她重重地捶了一下那只野兽的头。这是个令人震惊的动作。这使我的心因为爱、崇拜和恐惧而融化了。我有没有说过她以前是只宠物，被她的印度尼西亚主人麻木不仁地抛弃了——她的故事和所有不适合做宠物的动物的故事一样。故事大概是这样的：宠物在年幼可爱的时候被买了回去，它给主人一家带来了许多欢乐。后来它长大了，胃口也大了。它的表现说明它不可能被训练得服从管教，越来越大的力气使它变得很难管。一天，女仆把它窝里的床单抽出来，因为她决定要洗床单，或者，主人家的儿子开玩笑地从它手里抢走了一块食物——为了这些看上去很小的事情，宠物生气地露出了牙齿。家里人害怕了。第二天，宠物发现自己和人类兄弟姐妹一起在吉普车的后排座位上颠簸。车子开进了一处丛林，车上的每个人都认为那是一个奇怪的可怕的地方。他们来到一块林中空地，他们迅速查看了一下空地。突然，吉普车吼叫着开动起来，轮子卷起了灰尘，宠物看到它认识的那些人，它爱的那些人，正透过吉普车的后窗看着它，吉普车飞快地开走了。它被留了下来。宠物不明白，它和它的人类兄弟姐妹一样没有在这座丛林里生活的准备。它在附近等他们回来，努力消除心里涌起的恐慌。他们没有回来。太阳落山了。它很快便变得沮丧，放弃了对生命的希望。几天后它会死于饥饿和暴晒，或者是被犬类攻击。

“橘子汁”可能成为这些被遗弃的宠物中的一只，但她却进了本地治里动物园。她一生温柔平和。我记得，从我还是个孩子的时候起，她总是把我抱在怀里，用她有我手掌长的手指抓弄我的头发。她是一只年轻的雌性红毛猩猩，在练习做妈妈的技巧。她长大成年，成了一只野性十足的红毛猩猩时，我便在远处观察她。我以为自己非常了解她，可以预测她的每一个动作。这种凶残的野蛮的勇气让我意识到自己错了。我一生只了解她的一部分。

她重重地捶了一下那只野兽的头。那一下多重啊。那只野兽刚跑到坐板边上，便撞了上去，发出一声很尖锐的声音，同时它的前腿叉开，趴在了地上，我以为坐板或它的嘴或两者肯定碎了。鬣狗一瞬间便站了起来，身上的每一根毛都竖了起来，我的每一根头发也竖了起来，但是现在它的敌意已经不那么活跃，它退了回去。我欣喜若狂。“橘子汁”鼓舞人心的自我防卫让我的心里感到一阵喜悦。

喜悦的心情没有持续多久。

成年雌性红毛猩猩打不过成年雄性斑点鬣狗。这是根据经验总结出的明显事实。让动物学家们了解这一点吧。如果“橘子汁”是只雄性红毛猩猩，如果她在磅秤上和她在我心中的分量一样重，事情也许会不一样。但是尽管她因为生活在动物园里，所以吃得太多，身体肥胖，她也只有110磅重。雌性红毛猩猩的个头只有雄性红毛猩猩一半大。但这不仅仅是一个重量和蛮力的问题。“橘子汁”并非毫无防御能力。最终起决定作用的是态度和知识。以水果为食的动物对捕杀知道多少？它能从哪里学到该往哪儿咬，咬多狠，咬多久？红毛猩猩也许高一些，也许有强壮灵巧的手臂和长长的犬齿，但是如果它不知道如何将这些当作武器使用，那么这些就没有用处。鬣狗只用嘴便能打败猿猴，因为它知道自己想要什么，也知道如何去得到。

鬣狗回来了。它跳到坐板上，在“橘子汁”还没来得及出手之前便抓住了她的手腕。“橘子汁”用另一只胳膊去打鬣狗的头，但是这一下只让那野兽恶毒地嗥叫起来。她想用嘴咬，但是鬣狗的速度更快。唉，“橘子汁”的防御缺乏精确性和连贯性。她的恐惧毫无用处，只会妨碍她。鬣狗放开她的手腕，很在行地咬住了她的脖子。

痛苦和恐惧让我说不出话来，我看着“橘子汁”徒劳地捶鬣狗，拽它的毛，同时她的喉咙被它的嘴紧紧地咬着。到了最后，她让我想到了我们自己：她写满恐惧的眼神，还有压抑的呜咽，都太像人类了。她努力想爬到油布上。鬣狗剧烈地摇晃着她。她从坐板上摔下来，摔到了船底，鬣狗也和她一起摔了下去。我听见声音，但是什么也没再看见。

下一个就是我。这一点非常清楚。我艰难地站了起来。泪水模糊了我的双眼，让我看不清。我已经不是在为我的家庭或是即将到来的死亡而哭泣了。我已经太麻木，想不到这些了。我哭是因为我实在太累了，该休息了。

我在油布上向前走去。船两端的油布尽管绷得很紧，但是中间却有些松；这一段能让我费力地颠着走三四步。我还得走到网和卷起来的油布旁边。在我当时的状况下，这就像一次艰苦的跋涉。当我把脚踏在中间横坐板上时，坚硬的坐板使我充满了生气，仿佛我踏上的是坚实的陆地。我让两只脚都站在坐板上，享受着稳稳站立的姿势。我感到头晕，但是既然死亡的时刻即将到来，这样的晕眩只让我更加感到一种恐惧的庄严。我把手抬到胸前——它们是我对付鬣狗的武器。它抬头看着我。它的嘴是红的。“橘子汁”躺在它身边，靠着死去的斑马。她的手臂张开着，短短的腿交叉着，稍稍转向一边。她看上去像被钉在十字架上的猿猴基督。只是她没有头。她的头被咬掉了。脖子上的伤口还在流血。这样的景象让眼睛感到恐惧，让心灵感到难以忍受。在朝鬣狗扑过去之前，为了在最后的搏斗之前鼓起勇气，我低下了头。

在我的两腿之间，在坐板下面，我看见了理查德·帕克的脑袋。巨大的脑袋。恍惚之中，那只脑袋看上去有木星那么大，爪子就像几卷《大不列颠百科全书》。

我回到船头，倒了下来。

那个夜晚我是在谵妄的状态中度过的。我一直在想我是睡着了，梦见了一只老虎，现在正在醒来。

48

理查德·帕克的名字是一个笔误。一只黑豹给孟加拉库尔纳区松达班以外的地方带来恐慌。它最近刚叼走了一个小女孩。人们只找到她的一只小手，手心有用散沫花汁画的图案，手上戴着几只塑料手镯。她是这只攫食的动物两个月来杀死的第七个人。而且它越来越大胆了。前一个受害者是一个男人，他大白天里在自己的田里遭到了袭击。那只野兽把他拖进森林里，吃了他的大半个头、右腿的肉和所有内脏。他的尸体被发现时，正挂在树杈上。那天夜里，村民在附近安排了一个人值班，希望当场捉住它、杀死它，但是它一直没有出现。林业部雇用了一个专业猎手。他在曾有两个人遭到袭击的河边的一棵树上搭了一个隐蔽的小平台。一只山羊被拴在河岸的一根柱子上。猎手守候了好几夜。他以为那只黑豹会是年老体弱的雄豹，牙齿都咬不动了，只能抓像人这样容易抓的猎物。但是，一天夜里，走到空地上来的是一只漂亮的老虎。一只带着一只小虎崽的雌虎。山羊咩咩地叫了起来。奇怪的是，那只看上去大约三个月大的小虎崽却没有理睬山羊。它快步跑到水边，迫不及待地喝起水来。虎妈妈也和它一样。和饥饿相比，干渴更为急迫。老虎解渴之后才转向山羊，想要填饱肚子。猎手有两支枪：一支装的是真正的子弹，另一支装的是麻醉镖。这只动物不是吃人的豹子，但是她靠人类居住的地方太近了，可能会给村民造成威胁，尤其是她带着一只小虎崽。他拿起了那支装了麻醉镖的枪。就在老虎准备扑倒山羊的时候，他开枪了。老虎用后腿直立起来，吼叫着跑走了。但是麻醉镖并不像一杯好茶一样让人慢慢入睡；而是像一瓶烈酒一样让人很快丧失知觉。老虎的突然动作使麻醉剂更快地起了作用。猎手用无线电通知了自己的助手。他们在离小河两百码的地方发现了老虎。她还有知觉。她的后腿已经不能动弹，前腿摇摇晃晃地站不稳。猎手们靠近时，她想逃走，但是却无法动弹。她转身面对着他们，抬起一只爪子，想要杀死他们。这个动作只是让她失去了平衡。她倒了下去，本地治里动物园有了两只新来的老虎。小虎崽在附近的灌木丛里被发现了，它正害怕得喵喵直叫。那个叫理查德·帕克的猎手徒手把他抱了起来。他记得他曾急急忙忙地跑到河边去喝水，于是给他起了一个教名叫“口渴”。但是豪拉火车站的运货员显然是个又糊涂又勤勉的人。我们收到的所有有关小虎崽的文件上都清楚地写着他的名字是理查德·帕克，猎手名叫口渴，而他的姓氏不详。父亲因为这弄混淆的名字咯咯咯地笑了好一阵子，而理查德·帕克的名字便这么用了下来。

我不知道那位口渴·不详先生有没有捉到那只吃人的黑豹。

49

早晨，我无法动弹。虚弱的身体将我钉在了油布上。每一次思考都让我筋疲力尽。我让自己专心于正确的思考。最后，几个想法就像穿越沙漠的一队骆驼一样，慢慢地聚到了一起。

这一天就像前一天一样，空气温暖，阴云密布，云很低，风很轻。这是一个想法。船在轻轻地摇晃，这是另一个想法。

我第一次想到了食物。三天来我没有喝一滴水，没有吃一口东西，没有睡一分钟。显然这就是我为什么如此虚弱的原因。这一发现让我有了一点儿力气。

理查德·帕克还在船上。实际上，他就在我下面。这样一件事情还需要经过确认才能相信是真的，真让人难以置信，但是我在仔细考虑了很久以后，在对心里的不同想法和观点做了评估以后，才得出结论：这不是一个梦，不是一个错觉，不是一个错误的记忆，不是一个幻觉，也不是任何其他不真实的东西，而是我在虚弱和非常焦虑的状态下看见的一件实实在在的真实的事情。一旦我感到自己好一些了，可以去调查了，我就会去证实这件事情的真实性。

两天半以来，我一直都没有注意到在这条26英尺长的救生艇上有一只450磅重的孟加拉虎，这个谜题等我以后更有力气的时候一定要努力解开。按比例算，这样的事迹肯定使理查德·帕克成了航海史上最大的偷渡者。从鼻尖算到尾巴尖，他的身体占据了船长的三分之一。

你也许认为那一刻我丧失了所有的希望。的确如此。正因为如此，我振作了起来，感到好多了。我们常常在体育比赛中看到这样的情形，难道不是吗？网球赛的挑战者开始的时候很强壮，但是在比赛中很快便失去了信心。上届冠军连连得分。但是在最后一局，当挑战者已经没有什么好输的时候，他又开始变得放松、大胆、无忧无虑。突然，他开始猛烈拼杀，冠军必须打得非常艰苦才能得到那最后的几分。我也是一样。对付一只鬣狗似乎还有一点点儿可能性，但是理查德·帕克显然比我强壮多了，我甚至都不值得去担心。船上有一只老虎，我完了。既然这一点已经注定了，为什么不为我干渴的喉咙做点儿什么呢？

我相信那天早晨救了我的命的就是这件事，就是我真的快要渴死了这件事。这个词已经跳进了我的头脑里，我再也不能想任何别的事，似乎这个词本身是咸的，我越想越糟。我听说对空气的渴望是一种非常强烈的感觉，胜过了对水的渴望。我说，这种对空气的渴望只有几分钟。几分钟以后你就死了，窒息的不舒服感觉消失了。而干渴却是一件长期的事。瞧：十字架上的耶稣因窒息而死，但是他唯一的抱怨是太渴了。如果干渴如此累人，甚至上帝的化身都因此而抱怨，那么想想看这对一个普通人的影响吧。这足以让我疯得胡言乱语。我从不知道还有比嘴里这种腐臭的味道和面糊似的感觉，喉咙后面无法忍受的压迫感，还有血液正变成黏稠的糖浆，几乎无法流动的感觉更糟糕的肉体折磨。的确，相比之下，老虎根本算不了什么。

于是，我把关于理查德·帕克的所有想法放到一边，毫不畏惧地去寻找淡水。

我心中能够探测水源的占卜杖灵敏地向下伸去，一口泉眼喷出水来，因为我想起来自己是在一条真正的标准的救生艇上，这样的救生艇一定备有各种补给品的。这似乎是个很有道理的主意。哪一个船长会做不到这样一件保证自己船员安全的最基本的事情呢？哪一个船用杂货零售商不会想到在拯救生命的借口下多赚一些钱呢？这是肯定的。船上有淡水。我所要做的只是找到淡水在哪里。

这就是说我得移动。

我朝船中间、油布边缘爬去，这是艰难的爬行。我感到自己正在爬一座火山山坡，就要越过火山口边缘，看到一大锅沸腾的橘黄色岩浆。我趴在地上，小心地把头移过去。我只把头伸到足以让我看清下面的情况的地方。我没有看见理查德·帕克，但是却将鬣狗看得清清楚楚。它在吃剩的斑马尸体后面，正看着我。

我已经不再害怕它了。它离我还不到十英尺远，但是我的心没有停止跳动一下。理查德·帕克的存在至少有这么一点用处。在老虎面前害怕这样一只滑稽的狗，就像树倒下来时还害怕碎木片。我对这只动物非常生气。“你这只丑陋的臭东西。”我咕哝着说。我没有站起来用一根棍子把它打下船去，只是因为我没有力气也没有棍子，而不是因为没有勇气。

鬣狗感觉到了我的优势吗？它有没有对自己说:“超级老大正看着我呢？我最好别动？”我不知道。不管怎样，它没有动。实际上，它低着头的样子似乎说明它想躲开我。但是躲藏是没有用的，很快它就会得到应有的惩罚。

理查德·帕克也是这只动物行为古怪的原因。鬣狗为什么不离开斑马身后这样一个狭小的空间，它为什么等了那么长时间才把斑马杀死，其中的原因现在已经清楚了。它是害怕那只比自己更大的野兽，害怕碰那只更大的野兽的食物。毫无疑问，“橘子汁”和鬣狗之间能有勉强的暂时的和平，我能暂时不受侵害，都是由于这同样的原因：在这样一只强大的食肉动物面前，我们都是猎物，平常的捕猎方式受到了影响。似乎老虎的存在把我从鬣狗嘴里救了出来——显然这是教科书上一个跳出油锅又落火坑的例子。

但是这只巨兽的行为却不像一只巨兽，太不像了，以至于鬣狗敢于冒险。长长的三天当中，理查德·帕克表现消极，这需要解释。我只能想出两个原因：镇静剂和晕船。父亲通常给一些动物注射镇静剂，以缓解它们的紧张情绪。在船沉没之前他刚给理查德·帕克注射了镇静剂吗？沉船给他带来的震惊——吵闹声，落进海里，挣扎着游到救生艇上——增强了镇静剂的作用吗？在此之后他又开始晕船？这些是我唯一能想到的可能的解释。

我对这个问题失去了兴趣。我感兴趣的只有水。

我仔细检查了救生艇。

50

救生艇的精确尺寸是深3.5英尺，宽8英尺，长26英尺。我知道这个尺寸，因为这几个黑色的数字就印在舷边坐板上。坐板上还印着一些文字，说明这条救生艇的设计可以使它最多容纳32人。和这么多人一起在救生艇上，那不是很快乐吗？而现在船上只有我们三个，却已经很拥挤了。船的形状是对称的，两端都是圆的，很难区分船头和船尾。一端有一只小小的固定的舵，说明那就是船尾，其实那只舵只不过是龙骨向后延伸的部分，而船头除了我增加的东西之外，还有一根艏柱，它那突出的前端是造船史上最糟、最钝的船首。铝制的船壳漆成白色，上面密密地钉着铆钉。

这是船的外部。船内部有舷边坐板和浮箱，因此不像想象的那么宽敞。船两侧是两排舷边坐板，坐板向船两头延伸，在船头和船尾向上升，形成末端坐板，形状大体上是三角形的。这些坐板就是密封的浮箱的表面。舷边坐板宽1.5英尺，末端坐板高3英尺；因此，救生艇敞开的空间长20英尺，宽5英尺。这个100平方英尺的空间形成了理查德·帕克的地盘。横跨这个空间的是三块横坐板，其中包括被鬣狗撞碎的那块。这三块坐板宽2英尺，坐板与坐板之间距离相等，与船板相距2英尺——如果理查德·帕克在坐板下面，那么他只有这么大的活动空间，如果超出了这个范围，他的头就会撞在所谓的天花板上。油布下面还有12英寸的空间，就是支撑油布的舷边和坐板之间的距离，因此一共是3英尺的空间，几乎不够他站起来。经过处理的窄木板铺成的船板是水平的，浮箱的立面与船板成直角。因此，奇怪的是，船的两端是圆的，两侧也是圆的，而内部却是长方形的。

似乎橘黄色——如此可爱的印度人喜爱的颜色——是求生的颜色，因为整条船的内部、油布、救生衣、救生圈、船桨和船上其他大多数重要物品都是橘黄色的。甚至无弹珠塑料哨子也是橘黄色的。

船头两侧分别有罗马大写字母印着“齐姆楚姆”和“巴拿马”的字样，字是黑色的，十分显眼。

油布是经过处理的粗帆布做的，皮肤被磨一会儿就会觉得难以忍受。油布一直铺到中间的横坐板那边。因此一条坐板被盖在油布下面，在理查德·帕克的窝里；中间的横坐板就在油布边上，露在外面；第三条坐板在斑马的尸体下面，已经碎了。

船上有六只桨架，船桨可以固定在舷边的U形槽口上；还剩五支船桨，第六支在我想把理查德·帕克推开时弄丢了。三支船桨放在一条坐板上，一支放在另一条坐板上，还有一支成了救我性命的船首。我怀疑这些船桨能不能推动船只前进。这只救生艇可不是赛艇。它沉重、结实的结构设计是为了能让它稳稳地浮在海面上，而不是为了让它在海上航行，尽管，我想，如果有32个人划桨，我们应该可以前进的。

我并没有立刻理解所有这些细节——还有很多其他细节。我是出于需要才慢慢地注意到它们的。如果一些小东西，一些细节，产生了变化，在我心里呈现出新的状态，我就会陷入最悲惨的绝境，面临凄凉的未来。那个小东西不再是以前的小东西了，而成了世界上最重要的东西，将会拯救我生命的东西。这样的事一次又一次地发生。需要是发明之母，这句话太对了，真的太对了。

51

但是我第一次看救生艇的时候，并没有看见我想看见的细节。船尾和舷边坐板表面没有一处接缝，浮箱的外壁也是一样。船板平平的，与船壳相连；下面不可能有密窖。这一点是肯定的了：船上任何地方都没有锁柜、盒子或任何其他容器。只有平滑的没有一丝接缝的橘黄色的表面。

我对船长和船用杂货零售商的判断产生了动摇。生存的希望之光开始摇曳不定。我的干渴仍然没有消除。

要是补给品在船头油布下面呢？我又转身往回爬。我感到自己就像一只干瘪的蜥蜴。我把油布往下按了按。油布绷得很紧。如果我把它卷起来，就可以看到下面可能储存的补给品了。但那就意味着在理查德·帕克的窝的上方开一个孔。

这没问题。干渴促使我开始行动。我把船桨从油布下面抽了出来，把救生圈套在腰间，把船桨横放在船头。我趴在舷边，用两个拇指把拉住油布的绳子从一只钩子下面推过去。这很费劲。但是从第一只钩子下面推过去之后，再推过第二只第三只就容易多了。艏柱另一边也是同样。我胳膊肘下面的油布变松了。我趴在油布上，两条腿对着船尾。

我把油布卷起来一点儿。我立刻得到了回报。船头和船尾一样，有一块末端坐板。在坐板上，离艏柱只有几英寸的地方，一只搭扣像一粒钻石一样闪闪发光。一只盖子的轮廓出现了。我的心开始怦怦直跳。我又把油布卷起来一些。我向下望去。盖子的形状像一个角被磨圆了的三角形，三英尺宽，两英尺深。就在那个时候，我看见了一团橘黄色。我猛地把头缩了回来。但是那团橘黄色并没有动，而且看上去不大对劲。我又看了看，那不是一只老虎，是一件救生衣。理查德·帕克的窝后面有好几件救生衣。

一阵颤抖传遍了我全身。就好像透过树叶之间的空隙一样，我透过救生衣之间的空隙，第一次真真切切地头脑清醒地瞥见了理查德·帕克的部分身体。我能看见的是他的腰腿部和一部分后背，黄褐色，有条纹，简直庞大极了。他正面对着船尾趴着，除了身体两侧因呼吸而起伏外，他一动不动。我眨了眨眼睛，不敢相信他离我那么近。他就在那儿，在我身体下面两英尺的地方。如果伸直了身子，我可以拧到他的屁股。我们之间除了一张薄薄的油布之外什么都没有，而油布是个很容易克服的障碍。

“上帝保全我吧！”没有任何祈求比这一句更加饱含激情，语气却又更加轻柔了。我纹丝不动地躺着。

我必须得有水。我把手伸下去，轻轻地拨开搭扣，揭开盖子，下面是一只锁柜。

我刚刚提到过关于细节成为救命稻草的看法。这儿就有一个细节：盖子用铰链连接在船头坐板边上大约一英寸的地方——这就是说盖子掀开后就隔断了油布和坐板之间十二英寸的空间，理查德·帕克把救生衣推开后可以通过这块空间扑向我。我把盖子打开，让它靠在横放的船桨和油布边上。我爬到艏柱上，面对着船，一只脚踩在打开的锁柜边上，另一只脚抵住盖子。如果理查德·帕克决定从身后袭击我，他就必须把盖子推开。这一推不仅能警告我，而且会让我套着救生圈向后掉进水里。如果他从另一边来，从船尾爬到油布上，我极佳的位置会让我早早地就能看见他，然后跳进水里。我环顾救生艇四周，没有看见鲨鱼。

我从两腿之间向下看去。我想我高兴得要晕过去了。打开的锁柜里崭新的东西在闪闪发光。噢，多么令人愉快的机器制造的货物，人造的装置，科技发明啊！物资展现在面前的那一刻给我带来了极大的快乐——希望、惊喜、难以置信、激动、感激令人陶醉地混合在一起，糅合成了一种感情——这是任何圣诞节、生日、婚礼、排灯节或其他赠送礼物的场合都无法相比的。我真的是高兴得晕头转向了。

我的目光立刻落在了我在寻找的东西上。无论是用瓶子、罐子还是盒子，毫无疑问，水被装起来了。在这只救生艇上，生命之酒是盛在淡淡的金色罐子里的，罐子握在手里大小正合适。酿制标签上的黑字写着饮用水，酿造商是HP食品有限公司，容量是500毫升。这样的罐子有好几堆，简直太多了，一眼都数不过来。

我的手颤抖着伸下去拿起一罐。罐子摸上去凉凉的，感觉很重。我摇了摇。里面的气泡发出沉闷的咯咯咯的声音。我很快就不会再受那可恶的干渴的折磨了。这个想法让我的脉搏加快了跳动。我只需要打开罐子就行了。

我犹豫了。怎么打开呢？

我有一听罐子——我肯定有开罐器吧——我朝锁柜里看去。那里面有很多东西。我仔细地翻找起来。我开始没有耐心了，急切的期待让我再也无法忍受了。我现在就要喝，否则我就要死了。我找不到想要的工具，但是没时间徒劳无益地痛苦了。必须行动。能用指甲把它撬开吗？我试了。撬不开。牙齿呢？不值得一试。我朝舷边看去，油布上的钩子又短又钝又结实。我跪在坐板上，身体前倾，两只手抓住罐子，猛地在钩子上撞了一下，弄出一大块凹痕，我又撞了一下，第一块凹痕旁边又有了一块凹痕。借着一下又一下的撞击，我的小窍门成功了。一滴珍珠般的水珠出现了，我把水珠舔了。我把罐子掉过来，把罐底往钩子上撞，想再撞一个洞。我像上了瘾一样地撞着，撞了一个大洞。我坐回到舷边上，把罐子举到面前，张开嘴，倾斜罐子。

我的感觉也许可以想象，但却很难描绘。伴随着我贪婪的喉咙发出的有节奏的汩汩声，清纯、甘甜、鲜美、晶莹的水流进了我的身体。那就是液体的生命。我喝光了金色杯子里的最后一滴，在洞口吸着吮着，把剩下来的水分都吸进嘴里。我叫了一声“啊”，把罐子扔出船外，又拿了一罐。我用开第一罐水的办法打开第二罐，里面的东西同样迅速消失了。这只罐子也飞到了船外，我又打开了下一罐。很快这只罐子也到了海上。又一罐被匆匆喝光了。我喝了四罐共计两升最精美的甘露，然后才停下来。你也许认为在渴了这么长时间以后一下子喝下这么多水可能会让我的身体不舒服。荒唐！我这辈子从来没有感觉这么舒服过。嗨，摸摸我的脑门！我的前额湿湿的，是刚冒出来的干净的令人神清气爽的汗珠。我身体里的每一个部位，甚至皮肤上的毛孔，都在表达着快乐。

我迅速沉醉在幸福安乐的感觉之中。我的嘴变得湿润柔软。我忘记了喉咙的后部。我的皮肤松弛下来。我的关节更灵活了。我的心跳像一面快乐的鼓在敲，血液开始在血管里流淌，就像参加婚礼回来的汽车一路鸣着喇叭穿过小镇。我的肌肉又恢复了力量和敏捷。我的大脑更加清醒了。真的，我是在起死回生。这样的沉醉令我欣喜若狂，欣喜若狂。我告诉你，喝醉了酒很丢人，但喝醉了水却那么光彩，令人心醉神迷。有好几分钟我都沐浴在狂喜与富足之中。

一种空荡荡的感觉引起了我的注意。我摸了摸肚子。那是一个硬邦邦的空洞。要是现在能吃点儿东西就太好了。玛沙拉薄饼和椰子酸辣酱？嗯！甚至更好：酸面薄煎饼！嗯！噢！我把两只手放进嘴里——黑绿豆米饼！仅仅是想到了这个词，我的嘴巴后面就感到一阵疼痛，我的嘴里就涌出了大量唾液。我的右手开始抽搐，它伸过去，差点儿碰到了我想象中煮得半熟的美味的扁饭团。右手的手指伸到了冒着热气的滚烫的饭团里……它捏了一个饭团，将饭团浸在酱汁里……它把饭团放进我嘴里……我嚼了起来……噢，多么剧烈的痛苦啊！

我往锁柜里看去，寻找着食物。我找到几盒“七重洋标准急用口粮”，是遥远的带有异国情调的挪威卑尔根产的。这顿早饭要补上九顿没有吃上的饭，还不包括母亲捎上的点心。这顿饭是半公斤重的一个方块，紧密，实在，用银色塑料真空包装，外面用十二种语言写着说明。英语说明显示这盒口粮里包括18块强化饼干，其中的成分有烤小麦、动物脂肪和葡萄糖，每24小时食用量不得超过6块。脂肪让人遗憾，但是考虑到特殊情况，那个素食的我完全可以捏着鼻子忍受。

食物包装上方写着沿此处撕开，一个黑色箭头指着塑料边缘。边缘在我的手指下裂开了，九个用蜡纸包着的长方形条状的东西掉了出来。我打开一条，里面的东西自然地分成了两半，是两块几乎呈正方形的饼干，颜色淡淡的，香气扑鼻。我咬了一口。天啊，谁会想到呢？我从来没有料想到。这是我一直都不知道的秘密：挪威烹调技术是世界上最高明的！这些饼干好吃得令人惊讶。芳香可口，碰在上腭上，感觉柔软细腻，既不太甜也不太咸。被牙齿咬碎时发出愉快的嘎吱嘎吱声。饼干和唾液混合在一起，成了颗粒状的面糊，让舌头和嘴巴欣喜陶醉。当我把饼干咽下去时，我的肚子只能说出一个词：哈利路亚！

几分钟后整包饼干就不见了，包装纸随风飞舞。我想再打开一盒，但又想了想，还是决定不这么做。稍微克制一下没有坏处。实际上，肚子里装着半公斤急用口粮，我已经感觉很饱了。

我决定弄清楚我面前的珍宝箱里究竟有些什么。锁柜很大，比开口要大，里面的空间一直延伸到船壳，并向舷边坐板里面伸进去一些。我把脚放进锁柜，坐在柜子边上，背靠着艄柱。我数了数七重洋盒子。我已经吃了一盒，还剩31盒。按照说明，每盒500克，一盒的口粮应该可以供一个幸存者食用3天。那就是说我的口粮可以够我吃——31×3——93天！说明还建议幸存者限制自己的饮水量，每24小时只喝半升水。我数了数装水的罐子。一共124罐。每罐有半升水。因此水足够我喝124天。简单的算术从来没有让我这样高兴过。

我还有什么？我迫不及待地把胳膊猛地伸进锁柜，拿上来一件又一件美妙的东西。每一件东西，无论是什么，都让我感到安慰。我需要陪伴和安慰，这种感觉太强烈了，我感觉制造这些大批量生产的东西当中的每一件所需要的注意力就像是对我的特别关注。我不停地咕哝着："谢谢！谢谢！谢谢！"

52

在做了全面调查之后，我列了一个详细的清单：

- 192片抗晕船药片
- 124锡罐淡水，每罐500毫升，共62升
- 32只呕吐用塑料袋
- 31盒紧急情况下食用的口粮，每盒500克，一共15.5千克
- 16条羊毛毯

- 12台太阳能蒸馏器
- 大约10件橘黄色救生衣，每件都有一只用细绳挂着的橘黄色无珠哨子
- 6支吗啡安瓿注射器
- 6枚手动照明弹
- 5支能浮于水的船桨
- 4枚火箭式照明弹
- 4枚火箭伞投照明弹
- 3只粗质透明塑料袋，每只的容量是50升
- 3只开罐器
- 2只标有刻度的喝水用的玻璃烧杯
- 2盒防水火柴
- 2只橘黄色烟雾信号
- 2只中等大小橘黄色塑料桶
- 2只能浮于水的橘黄色塑料戽斗
- 2只带密封盖的多功能塑料容器
- 2块长方形黄色海绵
- 2根能浮于水的合成缆绳，每根长50米
- 2根不浮于水的合成缆绳，长度不确定，但每根至少有30米长
- 两套捕鱼工具，有鱼钩、鱼线和坠子
- 两支鱼叉，上面有非常尖利的带刺的钩子
- 两只海锚
- 两把斧子
- 两只接雨器

- 两支黑墨水圆珠笔
- 一张尼龙货网
- 一只结实的救生圈，内径40厘米，外径80厘米，上面拴着绳子
- 一把大猎刀，刀把结实，刀尖尖锐，一边是锋利的刀刃，一边是锯齿状刀刃；一根长长的线把刀拴在锁柜的一只环上
- 一个针线盒，里面有直的和弯的针以及很牢的白线
- 一套装在防水塑料箱里的急救用品
- 一面信号镜
- 一包中国造的过滤嘴香烟
- 一大块黑巧克力
- 一本求生指南
- 一只指南针
- 一本98页的画线笔记本
- 一个男孩，穿着一整套单薄的衣服，但是一只鞋不见了
- 一只斑点鬣狗
- 一只孟加拉虎
- 一条救生艇
- 一座海洋
- 一个上帝

我吃了四分之一块的大块黑巧克力。我检查了一只接雨器。那是一种像倒置的雨伞的装置，有一个相当大的贮水袋，袋子上连着一根橡皮管子。

我把胳膊交叉放在套在腰间的救生圈上，低下头，沉沉地

睡了。

53

整个上午我都在睡觉。焦虑使我醒来。仿佛浪潮一般从我虚弱的身体里流过的食物、水和休息给我带来了愉快和更有生气的生活，同时也让我有力气看清自己的处境是多么绝望。我醒来面对的是理查德·帕克。救生艇上有一只老虎。我简直不敢相信，但我知道我必须相信，并且我得救自己。

我想跳下船去游走，但是我的身体拒绝动一动。我离能看见的陆地还有几百英里，如果不是一千多英里的话。我游不了那么远的距离，就算有救生圈也不行。我吃什么呢？我喝什么呢？我怎么才能不让鲨鱼靠近？我怎么保持温暖？我怎么知道该往哪个方向游？这一点毫无疑问：离开救生艇就意味着死亡。但是待在船上又能如何？他会像一只典型的猫科动物一样向我扑来，不发出一点声音。我还不知道是怎么回事，他就抓住了我的颈背或喉咙，我会被尖牙咬穿几个洞。我会说不出话来。生命之血会流出我的身体，没有留下我的最后一句话。或者他会用一只巨大的爪子打我，打断我的脖子。

“我要死了。”我颤抖着双唇抽泣着说。

即将到来的死亡已经够可怕的了，但更糟的是死亡还有一段时间才到来，在这段时间里，你曾经拥有的所有快乐和你可能拥有的所有快乐都变得那么宝贵。你非常清楚地看见自己正在失去的一切。这样的景象带给你难以忍受的悲伤，这是任何即将撞死你的汽车或即将淹死你的大水都无法相比的。父亲、母亲、拉维、印度、温尼伯，这几个词让我感到一阵钻心的辛酸。

我在放弃。我可能已经放弃了，如果我心里没有响起一个声音。那个声音说："我不会死的。我拒绝去死。我要结束这场噩梦。我要战胜困难，尽管困难很大。到目前为止我都活了下来，奇迹般地活了下来。现在我要把奇迹变成规律。令人惊奇的事将会每天发生。我要付出所有必要的努力。是的，只要上帝和我在一起，我就不会死。阿门。"

我的脸上出现了严肃而坚定的表情。现在我在说这件事的时候，描述非常适度，但是那一刻我发现自己有了非常强烈的生存愿望。根据我的经验，这不是显而易见的事。有些人只顺从地叹一口气，便对生命绝望了。另一些人斗争了一会儿，然后便失去了希望。还有一些人——我便是其中一个——却从不放弃。我们不断地斗争、斗争、斗争。无论这场战斗需要付出多大的代价，无论我们会遭受多大的损失，无论胜利是多么不可能，我们都要斗争。我们一直斗争到底。这不是勇气的问题，这是与生俱来的，不愿放弃的能力，也许这只是一种渴望生命的愚蠢。

就在那一刻，理查德·帕克开始咆哮起来，仿佛他一直在等着我成为一个值得较量的对手。我的胸口因为害怕而绷紧了。

"快呀，伙计，快。"我气喘吁吁地说。我得安排好如何逃生。一秒钟都不能浪费。我需要躲藏的地方，立刻就需要。我想到了自己用船桨做的船首。但是现在船头的油布是铺开的；没有东西可以固定船桨。而且没有证据表明吊在船桨末端能让我在理查德·帕克面前真正安全。也许他可以轻易地够到我，捉住我。我得找点儿别的东西。我迅速思考着。

我造了一只小筏子。如果你还记得，船桨是可以浮在水上的。我还有救生衣和一只结实的救生圈。

我屏住呼吸，关上锁柜，伸手到油布下面去够舷边坐板上另外几支船桨。理查德·帕克注意到了，我能透过救生衣看见他。我每拽出一支船桨——你能想象我是多么小心翼翼——他都动一下。但他没有转过身来。我拽出来三支船桨，第四支船桨已经横放在油布上了。我拿起锁柜盖子，盖住理查德·帕克的窝上方的开口。

我有四支能浮于水的船桨。我把它们放在油布上，围住救生圈。这时救生圈外面的船桨就形成了一个正方形。我的小筏子看上去就像玩画“连城”游戏[1]时第一步在中间画的那个○。

现在到了危险的部分了。我需要救生衣。现在理查德·帕克的咆哮声已经成了让空气震动的低沉的隆隆声。作为回答，鬣狗发出一声哀鸣，一声颤抖的尖利的哀鸣，这明确地表示，麻烦就要开始了。

我别无选择，我必须行动。我又放下盖子，只要一伸手，就能够到救生衣，有几件就靠在理查德·帕克身上。鬣狗突然尖叫起来。

我伸手去够离我最近的一件救生衣，我的手抖得太厉害了，要抓住救生衣很困难，我把救生衣拽了出来。理查德·帕克似乎没有注意到。我又拽出来一件，又拽一件。我害怕得快要晕过去

---

1 两人轮流在一井字方格内画“×”和“○”，以先列成一行者为胜。

了。我的呼吸变得非常困难。我对自己说，如果有必要，我可以带着这些救生衣跳海。我拽出了最后一件。一共有四件救生衣。

我把船桨一支接一支地穿过救生衣的袖孔——从一只袖孔穿进去，再从另一只袖孔穿出来——这样救生衣就被牢牢地固定在小筏子的四个角上。我把每一件救生衣都系紧了。

我在锁柜里找到了一根能浮于水的缆绳，用刀切下四段，把四支船桨的连接处扎紧。啊，学过打绳结的实用知识真好！我在每一个角打了十个结，但还是担心船桨会散开。我紧张兴奋地干着活，一边干一边不停地骂自己笨。船上有一只老虎，而我却等了三天三夜才救自己！

我又切下四段能浮于水的缆绳，把救生圈系在正方形的每一个边上。我把救生圈上的缆绳穿过救生衣，绕过船桨，从救生圈里穿进去再穿出来——沿着小筏子绕一圈——作为防止小筏子散成碎片的另一个预防措施。

鬣狗现在高声尖叫起来。

还有最后一件事。“上帝啊，给我时间吧。”我祈求道。我拿起剩下的能浮于水的绳子。在小船艏柱上，靠近顶端的地方，有一个洞。我把能浮于水的缆绳从洞里穿过去，系牢了。只要把缆绳另一端系在小筏子上，也许我就得救了。

鬣狗不叫了。我的心停止了跳动，接着又以三倍的速度狂跳起来。我转过身。

“耶稣，马利亚，穆罕默德和毗湿奴啊！”

我看见了一幅我一辈子都不会忘记的景象。理查德·帕克已经站起来，出现在我眼前。他离我还不到十五英尺。噢，他多么庞大啊！鬣狗的末日到了，我的末日也到了。我像被钉在了原地，无法动弹，完全被眼前的情节吸引住了。与救生艇上没被关在笼子里的野生动物短时间相处的经验使我以为，当流血的时刻到来时，会有巨大的声响和反抗，但这几乎是静静地发生的。鬣狗既没有哀叫也没有呜咽就死了，理查德·帕克没有发出一点声响就杀死了它。火焰色的食肉动物从油布下出现，朝鬣狗冲了过去。鬣狗正靠在斑马尸体后面的船尾坐板上，呆若木鸡。它没有进行搏斗；相反，它缩在船板上，抬起一只脚，作出一个徒劳的防御动作，它脸上满是惊恐的表情。一只巨大的爪子放在了它的肩上，理查德·帕克的嘴咬住了鬣狗的脖子。它那双目光呆滞的眼睛睁大了。气管和脊髓被咬碎时发出嘎吱一声。鬣狗抖了一下，它的眼睛里没有了生气，一切都过去了。

理查德·帕克放开它，吼了一声。但是这声吼叫的声音很轻，似乎是叫给自己听的，而且是漫不经心的。他在喘气，舌头从嘴里伸了出来。他舔了舔自己的嘴，摇了摇头，嗅了嗅死了的鬣狗。他高昂起头，闻了闻空气。他把前爪放在船尾坐板上，直立了起来。他的双脚分得很开。船在摇晃，虽然很轻，但显然他不喜欢。他越过舷边看着广阔的大海。他发出一声低沉的情绪低落的嗥叫声，又闻了闻空气，然后慢慢地转着头。他把头转过来——转过去——完全转过来——最后直直地看着我。

我希望自己能描述下面发生的事情，不是我所看见的——那样也许我能做到——而是我所感觉到的。我从一个最能展示理查德·帕克的角度观察他：从他的背后，在他直立起来，转过头的时候。这个姿势有点儿像摆出来的，好像在故意地，甚至装模作样地表现非凡的本领。多么了不起的本领啊，多么强大的力量。他的存在有着逼人的气势，然而同时又是那么地高雅自如。他的肌肉惊人地发达，然而他的腰腿部位却很瘦，他那富有光泽的毛皮松松地披在身上。他那棕黄色带黑色横条的色彩斑斓的身体美得无与伦比，雪白的胸脯和肚皮及长长的尾巴上一圈圈的黑色条纹即使在裁缝的眼里也一定是一幅色彩协调的图案。他的头又大又圆，长着令人惊叹的连鬓胡子，一缕漂亮的山羊胡子，还有猫科动物中最好看的胡须，又粗又长又白。头上长着小小的富于表现力的耳朵，呈完美的拱形。胡萝卜黄色的脸上有一道宽宽的鼻梁和一个粉红色的鼻子，看上去大胆夸张。脸周围是一小块一小块波浪形的黑毛，构成的图案惹人注目却又十分微妙，因为它让人们不那么注意它本身，而更加注意没有图案的那部分脸，也就是鼻梁，鼻梁上赤褐色的光泽几乎像在闪着光。眼睛上方、脸颊上和嘴周围的一块块白色是最后的修饰，可以和卡达卡里舞者相媲美。结果是这张脸看上去就像蝴蝶翅膀，脸上的表情有些像老人，也有些像中国人。但是当理查德·帕克琥珀色的眼睛和我的眼神相遇时，他的目光专注、冷漠、坚定，不轻浮也不友善，流露出愤怒即将爆发前的镇定。他的耳朵抽动了几下，然后转了过去。他的一片嘴唇开始张开又合上，张合之间半隐半露的黄色犬牙和我最长的手指一样长。

我头上的每一根头发都竖了起来，发出恐惧的尖叫。

就在这时，老鼠出现了。不知哪来的一只瘦小的棕色老鼠突然出现在舷边坐板上，紧张得屏住了呼吸。理查德·帕克看上去和我一样吃惊。老鼠跳到油布上，飞快地朝我跑过来。

看到这一情景，我大惊失色，两腿一软，差点儿摔进锁柜里。我简直不敢相信自己的眼睛，这只啮齿动物就在我眼前从小筏子上迅速跳过来，跳到我身上，爬到了我的头顶上，我感到它小小的爪子重重地压在我的头颅上，紧紧地抓住宝贵的生命不放。

理查德·帕克的目光刚才一直追随着老鼠，现在这目光停留在了我的头上。

他的头完全转了过来，接着身体也开始慢慢地转过来，前爪沿着舷边坐板横着走过来。他缓慢但轻巧地跳到船板上。我能看到他的头顶、背部和长长的卷曲的尾巴。他的耳朵紧贴着头。他三步便走到了船中间。他的上半身毫不费力地抬了起来，前爪搭在油布卷起来的边上。

他离我还不到十英尺。他的脑袋，他的胸脯，他的爪子——多么大啊！多么大啊！他的牙齿——仿佛是嘴里整整一个军营的士兵。他正准备跳上油布。我就要死了。

但是油布软软的，这奇怪的感觉让他感到不安。他试探性地在上面按了按。他焦虑地抬头看了看——眼前如此强烈的光线和如此开阔的空间也让他感到不高兴。小船的摇晃仍然让他感到不舒服。就在那一瞬间，理查德·帕克犹豫了。

我抓起老鼠，朝他扔过去。现在我仍能回想起老鼠在空中飞过的情景——它伸出的爪子和竖起的尾巴，它小小的拉长了的阴囊和针尖大小的肛门。理查德·帕克张开咽喉，吱吱叫的老鼠消失在了里面，就像棒球消失在接球手的手套里。它没有毛的尾巴像一根意大利细面条消失在嘴巴里。

他似乎对这份礼物感到满意，他退回去，回到了油布下面。我的双腿立刻恢复了功能。我一跃而起，再一次把锁柜盖子打开，挡住船头坐板和油布之间的空间。

我听见很响的嗅闻的声音和尸体被拖动的声音。他走动的沉重身体让船有点儿摇晃。我开始听见嘴吃东西的声音。我偷偷朝油布下面看去，他正在船中间，他正贪婪地大口大口地吃着鬣狗。机不可失。我伸过手去，拿回了剩下的救生衣——一共六件——和最后一支船桨，它们可以用来改进小筏子。我在不经意间闻到了一种气味，不是猫尿的刺鼻气味，是呕吐物。船板上有一摊呕吐物，一定是理查德·帕克吐的，那么他的确是晕船。

我把长缆绳系在小筏子上，现在救生艇和小筏子拴在一起了。接着我在小筏子下面的每一边都绑上一件救生衣。我把另外一件救生衣绑在救生圈上，盖住中间的洞，当作座位。我把最后一支船桨用作搁脚物，牢牢扎在小筏子一侧，离救生圈大约两英尺的地方，再把剩下的救生衣系在上面。在做着这些的时候，我的手指在颤抖，我的呼吸急促而紧张。我把所有的绳结都检查了一遍又一遍。

我环顾大海。只有巨大的轻柔的排浪，没有白浪。风很和缓，不停地吹。我向下看去，水里有鱼。长着突出的前额和非常长的背鳍的大鱼，它们叫作鲯鳅，还有小鱼，细细长长的，我不知道名字，还有更小的鱼——还有鲨鱼。

我把小筏子从救生艇上轻轻推了下去。如果因为某种原因它浮不起来，我的麻烦就大了。它对水非常适应。事实上，救生衣的浮力太大了，把船桨和小筏子整个从水里推了出来。但是我的心却沉了下去。小筏子刚碰到水面，鱼群便四散逃开——除了鲨鱼。它们没有游开，有三四条，其中一条就在小筏子下面游着。理查德·帕克又吼叫起来。

我感到自己就像被海盗推下木壳板的囚犯。

我在突出的船桨顶端允许的范围内让小筏子靠近救生艇。我探出身子，把手放在救生艇上。透过小筏子的船板上的“缝隙”——说是豁开的裂隙更确切一些——我直接朝深不见底的大海看去。我又听见了理查德·帕克的声音。我肚子朝下扑倒在小筏子上。我平躺着，张开四肢，连一根手指头都没有动。我时刻准备着小筏子会翻掉，或者一条鲨鱼冲过来咬穿了救生衣和船桨。两件事都没有发生。小筏子往水里沉得更多了，上下颠簸，左右摇晃，船桨的顶端不停地伸进水里，但是它坚定地在水上漂着。鲨鱼游近了，但是并没有碰它。

我感到缆绳突然被轻轻拉了一下。我抬起头。救生艇和小筏子之间已经隔开了缆绳长度所能允许的距离，大约四十英尺。缆绳绷紧了，从水里露了出来，在空中摇摆着。这是非常紧张的景象。为了救自己的命，我从救生艇上逃了下来，现在我想回去了。小筏子这个装置实在太靠不住了，只要鲨鱼咬断缆绳，或者一个绳结松开了，或者一个大浪打来，我就完了。和小筏子相比，救生艇现在成了一个舒适安全的避难所。

我小心翼翼地翻过身，我坐了起来。到目前为止，稳定性还不错。我的搁脚物挺好，但是它太小了，只够我坐下来，再也没有多余的空间了。这个玩具小筏子，迷你小筏子，微型小筏子，在池塘里也许能行，但是在太平洋里不行。我抓住缆绳，拉了起来。离救生艇越近，我拉得越慢。靠近救生艇时，我听见了理查德·帕克的声音。他还在吃。

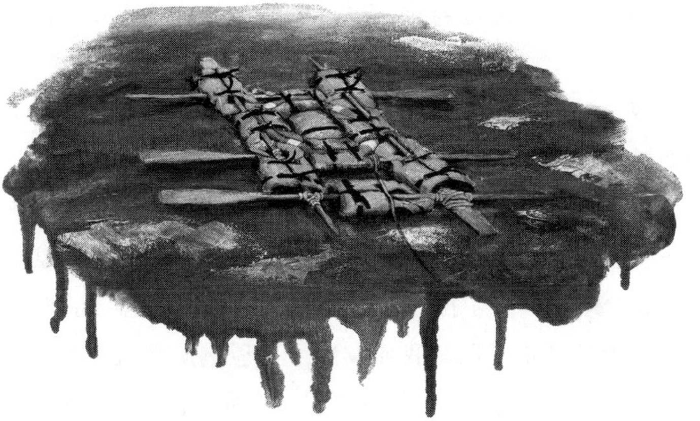

我犹豫了很长时间。

我待在了小筏子上。我不知道自己还能做什么。我只有两个选择，要不在老虎背上栖息，要不在鲨鱼头顶盘旋。我非常清楚老虎有多么危险；另一方面，鲨鱼是否危险还没有得到证实。我检查了一下把缆绳系在救生艇和小筏子上的几个绳结。我把缆绳放出去，直到自己离救生艇大约有三十英尺，这个距离大约正好能平衡我的两种恐惧：怕离理查德·帕克太近，又怕离救生艇太远。那根大约十英尺长的多出来的缆绳被我绕在了搁脚的船桨上。如果有必要，我可以很容易把绳子放松。

一天就要结束了，开始下起雨来。那天一整天都很温暖，阴云密布。现在气温降了下去，倾盆大雨不停地下着，雨水冰凉。在我四周，大滴大滴的淡水啪嗒啪嗒很响地落进大海浪费了，在海面上激起一圈圈涟漪。我又拽着绳子，把小筏子往救生艇那边拉。来到船头后，我将身体重心移向双膝，抓住艏柱，然后站起身来，越过舷边偷偷往里看。我没有看见他。

我匆匆把手伸进锁柜，抓了一只接雨器，一只五十升容量的塑料袋，一条毯子和求生指南。我猛地把锁柜盖子盖上，我不想猛地盖上盖子的——只是为了保护我宝贵的食品不被雨淋——但是盖子从我潮湿的手里滑了出去。这是个糟糕的错误，这个动作放下了挡住理查德·帕克的视线的盖子，让我暴露在了他的面前，同时我还发出一声巨响，吸引了他的注意力。他正蹲在鬣狗身上，他立刻转过头来，很多动物都极不喜欢在进食的时候被打扰。理查德·帕克嗥叫起来，他的爪子也紧张起来，他的尾巴尖像触了电一样抽动着。我跌回到小筏子上。我相信是恐惧和风浪共同迅速拉大了小筏子和救生艇之间的距离。我把所有的缆绳都放了出去。我以为理查德·帕克会从船上猛冲过来，从空中飞过，龇出牙齿来咬我，张开爪子来抓我。我目不转睛地盯着船看，看的时间越长，这样的设想就越让我难以忍受。

他没有出现。

我把接雨器在头顶上撑开，把脚塞进塑料袋的时候，身上已经湿透了。毯子也在我跌回小筏子的时候被弄湿了，但我还是用它把自己裹了起来。

夜晚已在不知不觉中到来。我周围的一切消失在了漆黑的夜色中，只有小筏子上的缆绳有规律的牵动在告诉我，我还与救生艇连在一起。就在我脚下几英寸，却又遥远得让我看不见的大海拍打着小筏子。海水像手指一样偷偷摸摸地从缝隙伸上来，弄湿了我的屁股。

54

下了一夜的雨。我度过了一个可怕的无眠之夜。雨声很大。雨打在接雨器上，发出鼓点般的声响，而在我周围，从遥远的黑暗之中传来的，是嘶嘶的雨声，仿佛我正置身于一个满是愤怒的蛇的巨大蛇窝里。风向的改变也改变了雨的方向，因此我身体上刚开始感到温暖的部分又被重新淋湿了。我改变了接雨器的方向，几分钟后却很不高兴地惊讶地发现风向又变了。我试图让身体的一小部分，胸前的部分，保持干燥温暖，那是我放求生指南的地方，然而潮湿却故意下定决心要扩散开来。那一整夜我都冷得发抖。我不停地担心小筏子会散掉，把我与救生艇连接在一起的绳结会松开，鲨鱼会来袭击。我不停地用手检查绳结和捆绑的绳子，试图摸明白，就像盲人读盲文一样。

夜渐渐深了，雨下得更大，大海也更加汹涌。连接救生艇的缆绳不再被轻轻地牵动，而是猛地被拉紧了，小筏子摇晃得更厉害，更不稳了。它还在漂，每一个浪打来它都冲上浪头，但是已经没有干舷，每一朵开花浪冲过来，都冲上小筏子，从我身边冲刷而过，就像河水冲刷着卵石。海水比雨水温暖一些，但这就意味着那天夜里我身上连一小块干的地方也没有了。

至少我喝到水了。我并不是真的很渴，但却强迫自己喝了。接雨器看上去像一把倒置的雨伞，一把被风吹开的雨伞。雨水流到接雨器中心，那里有一个洞。一根橡胶管把这个洞和用厚厚的透明塑料做的接雨水的袋子连了起来。开始水有一股橡胶的味道，但是很快雨水就把接雨器冲洗干净，水就没什么味道了。

在那漫长、寒冷、黑暗的几个小时里，看不见的雨噼里啪啦的声音渐渐变得震耳欲聋，大海嘶嘶作响，海浪翻卷，把我扔过来扔过去，这时我只想着一件事：理查德·帕克。我策划了好几个摆脱他的方案，这样救生艇就可以是我的了。

一号方案：把他推下救生艇。那有什么好处呢？即使我能把一只450磅重的活生生的猛兽推下救生艇，老虎可是游泳健将。在松达班，人们都知道它们能在波浪翻滚的河中央游五英里。如果理查德·帕克发现自己意外地翻下了船，他就会踩水，爬回船上，让我为自己的背叛付出代价。

二号方案：用六支吗啡注射器杀死他。但是我不知道吗啡会对他有什么样的影响。这样的剂量能够杀死他吗？我该怎么把吗啡注射到他身体里呢？我只能模糊地想到可以出其不意地让他吃一惊，就像他妈妈被捉时那样？但是要让他吃惊的时间足以让我连续注射六支吗啡？不可能。我只能用针刺他一下，而这会换来他的一巴掌，这一巴掌会把我的头打掉下来的。

三号方案：用所有能找得到的武器袭击他。荒唐。我又不是人猿泰山，我是一条瘦小、虚弱、吃素食的生命。在印度，人们得骑在庞大的大象背上，用火力很足的枪，才能杀死老虎。我在这儿能怎么办？当着他的面发射一枚火箭照明弹？一手提一把斧子，嘴里叼一把刀，朝他扑过去？用直的和弯的缝衣针结果了他？如果我能砍伤他，那会是一项了不起的英雄业绩。作为回报，他会把我一只胳膊一条腿、一个器官一个器官地撕成碎片。因为，如果有什么比健康的动物更危险的话，那就是受伤的动物。

四号方案：勒死他。我有绳子。如果我待在船头，让绳子绕过船尾，用绳套套住他的脖子，我就能拉紧绳子，而他就会拉住绳子来抓我。这样，来抓我这个动作会让他勒死自己。一个聪明的自杀计划。

五号方案：毒死他，烧死他，电死他。如何实施？用什么实施？

六号方案：发动一场消耗战。我只需顺从无情的自然规律就能得救。等他渐渐衰弱、死亡，这并不需要我花费任何力气。我有足够好几个月吃的食物。他有什么？只有几具很快就会腐烂的动物尸体。吃完这些之后他能吃什么？更好的是：他能从哪儿弄到水呢？他不吃东西也许能活几个星期，但是任何动物，无论他多么强壮，都不可能不喝水还能活很长时间。

我心里闪现出一朵希望的小火苗，就像黑夜中的一支蜡烛。我有了一个计划，而且是个很好的计划。我只需要活着，就能实施这个计划。

55

黎明来临，情况更糟了，因为在此之前我只能感觉到，而现在却能看到，从黑暗中渐渐显露出来的是巨大的雨帘，从高高的空中哗哗地浇在我身上，海浪仿佛在我身上铺了 条路，一个接一个浪头将我踩在脚下。

我目光呆滞，浑身颤抖，四肢麻木，一只手紧握着接雨器，另一只手紧抓着小筏子，继续等待着。

过了一段时间，雨停了，随之而来的寂静使得这一转变显得特别突然。天气变得晴朗，海浪似乎和乌云一起逃走了。这变化就像在陆地上从一个国家到另一个国家的变化一样迅速而彻底。我现在是在另一座海洋上。很快太阳便独自挂在天上，而大海是光滑的皮肤，用一百万面镜子反射着阳光。

我浑身僵硬疼痛，筋疲力尽，对自己仍然活着几乎不存感激。“六号方案，六号方案，六号方案”这几个字像符咒一样在我大脑里不断重复，给我带来了几分安慰，虽然我无论如何也想不起来六号方案是什么了。我的骨头里开始有了热气。我把接雨器关上。我用毯子把自己裹起来，侧着身子蜷缩着，让身体的任何部位都碰不到水。我睡着了。我不知道自己睡了多长时间。醒来的时候，已经快到中午，天也热起来了，毯子差不多已经干了。这一觉睡的时间很短，但却很沉。我用胳膊肘支撑起身体。

我周围的一切平平坦坦，无限延伸，是一幅无边无际的蓝色全景。没有任何东西遮挡我的视线。这浩瀚无垠的景象像一只拳头，打在我肚子上。我向后跌去，蜷曲起来。这只小筏子是个笑话，它只是用一根绳子捆在一起的几根棍子和一块软木。水从每一道缝里渗进来。脚下深深的海水会让鸟也感到头晕目眩。我看到了救生艇，它比半只核桃壳也好不了多少。它紧贴在水面上，就像手指紧紧抓住悬崖边，重力迟早会把它拖下去的。

我的漂流伙伴进入了视线。他趴在舷边，朝我这边看。无论在任何环境里，一只突然出现的老虎都十分醒目，在这里更加如此。他那身有条纹的鲜艳斑斓的橘黄色毛皮和毫无生气的白色船壳之间的对比十分奇特，形成了引人注目的强烈效果。我过度紧张的感觉戛然刹住了。虽然我们周围的太平洋很广阔，但是在我们之间似乎突然出现了一道非常窄的深沟，沟边没有沙洲也没有城墙。

“六号方案，六号方案，六号方案。”我的大脑急切地低语着。但是六号方案是什么呢？啊，对了。消耗战。等待的游戏，不主动出击，让事情发生，毫不留情的自然规律，时间无情的流逝和资源的贮藏，那就是六号方案。

一个想法在我大脑里响起，像一声怒吼：“你这个笨蛋加白痴！你这个没脑子的粗人！六号方案是最糟糕的方案！理查德·帕克现在害怕大海。大海几乎是他的坟墓。但是在饥饿和干渴逼得他发疯的时候他就会战胜恐惧，他就会做任何必要的事情来满足他的需要。他会把这道深沟变成一座桥。他必要时会游过来，来抓住小筏子和上面的食物。至于水，难道你忘了松达班的老虎能喝含盐的水吗？你真的以为自己能比他的肾脏忍耐的时间更长吗？我告诉你吧，如果你发动一场消耗战，你会输的！你会死的！明白了吗？”

56

我必须说说恐惧，这是生命唯一真正的对手，只有恐惧能够打败生命。它是个聪明又奸诈的对手，这一点我太了解了。它没有尊严，既不遵守法律也不尊重传统，冷酷无情。它直击你的致命弱点，它可以毫不费力地准确地发现你的致命弱点在哪里。它总是先攻击你的大脑。刚才你还感觉平静、沉着、快乐。紧接着，恐惧装扮成轻微的怀疑，像个间谍一样溜进了你的大脑。怀疑遇到了不相信，不相信试图把它推出去，但是不相信是个武器装备很糟糕的步兵，怀疑没费什么力气就把它除掉了。你变得焦虑起来。理性来为你作战了。你消除了疑虑。理性用最新的武器技术全副武装。但是，让你惊讶的是，尽管有高级的战术，也取得了一些不可否认的胜利，但是理性还是被击倒了。你感到自己变得软弱，产生了动摇。你的焦虑变成了畏惧。

接着恐惧开始全面进攻你的身体，你的身体已经意识到有一件很不对劲的事正在发生。你的肺叶已经像小鸟一样飞走了，你的内脏已经像蛇一样滑走了。现在你的舌头像一只负鼠一样倒下去死了，而你的下巴立刻飞跑而去。你的耳朵聋了。你的肌肉开始像得了疟疾一样颤抖，你的膝盖开始像跳舞一样抖动。你的心脏太紧张，而你的括约肌却太放松。你身体的其他部分也一样。你的每一个部分都以与它最匹配的方式崩溃了。只有眼睛还在工作，它们总是给恐惧以适当的注意力。

你很快作出了草率的决定。你打发走了最后的同盟：希望和信任。瞧，你打败了自己。恐惧只是一种印象，却战胜了你。

这件事很难用语言表达。因为恐惧，真正的恐惧，从根本上使你动摇的恐惧，当你面对死亡时所感觉到的恐惧，像坏疽一样在你的记忆中筑了巢：它想要让一切都腐烂，甚至包括谈论它的语言。因此你必须非常努力地把它表达出来。你必须非常努力地让语言的光辉照耀它。因为如果你不这么做，如果你的恐惧成了你逃避的、也许甚至想方设法忘记的无语的黑暗，那么你就使自己容易受到恐惧的进一步打击，因为你从不曾真正与打败你的对手交战。

57

是理查德·帕克让我平静下来。这个故事的讽刺意义在于，恰恰是开始把我吓得神经错乱的东西让我安静下来，给了我决心，我敢说甚至还让我变得健全。

他正专注地看着我。过了一会儿，我想起了这种眼神，我是在这种眼神下长大的。这是一只感到满足的动物从笼子里或兽栏里往外看的眼神，就像你我美餐一顿以后开始聊天时坐在餐馆桌边往外看一样。显然理查德·帕克吃饱了鬣狗，喝足了雨水。他的嘴唇没有上下开合，牙齿没有露出来，咆哮声或吼叫声也没有发出来。他只是在注视我、观察我，样子严肃但没有威胁。他的耳朵不停地抽动，左右转动着脑袋。这些动作都非常像，嗯，一只猫。他看上去像一只可爱的又大又肥的家养的猫。一只450磅重的斑点猫。

他发出一声声音，是从鼻孔里哼出来的。我竖起了耳朵。他又哼了一声。我很惊讶。他是在打招呼吗？

老虎会发出各种不同的声音，包括各种咆哮声和吼叫声，最响亮的叫声很可能就是洪亮的嗷嗷声，这是交配季节雄虎和发情的雌虎发出的。这种叫声传得很远，在很大的范围内都能听到，在近处听绝对能让人惊呆。老虎出其不意地被撞见时会发出呜呜声，这是一种愤怒爆发的短促而尖利的叫声，会让你跳起来就跑，如果你的两条腿没有被吓得不能动弹的话。老虎发起攻击时，会发出低沉洪亮的咳嗽般的咆哮声。他们用来进行威胁的吼叫声是另一种喉咙里发出的粗嘎的声音。老虎还会发出嘶嘶声和嗥叫声，根据所表达的感情不同，这些声音听上去或者像秋天的落叶在地上发出的沙沙声，但更响亮一些，或者，如果是愤怒的嗥叫，像一扇铰链生了锈的巨大的门在慢慢打开——两种情况下的叫声都让人脊椎骨发凉。老虎还会发出其他的声音。他们会发出咕噜声和呜咽声。他们会发出呼噜声，尽管不像小猫的叫声那么悦耳，也不像小猫那样经常这么叫，而只是呼气的时候才这样。（只有小猫才在呼气和吸气的时候都发出呼噜声，这是区分大型猫科动物和小型猫科动物的特征之一，另一个特征是大型猫科动物会咆哮。这是件好事。如果小猫咪也能用咆哮来表示不高兴，恐怕家养猫受欢迎的程度就会迅速降低了。）老虎甚至会喵喵叫，声调很像家养的猫，但声音更响，音域更低，不像猫叫那样让人有弯腰抱起它们的愿望。老虎还可能绝对地威严地保持沉默。

在我成长的过程中，我听过所有这些声音。除了招呼声。我知道这种声音，那是因为父亲告诉过我。他在文献中读过关于这种声音的描述。但他只听到过一次，那是在因工作关系参观迈索尔邦动物园的时候，在他们的动物医院里，一只正在接受肺炎治疗的年轻雄性老虎发出了这种声音，就是从鼻子里喷气，表示友好和没有恶意的愿望。

理查德·帕克又哼了一声，这次头也摇了起来。他那个样子就像在问我一个问题。

有一年夏天，我非常幸运，有机会在巴西的赤道丛林里研究生活在原产地的三趾树懒。

每天早晨，在走出大门之前，我都会有一个既平常又难忘的印象……

他微微一笑，一只手抓着栏杆，另一只手挥了挥，示意我过去。
“你好，派。”他说。

雉鸡用傲慢的英国口音抱怨茶是凉的，狒狒用美国歹徒带有威胁的平板语调计划抢劫银行后如何逃走。

考虑一下 1933 年冬天一只雌性黑豹从苏黎世动物园逃跑的实例。……这一事实明显说明从动物园里逃跑的动物并不是危险的逃犯，而只是努力适应环境的野生动物。

爱，马丁神父说。

答案永远是一样的。

拉维和我大吃一惊。加拿大！

船驶离港口，开到了海上，我拼命向印度挥手告别。

我用力把救生圈扔了出去。

她在一圈光晕中伏在一座香蕉堆成的小岛上漂了过来，像圣母马利亚一样可爱。她身后是初升的太阳。

两只动物相距三英尺，嘴巴张得大大的，面对着面。它们把所有的力气都用来叫喊，身体因为用力而颤抖着。

救生艇的精确尺寸是深 3.5 英尺，宽 8 英尺，长 26 英尺。

理查德·帕克已经站起来，出现在我眼前。

The GREATEST SHOW ON EARTH!
TSIMTSUM
PANAMA
The PI PATEL,
Indo-Canadian,
Trans-Pacific,
Floating Circus!

世界上最了不起的表演！

我便发现大海是座城市。就在我脚下，在我身边，我从未察觉到的是高速公路、林荫大道、大街和绕道，海下车水马龙，人来人往。

鲯鳅死的时候做了一件特别不同寻常的事：它开始闪烁各种各样的颜色，这些颜色一种接一种迅速变化着。

海龟的确很好抓……

这一掌把我从船上打飞了出去。

我转过身，挥动着胳膊，摔倒在油布上，把那条灰鲭鲨朝船尾扔过去。

一排长浪涌来，特别急切地要把我们带走。

我发射了一枚照明信号弹，但没能瞄准。

我要吃一顿丰盛的自助餐。先吃米饭和浓味小扁豆肉汤。还要有黑绿豆和木豆饭和酥酪饭和……

我有了一个奇特的植物学发现。

它们聚在一起站着，朝一个方向看，看上去就像上下班的人在等公交车。

它们甚至占据了我的床。

理查德·帕克，我忍受折磨时的伴侣，激起我求生意志的可怕猛兽，向前走去，永远从我的生活中消失了。

我们的午饭完了。

你可以把那个关了。

我看着他，心里充满了带有敬畏的好奇。因为没有迫在眉睫的威胁，我的呼吸慢了下来，我的心不再在胸腔里乱撞，我开始恢复了感觉。

我得驯服他。我就是在那一刻意识到这么做的必要性的。这不是他或我的问题，而是他和我的问题。无论是在真实的意义上还是在比喻的意义上，都可以说我们是在一条船上了。是活，还是死——我们都会在一起。也许他会死于意外，也许他很快就会死于自然原因，但是指望这样的可能性未免太愚蠢了。很可能最糟糕的事情会发生：仅仅随着时间的流逝，他动物的顽强会很轻易地战胜我人类的脆弱。我只有驯服他，才有可能使花招让他先死，如果我们不得不涉及这个伤心的话题的话。

但是不仅如此。我说实话吧。我要告诉你一个秘密：一部分的我很高兴有理查德·帕克在；一部分的我根本不想让理查德·帕克死，因为如果他死了，我就得独自面对绝望，那是比老虎更加可怕的敌人。如果我还有生存的愿望，那得感谢理查德·帕克，是他不让我过多地去想我的家人和我的悲惨境况，他促使我活下去。我为此而恨他，但同时我又感激他。我的确感激他，这是显而易见的事实：没有理查德·帕克，我今天就不会在这儿给你讲这个故事了。

我环顾地平线。难道这不是一个绝妙的马戏场吗——这儿到处都是圆的，没有一个角落可以让他躲藏。我低头看看海。难道这不是训练他听话要用的奖赏的理想来源吗？我看到一件救生衣上挂着的哨子。这不是防止他越轨的一根好鞭子吗？要驯服理查德·帕克还需要什么呢？时间？可能还要再过好几个星期才会有船发现我。我有的是时间。决心？没有什么能比极度的需要更能让你下定决心了。知识？难道我不是动物园主的儿子吗？回报？还有比生命更大的回报吗？还有比死亡更糟糕的惩罚吗？我看了看理查德·帕克。我的惊慌没有了。我的恐惧被控制住了。生存的希望近在咫尺。

让喇叭嘟嘟地吹起来吧。让锣鼓咚咚地敲起来吧。让表演开始吧。我站了起来。理查德·帕克注意到了。保持平衡不容易。我深深吸了一口气，大声说道："女士们先生们，小伙子们姑娘们，快到座位上去吧！快，快。你可不想迟到。坐下来，睁开眼睛，敞开心扉，准备接受惊喜吧。这儿是让你娱乐给你教育，让你满意给你启迪，让你等待了一生的世界上最了不起的表演！你已经准备好观看奇迹了吗？准备好了？那么，它们的适应能力强得令人吃惊。你在天寒地冻、大雪覆盖的温带森林里见过它们，你在茂密的热带季雨林里见过它们，你在土地贫瘠、半是荒凉的灌木丛林地里见过它们，你在略含盐分的红树沼泽地里见过它们。真的，它们在任何地方都可以生存。但是你从来没有在你马上就要看见的地方见过它们！女士们先生们，小伙子们姑娘们，我就不再啰嗦了，我非常高兴非常荣幸地向你们推出：**派·帕特尔印度—加拿大跨太平洋海上马戏团?!!! 嚯！嚯！嚯！嚯！嚯！嚯！**"

我对理查德·帕克造成了影响。就在第一声哨声响起的时候，他蜷缩起身体，咆哮起来。哈！要是他愿意的话，让他跳到水里去吧！让他试试看吧！

"嚯！嚯！嚯！嚯！嚯！嚯！"

他咆哮着，爪子在空中抓着。但是他没有跳。也许当他饿得发疯渴得发疯的时候，他会不怕大海，但是现在我相信他一定害怕。

“嚯！嚯！嚯！嚯！嚯！嚯！”

他后退回去，跌进了船底。第一次训练课结束了。这次课取得了巨大的成功。我停止吹哨子，重重地坐在小筏子上，气喘吁吁，筋疲力尽。

因此我有了：

七号方案：让他活着。

58

我拿出了求生指南，书页仍然是湿的，我小心翼翼地翻着。指南是一位英国皇家海军中校写的，里面有大量关于沉船后如何在海上生存的有用的信息，其中包括一些求生忠告，例如：

- 一定要认真阅读指南。
- 不要喝尿，不要喝海水，也不要喝鸟血。
- 不要吃水母，也不要吃带刺的鱼，或长着和鹦鹉一样的尖嘴的鱼，或像气球一样鼓起来的鱼。
- 按压鱼的眼睛能使它们无法动弹。
- 身体可能是战斗英雄。如果失事者受了伤，要当心出于好心却没有根据的医治方法。无知是最糟糕的医生，而休息和睡眠是最好的护士。
- 每小时最少把双脚抬起五分钟。

- 一定要避免不必要的劳累，但是不思考的大脑往往会衰退，因此一定要保持大脑不断地思考，可以思考任何出现在心里的可以稍微分散注意力的事情。纸牌游戏、“二十问”和“我用一双小眼睛看见了……”都是极好的简单的休息方式。集体唱歌是另一种一定能振奋精神的方式。极力推荐绕毛线的活动。
- 绿色海水比蓝色海水浅。
- 当心远处像山一样的云。寻找绿色。最终唯一能对陆地作出出色判断的是脚。
- 不要去游泳，这是浪费精力，而且救生船漂流的速度比你游泳的速度快。
- 更不用提海生动物所带来的危险了。如果你热，就把衣服打湿。
- 不要穿着衣服小便，为了暂时的温暖而得尿疹，不值得。
- 躲在荫蔽处，暴晒能比干渴或饥饿更快地杀死你。
- 只要不通过出汗丧失过多的水分，身体就可以在不喝水的情况下存活十四天。如果你感到渴，就吮吸纽扣。
- 海龟很好抓，是很好的食物。海龟血是一种美味、营养、不含盐的饮料；海龟肉口味鲜美，也容易填饱肚子；海龟油有很多用途；失事者会发现海龟蛋是真正的美味。小心海龟嘴和爪子。
- 不要让自己泄气。可以胆怯，但不可以被打败。记住：最重要的是精神。如果你有生存的愿望，你就能生存下去。祝你好运！

还有几句简短含糊的话，浓缩了航海艺术和航海科学。我从中学到，风平浪静的时候，在五英尺高处能看到地平线就在两英里半远处。

关于不要喝尿的叮嘱很没有必要。没有一个小时候叫排泄哩的人会在喝一杯尿的时候被逮个正着，即使他是独自一人在太平洋中央的救生艇上。美食建议则让我证实了英国人的确不懂得食物这个词的含义。除此之外，指南是一本关于如何避免被海水腌制的有趣的小册子。只有一个重要话题没有提到：与救生艇上的较大的宠物建立老大与小弟的关系。

我得为理查德·帕克设计一套训练方案。我得让他明白，我是地位最高的老虎，他的地盘仅仅局限于船板上，船尾坐板和舷边坐板，一直到中间的横坐板。我得让他有一个根深蒂固的概念，那就是油布顶上和船头，以中间坐板处的中立区为界，是我的地盘，对他是绝对的禁地。

我得很快就开始捕鱼。不用很长时间，理查德·帕克就会把动物尸体吃完。在动物园里，成年狮子和老虎平均每天要吃十磅肉。

还有很多其他事情要做。我得找到一个方法，为自己遮蔽阳光和风雨。理查德·帕克总是待在油布下面，那是很有道理的。一直在外面，暴露在日晒、风吹、雨淋、海浪拍打之中，这很让人疲劳，不仅身体疲劳，精神也疲劳。我不是刚刚读过暴晒会迅速置人于死地吗？我得设计一个顶篷。

我得再用一根缆绳把小筏子系在救生艇上，以防第一根缆绳断掉，或者变松。

我得改进小筏子。目前它能经得起风浪，但几乎不能住人。在我搬到救生艇上的永久住舱之前，我得把小筏子变成一个适合居住的地方。例如，我得找到一种办法，让自己在上面能保持干燥，因为总是湿漉漉的，我全身的皮肤都又皱又肿，这个情况必须改变。我还得找到一个在小筏子上储藏东西的方法。

我得停止对被船只救起抱太大的希望，我不应该依靠外来的帮助。生存得从我开始。根据我的经验，失事者最糟糕的错误就是抱的希望太大，做的事情却太少。生存从注意近在手边的东西和需要立即去做的事情开始。带着盲目的希望往外看就等于虚度生命。

有很多我得做的事情。

我朝船外面空荡荡的地平线望去。水那么多。而我却独自一人。独自一人。

热泪涌出了眼眶。我把脸埋进交叉的双臂里，抽泣起来。我的处境显然毫无希望。

59

无论孤独与否，无论迷失与否，我都又渴又饿。我拉了拉缆绳。有些紧。我刚松手，缆绳就滑了出来，救生艇和小筏子之间的距离拉大了。这么说，救生艇比小筏子漂得快，在拖着小筏子走。我注意到了这个事实，却没有想什么。我的心思更多的是放在理查德·帕克的动作上。

看上去他在油布下面。

我拉住缆绳，让自己靠到船头旁边。我抬起胳膊，去抓舷边。就在我蹲在那儿，准备对锁柜发动突然袭击的时候，几个浪头让我思考起来。我注意到小筏子靠拢后，救生艇改变了方向，不再是与海浪的方向垂直，而是用舷侧对着海浪了，而且船开始左右摇晃，晃得胃里很不舒服。产生这一变化的原因很清楚：小筏子被放出去的时候，起到了和海锚相同的作用，它拉着救生艇，让救生艇改变方向，用船头对着海浪。你知道，海浪的方向与变化不大的风的方向通常是相互垂直的。因此，如果船被风向前推，却又被海锚拉住了，它就会改变方向，直到对风形成最小的阻力——也就是说，直到它与风的方向一致，与海浪的方向垂直，这样它就会前后颠簸，这比左右摇晃舒服多了。小筏子靠拢救生艇以后，拉力消失了，没有力量能够操纵救生艇的方向，让它顶着风。于是它横了过来，并且摇晃起来。

这个在你看来也许很小的细节后来却救了我的命，而且让理查德·帕克后悔不已。

好像是在证实我刚悟出的道理似的，我听见他吼了起来。那是一种愁闷的吼声，声音中带着难以名状的病痛与不安的腔调。也许他是个游泳健将，但他不是个好水手。

我还有机会。

为了不使我对控制他的能力感到骄傲，我在那一刻受到了对我所面临的情况的轻声但却不祥的警告。仿佛理查德·帕克是生命的一个磁极，他的生命力如此超凡，使其他的生命形式都无法忍受。我正准备爬上船头，突然听见轻轻的嗞的一声拍打声。我看见一个小东西落进我旁边的水里。

是一只蟑螂。它在水上浮了一两秒钟，就被水下的一张嘴吞了下去。又一只蟑螂落进了水里。在接下来的几分钟里，大约有十只蟑螂从船头两边扑通扑通地跳进了水里。所有蟑螂都被鱼吃了。

最后一种其他的生命形式正在弃船离开。

我小心地越过船舷看去。我第一眼看见的，是船头坐板上面的油布的一道褶缝里躺着的一只大蟑螂，也许是这个蟑螂家族的族长。我看着它，感到异常好奇。当它认定时候已到，便展开翅膀，飞到空中，发出一声微弱的撞击声，绕着救生艇飞了几圈，似乎是在查看是否确实一只都没有留下，然后改变方向，飞出船外，朝死亡飞去。

现在就剩下我们俩了。五天之内，红毛猩猩、斑马、鬣狗、老鼠、苍蝇和蟑螂都被消灭了，吃剩的动物尸体上也许还存活着细菌和寄生虫。船上除了理查德·帕克和我已经没有其他生命了。

这可不是个让人感到安慰的想法。

我抬起身子，屏住呼吸，打开了锁柜盖子。我故意不朝油布下面看，害怕看一眼会像叫一声一样吸引理查德·帕克的注意力。盖子靠在油布上的时候，我才敢让自己考虑油布那边是什么。

一阵气味钻进我的鼻子，是带麝香气的尿味，非常刺鼻，动物园里每只猫科动物的笼子里都会有这种味儿。老虎的地盘观念很强，它们是用尿液来标出地盘边界的。这气味虽然恶臭，但却是个好消息：气味全部来自油布下面。理查德·帕克似乎只要求拥有船板。这就有了希望。如果我能把油布变成我的地盘，也许我们可以和睦相处。

我屏住呼吸，低下头，侧向一边，朝盖子那边看去。船板上晃动着雨水，大约有四英寸深——那是理查德·帕克自己的淡水池。他正在做我处在他的位置一定会做的事：乘凉。天开始变得热得要命。他趴在船板上，背对着我，后腿分开，笔直地向后伸，后脚朝上，肚子和大腿内侧直接贴着船板。这个姿势看上去很傻，但显然很舒服。

我接着为生存忙碌。我打开一盒急用口粮吃了个饱，吃掉了大约三分之一盒。只吃这么少就可以让肚子感觉饱了，真令人惊奇。我正准备喝挂在肩膀上的接雨器袋子里的水，这时我看见了带刻度的喝水用的烧杯。如果我不能去洗个澡，至少我可以喝一小口吧？我自己的水不会永远都喝不完的。我拿起一只烧杯，身体向前倾，把锁柜盖子放下一点点，刚好够我探过身子，颤颤巍巍地把烧杯伸进帕克水池里距离他的后脚四英尺的地方。他脚上朝上的肉垫和潮湿的毛看上去就像被海草包围的沙漠小岛。

我舀回了足足500毫升。水有些变色了，里面漂浮着斑斑污点。我有没有担心会咽下某种可怕的细菌——我甚至没有想到这个。我心里只想着我渴，我非常满意地把烧杯里的水喝了个精光。

大自然充满了平衡，因此，当我几乎立刻就想小便的时候，我一点儿也不感到惊讶。我尿在了烧杯里。小便的量和我刚才大口喝下去的水刚好一样多，似乎一分钟都没有过去，我还在想着理查德·帕克的雨水。我犹豫了片刻。我很想再把烧杯里的东西倒进嘴里。我抵制住了诱惑，但这太难了。让嘲笑见鬼去吧，我的尿看上去很鲜美！我还没有脱水，因此尿液的颜色是淡的。它在阳光下闪着光，像一杯苹果汁。而且它肯定是新鲜的，而我主要饮用的罐装水是否新鲜却没有保证。但是我听从了自己明智的判断，把尿液洒在了油布上和锁柜盖子上，画出我的地盘。

我从理查德·帕克那里又偷了两烧杯水，但这次没有小便。我感到自己就像一株花盆里的植物一样刚被浇了水。

现在是改善我的处境的时候了。我把注意力转向锁柜里的东西和它们所包含的许多希望。

我又拿出一根绳子，用它把小筏子系在救生艇上。

我弄明白了太阳能蒸馏器是什么。太阳能蒸馏器是利用海水制备淡水的一种装置。它里面有一只可充气的透明圆锥形的筒，这只筒架在一个圆形的像救生圈一样的能浮于水的容器上，容器表面蒙着一层涂了橡胶的黑色帆布。蒸馏器是根据蒸馏的原理工作的：封闭的锥形筒下面黑色的帆布上的海水被太阳加热后蒸发，蒸汽被锥形筒内壁收集起来。不含盐的细细的水流流下去，在锥形筒周边的水沟里汇集，然后从那里流进一只袋子。救生艇上一共有十二台太阳能蒸馏器。我按照求生指南的要求仔细阅读了说明。我给十二只锥形筒都充满空气，把每一只能浮于水的容器都装上必不可少的十升海水。我用绳子把所有蒸馏器都串在一起，然后把这支小船队的一头系在救生艇上，另一头系在小筏子上，这就不仅意味着即使一只绳结松了，我也不会丢掉任何一只蒸馏器，而且意味着实际上我又有了一根紧急情况下可用的绳子，把我和救生艇系在一起。蒸馏器浮在水上，看上去很漂亮，技术含量很高，但同时也很容易损坏，而且我怀疑它们是否能生产出淡水来。

我把注意力转移到了改进小筏子上。我检查了每一只将小筏子绑在一起的绳结，确保每一只都系得很紧很安全。思考一番之后，我决定把第五支船桨，就是用来搁脚的那支，变成一根类似于桅杆的东西。我把船桨解下来，用猎刀带锯齿的一边在船桨上大约中间的位置费力地锯出一道凹槽，然后用刀尖扁平的部分钻了三个孔。工作进行得缓慢，但令人满意，这让我的大脑一直忙于思考。做好这两件事后，我把船桨竖着捆扎在小筏子一角的内侧，扁平部分即桅顶，竖在空中，桨柄伸进水下。我把缆绳紧紧卡在凹槽里，防止船桨滑下来。接着，为了保证桅杆能立得直，也为了让自己能有几根绳子挂顶篷和食品，我把缆绳穿过打在桅顶上的孔，系在几支水平的桨的末端。我把原来系在搁脚的桨上的救生衣牢牢扎在桅杆底部。救生衣有两个作用：它可以增加浮力，从而抵消桅杆垂直的重量，它还可以让我有一个稍微高起来一些的座位。

我把一块毯子扔到绳子上。毯子滑了下来。绳子的角度太陡了。我把毯子长头一边折了两道，在中间戳了两个孔，两个孔之间的距离大约是一英尺，然后把一根缆绳拆开，做成细绳，用细绳把两个孔连起来。我又把毯子扔到绳子上，把新的系绳绕在桅顶上。现在我就有了一个顶篷。

我花了大半天的时间才把小筏子修好，需要照顾到的细节太多了。大海不停的起伏虽然轻柔，却并没有让我的工作变得容易一些。我还得留意理查德·帕克。小筏子并没有变成一艘西班牙大帆船。所谓的桅杆结果只高出我头顶几英寸。至于甲板，它只够我盘腿坐在上面，或者紧紧蜷缩着，用差不多可以称作胎位的姿势躺着。但我不是在抱怨。它经得起海上的风浪，它会把我从理查德·帕克那里救出来的。

等我干完时，下午已经快要结束了。我拿了一罐水，一只开罐器，用做生存口粮的四块饼干和四条毯子。我把锁柜盖上（这次动作很轻），坐上小筏子，放开绳子。救生艇漂走了。主缆绳拉紧了，但是我故意放长了些的起保障作用的缆绳还松松的。我把两条毯子垫在身体下面，小心地折好，不让它们碰到水。我用另两条毯子围住肩膀，然后背靠桅杆坐着。因为坐在多出来的一件救生衣上，我被稍微抬高了一点，我很喜欢这样。我比水面高不了多少，就像坐在厚垫子上的人比地板高不了多少一样；尽管如此，我还是希望不要被弄得太湿了。

我一边看着太阳从万里无云的天空落下，一边享受着晚餐。这是放松的时刻。世界的穹顶染上了绚丽的色彩。星星也迫不及待地想要参加进来；彩色的毯子刚刚拉开，它们便开始在深蓝色的天幕上闪耀起来。微风懒洋洋地温暖地吹拂着，大海惬意地起伏着，海浪升起来又落下去，像围成圆圈跳舞的人一起跑到圈子中间，举起手臂，又跑开来，然后又跑到一起，一次又一次。

理查德·帕克坐了起来。只有他的脑袋和一小部分肩膀露出了舷边。他朝外面看去。我叫道："你好，理查德·帕克！"还挥了挥手。他看着我，喷了个响鼻，或者打了个喷嚏，这两个词都不够准确。又是打招呼。多好的一只动物啊，如此高贵的风度。他的全称是皇家孟加拉虎，这个称呼太合适了。我认为自己在某种意义上是幸运的。要是我最终和一只看上去傻乎乎的或相貌丑陋的动物在一起，一只貘或一只鸵鸟或一群火鸡，那会怎么样？那从很多方面看都会是更加恼人的伙伴关系。

我听见扑通一声。我低头看看海水，吃惊得倒抽了一口气。我以为自己是孤独一人，静止的空气、灿烂的星光、相对安全的感觉——这一切都让我这么想。通常平静之中包含着安静和孤独的因素，不是吗？很难想象在繁忙的地铁车站感到平静，不是吗？那么所有这些喧闹骚动是什么呢？

只匆匆一眼，我便发现大海是座城市。就在我脚下，在我身边，我从未察觉到的是高速公路、林荫大道、大街和绕道，海下车水马龙，人来人往。在颜色深暗、清澈透明、点缀着几百万发出亮光的微小的浮游生物的水里，鱼儿好像卡车、公共汽车、小汽车、自行车和行人在疯狂疾驰，同时无疑在互相鸣响喇叭，大叫大喊。最主要的颜色是绿色。在我所能看见的深度不同的水里，有发出磷光的绿色气泡形成的一道道转瞬即逝的光痕，那是快速游过的鱼留下的痕迹。一道光痕刚刚消失，另一道光痕又立即出现了。这些光痕从四面八方汇集而来，又向四面八方消散而去。它们就像你看见的那些定时曝光的夜晚的城市的照片，上面有汽车尾灯拖出的长长的红色光痕。只是这儿的小汽车在其他车的上面或下面开，好像它们是在堆成十层高的立交桥上。这儿的小汽车有着最令人赞叹的颜色。鲯鳅——小筏子下面一定有五十多条在巡游——迅速游过时炫耀着身上鲜艳的金色、蓝色和绿色。其他我认不出来的鱼有黄色的、棕色的、银色的、蓝色的、红色的、粉红的、绿色的、白色的，有色彩斑斓的，有纯色的，有长着条纹和斑点的。只有鲨鱼顽固地拒绝色彩。但是无论车辆有多大，是什么颜色，有一点是不变的：车开得很猛。发生了很多次撞车——很遗憾，每次都有死亡——还有很多小汽车失去了控制，疯狂地旋转着，撞上了障碍物，冲出水面，又在阵阵冷光中扑通扑通地落回水里。我出神地看着这城市的喧闹，就像一个人在热气球上观察一座城市。这是一幅令人惊叹、使人敬畏的景象。东京在上下班的高峰期一定就是这幅景象。

我一直看着，直到城市的灯光熄灭。

在“齐姆楚姆号”上，我只见过海豚。当时我以为要不是有经过的鱼群，太平洋就是一片居民稀少的荒芜的水域。从那以后我才知道，货船开得太快，鱼跟不上。你在船上看见海洋生物的可能性就和你在高速公路上的汽车里看见森林里的野生动物的可能性一样小。海豚游的速度非常快，它们在小船和大船周围玩耍，就像狗在追猫：它们一直向前冲，直到跟不上为止。如果你想看野生动物，那就必须在森林里静静地步行考察。在大海上也是一样。打个比方说，你必须用步行的速度在太平洋上逛过去，才能看到那里的富有和丰饶。

我侧身躺了下来。五天来我第一次感到了几分平静。一线希望——来之不易、受之无愧、合情合理的希望——在我心中燃起。我睡着了。

60

夜里，我醒了一次。我把顶篷推开，向外面望去。天空异常明净，一轮弯月挂在天上，轮廓十分清晰。星星如此耀眼而平静地闪烁着，要说夜晚是黑暗的，似乎很荒唐。海静静地躺着，沐浴在羞怯的轻盈的光里，那是跳动摇曳的黑色与银色，在我周围无限伸展。周围的一切多得令我不知所措——我周围的空气那么多，我四周和下面的水那么多。我半是感动，半是害怕。我感到自己就像圣人马肯得亚，在毗湿奴睡着的时候从他嘴里掉了出来，于是他看见了整个的宇宙，所有的一切。就在他快被吓死的时候，毗湿奴醒了，把他放回了嘴里。我第一次注意到——在我的苦难经历中，在一阵剧烈的痛苦和下一阵剧烈的痛苦之间，我还将不断地注意到——我的痛苦是在一个宏伟庄严的环境中发生的。我从痛苦本身去看待它，认为它是有限的、不重要的，而我是静止不动的。我意识到自己的痛苦并不算什么。我能接受痛苦。这没关系。（是白昼让我抗议："不！不！不！我的痛苦有关系。我想要活！我情不自禁地要把自己的生命和宇宙的生命融合在一起。生命就是一个窥孔，是通向广袤无垠的唯一一个小小的入口——我怎么能不凝视我看到的这短暂而狭小的景象呢——这个窥孔就是我的全部所有啊！"）我咕哝了几句穆斯林祷告词，又接着睡了。

61

第二天早上，我身上不那么湿了，也感觉自己强壮了些。考虑到我有多么紧张，过去几天里我吃得多么少，我想这是一件非常了不起的事。

这是个晴天。我决定试试钓鱼，这是我平生第一次。早饭吃了三块饼干，喝了一罐水之后，我读了求生指南中关于这件事是怎么说的。第一个问题出现了：鱼饵。我想了想。船上有死动物，但是从老虎鼻子底下偷食物，这可不是我能做到的事。他不会认识到这是一种投资，会给他带来高额的回报。我决定用自己的皮鞋，我还有一只鞋，另一只在船沉的时候弄丢了。

我爬到救生艇上，从锁柜里拿了一套钓鱼工具和刀，还拿了一只桶，用来装钓到的鱼。理查德·帕克侧身躺着。我到船头时，他的尾巴突然竖了起来，但他没有抬头。我把小筏子放了出去。

我把鱼钩系在金属丝导缆器上，再把导缆器系在鱼线上，然后加上铅坠。我挑了三只有着迷惑力的水雷形状的坠子。我把鞋脱下来，切成片。这很困难，因为皮很硬。我小心翼翼地把鱼钩穿进一块平展的皮里，不是穿过去，而是穿进去，这样钩尖就藏在了皮里面。我把鱼线放进深深的水里。前一天晚上鱼太多了，所以我以为很容易就能钓到。

我一条都没有钓到。整只鞋一点又一点地消失了，鱼线一次又一次地被轻轻拉动，来了一条又一条快乐的吃白食的鱼，鱼钩上一块又一块的饵被吃光了，最后我只剩下了橡胶鞋底和鞋带。当结果证明鞋带不能让鱼相信那是蚯蚓之后，完全出于绝望，我试了鞋底，整只鞋底都用上了。这是个好主意。我感到鱼线被很有希望地轻轻拉了一下，接着变得出乎意料地轻。我拉上来的只有鱼线。整套钓具都丢了。

这次损失并没有给我带来沉重的打击。那套钓鱼工具里还有其他的鱼钩、导缆金属丝和坠子，另外还有一整套钓鱼工具。而且我甚至不是在为自己钓鱼，我的食物储备还有很多。

虽然如此，我大脑的一个部分——说逆耳之言的那部分——却责备了我。“愚蠢是有代价的。下次你应该更小心些，更聪明些。”

那天上午，第二只海龟出现了。它径直游到了小筏子旁边。要是它愿意，它把头伸上来就可以咬我的屁股。它转过身去时，我伸手去抓它的后鳍，但刚一碰到，我就害怕地把手缩了回来，海龟游走了。

责备我钓鱼失败的那部分大脑又批评我了。“你究竟想用什么去喂你那只老虎？你以为他靠吃三只死动物能活多久？我是否需要提醒你，老虎不是腐食动物？就算是，当他濒临死亡的时候，也许他不会挑挑拣拣。但是难道你不认为他在甘愿吃肿胀腐烂的死斑马之前会先尝尝只要游几下就能到口的鲜美多汁的印度小伙子吗？还有，我们怎么解决水的问题呢？你知道老虎渴的时候是多么不耐烦地要喝水。最近你闻了他的口气了吗？相当糟糕。这是个不好的信号。也许你是在希望他会把太平洋的水都舔光，既解了他的渴，又能让你走到美洲去？松达班的老虎有了这种从身体里排出盐分的有限能力，真让人惊奇。我估计这种能力来自它们生活的潮汐林。但它毕竟是有限的。难道他们没有说过喝了太多的海水会让老虎吃人吗？噢，看哪。说到他，他就来了。他在打哈欠。天啊，天啊，一个多么巨大的粉红色岩洞啊。看看那些长长的、黄色的钟乳石和石笋。也许今天你就有机会进去参观了。”

理查德·帕克那条大小颜色都和橡胶热水瓶一样的舌头缩了回去，他的嘴合上了。他吞咽了一下。

那天接下来的时间里，我担心得要死。我一直远离救生艇。虽然我自己的预测十分悲惨，但是理查德·帕克却过得相当平静。他还有下雨的时候积的水，而且他似乎并不特别担心饥饿。但是他却发出了老虎会发出的各种声音——咆哮、呜咽以及诸如此类的声音——让我不能安心。这个谜题似乎无法解开：要钓鱼我就需要鱼饵，但是我只有有了鱼才能有鱼饵。我该怎么办呢？用我的一个脚趾？割下我的一只耳朵？

下午，一个解决办法以最出人意料的方式出现了。我扒上了救生艇。不仅如此：我爬到了船上，在锁柜里仔细翻找，发疯般地寻找着能够救命的主意。我把小筏子系在船上，让它离船有六英尺。我设想，只需一跳，或松开一个绳结，我就能把自己从理查德·帕克的口中救出来。绝望驱使我冒了这个险。

我什么也没找到，没有鱼饵也没有新的主意，于是我坐了起来——却发现他正目不转睛地凝视着我。他在救生艇的另一头，斑马原来待的地方，转身对着我，坐在那儿，看上去好像他一直在耐心地等着我注意到他。我怎么会没有听见他动呢？我以为自己比他聪明，这是什么样的错觉啊？突然，我脸上被重重打了一下。我大叫一声，闭上了眼睛。他用猫科动物的速度在救生艇上跃过，袭击了我。我的脸会被抓掉的——我会以这样令人厌恶的方式死去。痛得太厉害了，我什么都感觉不到了。感谢震惊。感谢保护我们、让我们免受太多痛苦悲伤的那个部分。生命的中心是一只保险丝盒。我抽泣着说：“来吧，理查德·帕克，杀死我吧。但是我求你，无论你必须做什么，都请快一些。一根烧坏的保险丝不该被考验太多次。”

他不慌不忙。他就在我脚边，发出叫声。毫无疑问，他发现了锁柜和里面的宝物。我害怕地睁开一只眼睛。

是一条鱼，锁柜里有一条鱼。它像所有离开水的鱼一样拍打着身体。它大约有十五英寸长，长着翅膀一样的胸鳍。一条飞鱼。它的身体细长，颜色是深灰蓝色，没长羽毛的翅膀是干的，一双圆圆的发黄的眼睛一眨不眨。打在我脸上的是这条飞鱼，不是理查德·帕克。他离我还有十五英尺，肯定正在想我在干什么呢。但是他看见了那条鱼。我能在他脸上看见极度的好奇。他似乎要准备开始调查了。

我弯下腰，把鱼捡起来，朝他扔过去。这就是驯服他的方法！老鼠去的地方，飞鱼可以跟着去。不幸的是，飞鱼会飞。就在理查德·帕克张开的嘴面前，飞鱼在半空中突然转弯，掉进了水里。这一切就像闪电一样迅速发生了。理查德·帕克转过头，猛地咬过去，颈部垂肉晃荡着，但是鱼的速度太快了，他根本咬不到。他看上去很吃惊，很不高兴。他又转向我。“你请我吃的东西呢？”他脸上的表情似乎在问。恐惧和悲伤紧紧攫住了我。我半心半意地转过身去，心里半是希望在他跳起来扑向我之前我能跳到小筏子上去。

就在那一刻，空气一阵震动，我们遭到了一大群飞鱼的袭击。它们就像一群蝗虫一样拥来。说它们像蝗虫，不仅因为它们数量很多，而且因为它们的胸鳍发出像昆虫一样咔嚓咔嚓、嗡嗡嗡嗡的声音。它们猛地从水里冲出来，每次有几十条，其中有几条嗖嗖地迅速在空中飞出一百多码远。许多鱼就在船面前潜进了水里。不少鱼从船上飞了过去。有些鱼撞上了船舷，发出像燃放鞭炮一样的声音。有几条幸运的在油布上弹了一下，又回到了水里。另一些不那么幸运的直接落在了船上，开始拍打着舞动着身体，扑通扑通地蹦跳着，喧嚷不已。还有一些鱼就直接撞到了我们身上。我站在那儿，没有任何保护，感到自己像圣塞巴斯蒂安一样在乱箭下殉难。每一条鱼撞上我，都像一支箭射进我的身体。我一边抓起一条毯子保护自己，一

边试图抓住一条鱼。我浑身都是伤口和青肿。

这场猛攻的原因很快就清楚了：很多鲯鳅正跃出水面，追赶它们。体型大得多的鲯鳅飞起来无法和它们相比，但却比它们游得快得多，而且近距离猛扑的动作十分有力。如果鲯鳅紧跟在飞鱼后面，与飞鱼同时从水里冲出来，朝同一方向冲过去，就能追上飞鱼。还有鲨鱼；它们也从水里跳出来，虽然跳得不高，但却给一些鲯鳅带来了灾难性的后果。水上的这种极端混乱的状态没有持续多长时间；但是在这期间，海水冒着泡泡翻滚着，鱼在跳，嘴在用力地咬。

理查德·帕克在这群鱼面前比我强硬得多，效率也高得多。他站立起来，开始阻挡、猛击、狠咬所有他能够到的鱼。许多鱼被活生生地整条吃了下去，胸鳍还在他嘴里挣扎着、拍打着。这是力量和速度的表现，令人惊叹不已。实际上，给人深刻印象的不是速度，而是纯粹的动物所具有的信心，是那一刻的全神贯注。这种既轻松自在，又专心致志的状态，这种禅定[1]的状态，就连最高超的瑜伽大师也要羡慕。

混乱结束之后，战果除了我痛得厉害的身体，还有锁柜里的六条鱼和救生艇上比这多得多的鱼。我急急忙忙用毯子裹起一条鱼，拿起一把斧子，朝小筏子走去。

我非常小心翼翼地开始做这件事情。那天早晨丢了钓具的事让我清醒了，我不能允许自己再犯错误。我小心地打开毯子，同时一直用一只手按着鱼，心里非常清楚，它会试图跳走，救自己一命。鱼越是快要出现了，我越是感到害怕和恶心。我看见它的头了，我那样抓着它，让它看上去像从羊毛毯蛋筒里伸出来的一勺讨厌的鱼冰淇淋。那个东西正喘息着要喝水，嘴和鳃慢慢地一张一合。我能感到它的胸鳍在推我的手。我把桶倒过来，把鱼头压在桶下面。我拿起斧子。我把斧子举了起来。

有好几次，我举起了斧子要往下砍，但却无法完成这个动作。考虑到我在这之前几天所目睹的一切，这样的感情用事也许看上去很滑稽，但那些事不是我干的，是食肉动物干的。我想我对老鼠的死应该负部分的责任，但我只是把它扔了过去；是理查德·帕克杀死了它。我一生奉行的和平的素食主义阻止了我去蓄意砍下鱼头。

我用毯子盖住鱼头，把斧子掉转过来。我的手又一次在空

1 禅定，瑜伽三个内助阶段之一，指不间断地默想自己沉思的对象，超越任何自我的回忆。

中动摇了。用一把锤子去砸一个软软的活生生的头，这个想法太让人受不了了。

我放下了斧子。我决定要拧断它的脖子，这样就看不见那幅景象了。我把鱼紧紧地裹在毯子里，开始用两只手去拧它。我按得越重，鱼便挣扎得越厉害。我想象如果我自己被裹在毯子里，有人正试图拧断我的脖子，我会有什么样的感觉。我惊呆了。我放弃了很多次。然而我知道这是必须做的，而且我等的时间越长，鱼受折磨的时间便会越长。

泪水在我的双颊滚落，我不断地鼓励自己，直到听见咔嚓一声，我的手不再感到有任何生命在挣扎。我把裹着的毯子打开。飞鱼死了，它的身体被拧断了，头部一侧的鱼鳃处有血。

我为这可怜的小小的逝去的灵魂大哭一场。这是我杀死的第一条有知觉的生命，现在我成了一个杀手，现在我和该隐一样有罪。我是个十六岁的无辜的小伙子，酷爱读书，虔信宗教，而现在我的双手却沾满了鲜血。这是个可怕的重负。所有有知觉的生命都是神圣的。我祷告时从没有忘记过为这条鱼祈祷。

在那之后事情就简单多了。既然这条飞鱼已经死了，它看上去就像我在本地治里的市场上看见过的其他鱼一样。它成了别的东西，在基本的造物计划之外的东西。我用斧子把它砍成几块，放进桶里。

白天快要过去时，我又试着钓了一次鱼。开始我的运气不比早上好。但是成功似乎不那么难以得到了。鱼热切地咬着鱼饵，它们显然很感兴趣。我注意到这都是些小鱼，太小了，没法用鱼钩钓上来。于是我把鱼线抛得更远，抛进更深的水里，抛到小筏子和救生艇周围聚集的小鱼够不到的地方。

我用飞鱼鱼头做饵，只用一只坠子，把鱼线抛出去，然后很快拉上来，让鱼头在水面上掠过，我正是用这种方法第一次让鱼上钩了。一条鲯鳅迅速游过来，猛地朝鱼头冲过来。我稍稍放长鱼线，确保它把鱼饵全吞了下去，然后把鱼线猛地一拉。鲯鳅一下子从水里蹦了出来，它用力向下拖着鱼线，力气大得让我以为自己要被它从小筏子上拽下去了。我做好了准备，鱼线开始绷得很紧，这条鱼线很牢，它不会断的。我开始把鲯鳅往上拉。它用足全身力气使劲挣扎，蹦着跳着，往水里扑，溅起了一阵阵水花。鱼线勒进了我手里，我用毯子裹住手。我的心怦怦直跳，这条鱼像一头牛一样壮实，我不知道自己能不能把它拉上来。

我注意到所有其他鱼都从小筏子和船的周围消失了。毫无疑问，它们一定感觉到了这条鲯鳅的痛苦。我加快了动作。它这样挣扎会引来鲨鱼的。但它却拼命斗争。我的胳膊已经疼了。每次我把它拉近小筏子，它都疯狂地拍打着，我吓得不得不把鱼线放长一些。

最后，我终于把它拉了上来。它有三英尺多长。桶是没有用了。用桶来装鲯鳅就像给它戴上一顶帽子。我跪在鱼身上，用两只手按住它。它完全就是一堆痛苦扭动的肌肉。它太大了，尾巴从我身体下面伸了出来，重重地敲打着小筏子。我想，牛仔骑在一匹弓着背跃起的野马背上的感觉就和我骑在它身上的感觉是一样的吧。我情绪激动，心里充满了胜利的喜悦。鲯鳅模样高贵，个大，肉多，线条优美，突出的前额说明了它坚强的个性，长长的背鳍像鸡冠一样骄傲地竖着，身上覆盖的鳞片又滑又亮。我感到自己与这样漂亮的对手交战是给了命运沉重一击。我在用这条鱼报复大海，报复风，报复沉船事件，报复所有对我不利的事情。“谢谢你，毗湿奴，谢谢你！”我叫道，“你曾变成鱼，拯救了世界。现在你变成鱼，拯救了我。谢谢你！谢谢你！”

杀鱼没有问题。我本来不必找此麻烦——毕竟这是给理查德·帕克的，他可以不费吹灰之力就利索地把鱼杀死——但是他取不出扎进鱼嘴里的鱼钩。我因为鱼线末端有一条鲯鳅而感到欢欣鼓舞——如果那是一只老虎我就不会那么高兴了。我直截了当地开始干活了。我双手抓住斧子，用斧背用力砸鱼头（我还不想用锋利的刀刃）。鲯鳅死的时候做了一件特别不同寻常的事：它开始闪烁各种各样的颜色，这些颜色一种接一种迅速变化着。伴随着它的不断挣扎，蓝色、绿色、红色、金色和紫罗兰色像霓虹灯一样在它身体表面忽隐忽现，闪闪发光。我感到自己正在打死一道彩虹。（后来我发现鲯鳅是以其宣告死亡的彩虹色而闻名的。）最后，它一动不动地躺在那儿，身上颜色暗淡，我可以取出鱼钩了。我甚至取回了一部分鱼饵。

我曾经因为把飞鱼裹住杀死而哭泣，现在却高兴地用斧头把鲯鳅打死，在这么短的时间内，我的转变如此之快，也许你感到很惊讶。我可以用这个理由来解释，那就是，利用可怜的飞鱼的航海失误而得益，那让我感到害羞和伤心，而主动抓住一条大鲯鳅，这种兴奋却让我变得残忍和自信。但是事实上却另有解释，这很简单也很严峻：人可以习惯任何事情，甚至习惯杀戮。

我是带着猎人的骄傲把小筏子靠近救生艇的。我让小筏子与救生艇并排，低低地猫着腰。我挥舞胳膊，把鲯鳅扔进船里。鱼砰的一声重重地掉在船上，让理查德·帕克惊讶得低低叫了一声。他先闻了几下，接着我便听见咂嘴的声音。我把自己从救生艇旁推开，同时没有忘记用力吹几声哨子，提醒理查德·帕克是谁仁慈地给他提供了新鲜的食物。我停下来拿几块饼干和一罐水。锁柜里剩下的五条飞鱼都死了。我把它们的胸鳍拽下来扔掉，把鱼裹在现在已经变得神圣的裹鱼毯子里。

我把身上的血迹冲洗干净，清理好鱼具，把东西放好，吃过晚饭，这时夜幕已经降临了。薄薄的云层遮住了星星和月亮，周围非常黑。我累了，但仍然在为前几个小时里发生的事而兴奋。忙碌的感觉非常令人满足；我一点儿也没有想到我的困境或是我自己。与绕毛线或玩“我看见”游戏相比，钓鱼肯定是打发时间的更好办法。我决定第二天天一亮就再开始钓鱼。

我睡着了，奄奄一息的鲯鳅身上像变色蜥蜴一样变换闪烁的鳞光照亮了我的大脑。

62

那天夜里我不时地醒来。太阳升起之前，我不再努力入睡，而是用胳膊肘撑着抬起头来。我用一双小眼睛看见了一只老虎。理查德·帕克焦躁不安，他呜咽着、咆哮着，在救生艇上走来走去。那情景令人生畏。我估计了一下情况，他不可能饿了，至少不是饥饿难耐。他渴了吗？他的舌头从嘴里伸了出来，但只是偶尔伸出来，而且他没在喘气。他的肚子和爪子还是湿的，但并没有在滴水。船上也许没有多少水了，很快他就会渴了。

我抬头看了看天。遮住天空的云层已经消失了。天空明净，只有地平线上飘浮着几缕云彩。今天又会是炎热无雨的一天。海面懒洋洋地起伏着，仿佛已经被即将到来的炎热弄得筋疲力尽。

我靠着桅杆坐着，考虑着我们的问题。饼干和鱼具保证了固体食物的供应。难就难在液体食物。这个问题完全可以归结为我们周围大量存在却被盐分破坏了的海水。也许我可以在喂他的淡水里掺一些海水，但是首先我得获取更多的淡水。那几罐水过不了多久就会被我们喝完的——实际上，我甚至连一罐都不愿意和理查德·帕克分享——而且完全依赖雨水是很愚蠢的。

太阳能蒸馏器是可饮用水的另一个唯一可能的来源。我怀疑地看着它们。它们放在外面已经有两天了。我注意到其中一只有点儿漏气，我拉着绳子过去照看。我给圆锥形的筒里打进空气。然后把手伸到水下去摸扣在圆形的能浮于水的容器上的装蒸馏液的袋子，心里并没有抱什么希望。出乎意料的是，我的手指抓住了一个鼓胀的袋子。一阵兴奋的颤抖传遍我全身，我控制住了自己。很可能是咸水漏进去了。我把袋子从钩子上取下来，按照指南上的指示，把它放低，让蒸馏器倾斜，这样圆锥形筒下面残留的水就会流进袋子里了。我关上通向袋子的两个水龙头，把袋子拿下来，从水里拎了出来。袋子是长方形的，用又厚又软的黄色塑料做成，一边有刻度线。我尝了尝水，又尝了尝，水不含盐。

“我甜蜜的海上母牛啊！”我对太阳能蒸馏器叫道，“你产奶了，而且产了这么多！多鲜美的奶啊！你要知道，水有一点儿橡胶味，但我不是在抱怨。嗨，看着我喝！”

我喝完了袋里的水，能装一升水的袋子几乎是满的。我闭着眼睛，满足地叹了一会儿气之后，又把袋子放了回去。我检查了其他几只蒸馏器。每一只都有和刚才那只一样饱满的乳房。我把八升多“鲜奶”搜集起来，装在鱼桶里。这些技术发明立刻变得对我珍贵起来，就像牛对农夫一样珍贵。实际上，它们呈弧形静静地浮着，看上去几乎就像在田野里吃草的奶牛。我满足它们的需要，确保每一只里都有足够的海水，圆锥形筒和容器里充的气压力恰恰好。

我往桶里加了一点儿海水，然后把桶放在油布边上的舷边坐板上。早晨凉爽的时候已经过去，理查德·帕克似乎在下面安全地安顿了下来。我用绳子和船两侧的油布钩子把桶固定好。我小心地越过舷边偷偷看过去，他正侧着身子躺着。他的窝真令人恶心，死了的哺乳动物堆在一起，形成一堆丑陋的已经腐烂的动物尸体碎块。我认出了一两条腿，好几块皮，一个碎成了几块的头，很多骨头。飞鱼的胸鳍散落的到处都是。

我切开一条飞鱼，扔了一块到舷边坐板上。我从锁柜里拿了一天需要的东西，准备走的时候，又扔了一块在理查德·帕克面前的油布上。这一块取得了预想的效果。我漂走时，看见他走到露天里来拿那块鱼肉。他转过头，看见了另一块肉和旁边的新东西。他抬起身子，把巨大的脑袋俯在桶上。我真担心他会把桶弄翻了。他没有，他把脸伸进桶里，刚好卡住桶口，开始舔起水来。只过了一小会儿，他的舌头每舔一次，桶便晃一下，发出表明里面已经空了的咯咯声。当他抬起头来时，我挑衅地看着他的眼睛，吹了几声哨子。他消失在了油布下面。

我发现，随着时间一天天地过去，救生艇越来越像一座动物园了：理查德·帕克有自己遮风避雨的地方可以睡觉和休息，有食物储藏处和瞭望台，现在又有了水坑。

气温渐渐爬升上去，热气变得令人窒息。那天接下来的时间里，我一直都待在顶篷下面的阴凉处钓鱼。似乎抓第一条鲯鳅时，我已经用完了初学者的运气。那一整天我什么也没抓到，甚至在傍晚前海洋生物大量出现的时候也没有。一只海龟出现了，这次是一个不同的种类，是一只绿蠵龟，体型更大，壳更光滑，但是也和玳瑁一样明显地好奇。我没对它怎么样，但却开始考虑应该做点儿什么。

天这么热的唯一好处是能看到太阳能蒸馏器呈现出的样子。每一只圆锥形筒的内壁都布满了水珠和细细的水流。

一天结束了。我算了算，到明天早晨“齐姆楚姆号”就沉没一个星期了。

63

罗伯逊一家在海上存活了38天。著名的参与叛乱的船只“邦蒂号”的布莱特船长和他的失事船员存活了47天。史蒂文·卡拉汉存活了76天。欧文·蔡斯和两位大副在海上存活了83天，其中有一个星期是在一座荒无人烟的岛上度过的，他对“埃塞克斯号”捕鲸船被一条鲸鱼撞沉的叙述启发了赫尔曼·麦尔维尔。巴利一家存活了118天。我听说50年代有一位叫卜的韩国商船船员在太平洋上存活了173天。

我存活了227天。我的磨难就持续了这么长时间，七个多月。

我让自己不停地忙碌，这是我能活下来的关键之一。在救生艇上，甚至在小筏子上，总是有事情需要去做。如果这样的观念对乘船失事的人有用的话，那么，我的平常的一天是这么度过的：

日出到上午：

醒来

祷告

给理查德·帕克喂早饭

对救生艇和小筏子做常规检查，尤其注意所有的绳结和缆绳

保养太阳能蒸馏器（擦拭，充气，重新加水）

吃早饭，检查食物储备

捕鱼，如果抓到鱼便加工鱼肉（取出内脏，清洗，把鱼肉

条晾在绳子上，让太阳晒干）

上午到下午：

祷告

吃少量的午饭

休息和轻松的活动（写日记，检查痂和疮，保养工具，在锁柜里做些琐碎的事，观察研究理查德·帕克，在海龟骨头上剔肉，等等）

下午到傍晚：

祷告

捕鱼和加工鱼肉（给鱼肉条翻身，切去腐烂的部分）

准备晚饭

自己和理查德·帕克吃晚饭

日落：

对救生艇和小筏子做常规检查（再一次检查绳结和缆绳）

搜集和妥善保管太阳能蒸馏器里的蒸馏液

存放好所有食物和工具

准备过夜（铺床，在小筏子上安全存放照明弹，万一有船只经过时可以用上，安全存放接雨器，万一下雨可以用上）

夜晚：

断断续续的睡眠

祷告

早晨通常比下午好过，下午往往能让人感觉空虚。

任何事件都会影响这样的惯例。如果下雨了，无论是在白天或黑夜的任何时候，所有其他事情都会停下来；只要雨在下，我就会举起接雨器，发疯似的忙于储备接到的雨水。如果海龟来造访，这是另一件打破惯例的重要事件。当然，理查德·帕克也不断地打扰我。为他提供膳宿是我的头等大事，一刻都不能忽略。除了吃喝和睡觉，他没有什么生活规律，但是有时候，他会从昏睡中醒来，在自己的地盘上漫无目的地走来走去，发出各种声音，脾气很坏。幸运的是，每次阳光和大海很快便让他疲劳了，他又回到了油布下面，侧身躺着，或者趴着，头枕在交叉的前腿上。

但是，我和他的交往并不仅仅是完全出于必要。我还花很长的时间观察他，因为这可以分散我的注意力。无论什么时候，老虎都是令人着迷的动物，当他是你的唯一伙伴时尤其如此。

刚开始的时候，我总是不由自主地寻找船只。但是几个星期以后，大约五六个星期吧，我便不再这么做了。

我能活下来，还因为我打定主意要去忘记。我的故事在日历上的一天——1977年7月2日——开始，在日历上的一天——1978年2月14日——结束，但在这期间没有日历。我不数天数，不数星期，也不数月份。时间是一种幻觉，只能让我们恐慌。我能活下来，因为我甚至忘记了时间概念本身。

我能记得的只有事件，偶遇和惯例，那些从时间的海洋里不时出现的在我脑海里留下深深印象的标记。例如用过的照明弹弹壳的气味，黎明时的祷告，杀海龟，海藻的生活现象。

还有更多，但我不知道能否把它们理出一个头绪，我的记忆一片杂乱。

64

由于太阳暴晒和盐分侵蚀，我的衣服都烂了。它们先是变得像纱布一样薄。然后破了，只剩下线缝。最后线缝也断了。有好几个月，除了脖子上有一根绳子挂着一只哨子，我完全是一丝不挂。

盐水疖——发红，肿痛，丑陋的疖子——是公海上的麻风病，是通过浸湿我的海水感染的。疖子胀破的地方，皮肤异常敏感；不小心碰到了裸露的疮会让我疼得倒吸一口气，大叫起来。自然，这些疖子都长在我身上最潮湿的、在小筏子上磨得最厉害的地方，也就是我的背上。有很多天，我几乎无法以任何姿势休息。时间和阳光让疮结了痂，但是这个过程很慢，而且如果我不保持身体干燥，新的疖子又会长出来。

65

我花了好几个小时试图弄明白求生指南上关于航海的那几行是什么意思。指南里有大量关于如何靠大海生活的简单明白的解释，但是指南作者却理所当然地认为没有必要解释基本的航海知识。在他心里，乘船失事的人是一个经验丰富的海员，就算他不知道该如何走出困境，只要手上有了指南针、海图和六分仪，也会知道自己是怎么陷入困境的。结果便是指南里只有一些建议，例如“记住，时间就是距离。别忘了给手表上发条”，或是“如果需要，可以用手指测量纬度”。我有一只手表，但它现在已经在太平洋底了。“齐姆楚姆号”沉没的时候我把它弄丢了。至于纬度和经度，我的海洋知识仅仅局限于生活在海里面的东西，而没有扩展到在海上面航行的东西。风和洋流对我都是谜。星星对我没有任何意义。我连一个星座的名字都叫不出来。我的家庭只在一颗星星下面生活，那就是太阳。我们睡得早起得早。我一生看过许多美丽的星空，在那上面，大自然只用两种颜色和最简单的方式画出了最壮丽的图画，我和所有人一样，感到自然的神奇和自己的渺小，而且，毫无疑问，这景象给我指明了方向，但我是说精神上的方向，而不是地理方向。我一点儿都不清楚怎么能把夜空当作一张地图。尽管星星可能闪烁光芒，可是如果它们不停地运动，又怎么能帮助我找到路呢？

我放弃了寻找答案的努力。我可能获得的任何知识都是没有用的。我无法控制自己往哪里去——我没有舵，没有帆，没有发动机，有几支船桨，但没有足够的臂力。设计一条路线有什么意义呢，如果我不能按照路线航行？即使能够按照路线航行，我怎么知道该往哪里去？向西，回到我们来的地方？向东，到美洲去？向北，到亚洲去？向南，到大洋航线上去？每一条路线似乎都很好，又都很糟。

于是我随波漂流。风和洋流决定了我往哪里去。对于我，就像对于所有凡人一样，时间的确成了距离。我沿着生命之路旅行，而且我也用手指做很多事情，除了测量纬度。后来我发现自己在沿着一条狭窄的道路走，沿着太平洋赤道逆流。

66

我用各种不同的鱼钩在深浅不同的水里钓过各种不同的鱼，在深水钓鱼用大鱼钩和许多坠子，在海面钓鱼用小鱼钩，只用一两只坠子。成功来得很慢，当成功终于到来的时候，我非常重视，但是我的努力似乎与回报不相称。钓鱼的时间很长，钓上来的鱼很小，理查德·帕克总是饿。

最后，鱼叉成了我最宝贵的捕鱼工具。鱼叉有三个部分，用螺钉拧在一起：两个管状部分组成了叉杆——末端有一只浇铸的塑料手柄和一只环，可以从环里穿一根绳子，系牢鱼叉，叉顶端有一只钩子，弯曲处大约有两英寸宽，尖端像针一样尖，有倒钩。每支鱼叉大约有五英尺长，像剑一样又轻又结实。

开始我在开阔水面捕鱼。我把鱼叉伸进大约四英尺深的水里，有时钩子上叉着一条鱼做鱼饵，然后便等着。我会等好几个小时，身体一直保持紧张，最后疼起来。如果一条鱼刚好咬钩了，我便用尽全身力气，以最快的速度把鱼叉提起来。必须在瞬间作出决定。经验教会我最好在感觉到有成功的机会时再刺，而不是乱刺一气，因为鱼也会吸取经验教训，很少第二次掉进同一个陷阱。

幸运的时候，鱼完全被钩住了，动弹不得，我可以充满信心地把它拉到船上来。但是如果我叉住了一条大鱼的肚子或尾巴，它通常会一扭身，突然加快速度，逃之夭夭。它受了伤，很容易成为另一条鱼的猎物，这不是我想送的礼物。因此，捕大鱼时，我会对准鳃和侧鳍下面的腹部，因为鱼在被刺中这个部位以后的本能反应就是向上游，朝着鱼钩相反的方向，也就是我拉的方向。因此会发生这样的事：有时候一条鱼只是被刺痛了，而没有被叉住，它却会从水中跃出，直朝着我的脸跳过来。我很快便没有了对碰触海洋生物的厌恶，不再有这种谨小慎微地用鱼毯子的事了。从水里跳出来的鱼迎面碰上的是一个亲身实践的不受任何制约的饥饿的小伙子，要来抓它。如果我感到鱼叉刺得不牢，就会把它丢下——我没有忘记用绳子把它系在小筏子上——用两只手去抓鱼。手指尽管没有鱼钩那么尖，却比鱼钩灵活多了。接着是一场迅速而激烈的搏斗，那些鱼滑溜溜的，拼死挣扎，而我也拼死搏斗。要是我能和杜尔加女神一样有那么多胳膊多好——两只胳膊抓鱼叉，四只胳膊抓鱼，两只胳膊挥舞斧子。我用手指抠进鱼眼睛，把手塞进鱼鳃，用膝盖压住鱼肚子，用牙齿咬住鱼尾巴——我用尽一切办法把鱼按住，然后去拿斧子，把它的头砍下来。

随着时间的流逝和经验的积累，我成了一个更好的猎手。我变得更加大胆，更加敏捷。我有了一种本能、一种感觉，知道该怎么做。

开始使用一部分货网之后，我的成功率大大提高了。作为鱼网，它毫无用处——太硬，太重，织得不够牢。但它却是非常理想的诱饵。它在水里自由地漂流着，对鱼有着不可抗拒的吸引力，尤其是当它上面开始长出海草的时候更是如此。生活在这一水域的鱼把网当成了邻近的居住区，那些敏捷的鱼，那些往往迅速游过的鱼，那些鲯鳅，都减慢了速度，来看这个新出现的东西。无论是生活在这里的鱼，还是经过这里的鱼，都没有想到网里会藏着鱼钩。有几天——不幸的是，这样的时候太少了——我想叉多少鱼就能叉多少鱼。这时，我抓的鱼大大超过了填饱肚子的需要，也大大超出了我的加工能力；救生艇上没有足够的空间，小筏子上也没有那么多绳子，来晒干这么多鲯鳅、飞鱼、狗鱼、石斑鱼和鲭鱼的肉条，我更没有那么大的肚子吃掉这么多鱼了。我尽量多留一些鱼，把剩下的都给理查德·帕克。鱼多的时候，我的手抓了太多的鱼，身上沾满了鱼鳞，开始闪闪发光。我身上一点点闪光的银色鳞片就像小红点，我们印度人点在额头上象征神圣的颜色标记。如果海员那时遇到我，我敢肯定他们一定认为我是鱼神，正站在自己的王国上，于是他们一定不会停下来的。那是些好日子，很少有那样的日子。

海龟的确很好抓，就像指南里说的一样。在“捕猎与搜集”这个标题下面，海龟属于“搜集”这一部分。尽管它们身体结实，像坦克，但却游得不快，也不那么有力；只要用一只手抓住一只后鳍，就可以抓住海龟。但是求生指南没有提到，被抓住的海龟并不一定是到手的海龟。还得把它拖到船上来。把一只130磅重的拼命挣扎的海龟拖到救生艇上来，这绝非易事。需要有神猴哈努曼那么大的力气才能完成这件费力的事。我先把抓住的海龟拖到船头旁边，龟壳靠着船壳，用绳子拴住它的脖子，一只前鳍和一只后鳍。然后我用力拖，直拖到胳膊都要断了，头都要裂开了。我把绳子绕在船头对面油布的钩子上；每次把绳子拉上来一点儿，我就得在绳子滑回去之前保住取得的进展。就这样，海龟被一英寸一英寸地慢慢拖了上来。这需要时间。我记得有一只绿蠵龟在救生艇舷侧挂了两天，两天来它一直在疯狂地扭动着身子，没有被捆住的鳍在空中拍打着。幸运的是，到了最后的阶段，在船舷的边缘，海龟往往会帮我的忙，尽管它并没有想那么做。为了让被痛苦地扭弯了的鳍从绳子里挣脱出来，海龟会拽自己的鳍；如果我也同时拉，我们的相反的力有时候会合成一股力，突然，这件事很简单地发生了：海龟以我所能想象的最富戏剧性的方式突然从船舷处升了上来，滑到了油布上。我会向后跌去，虽然筋疲力尽，却非常快乐。

绿蠵龟比玳瑁的肉更多，腹部的壳也更薄。但它们往往比玳瑁大，常常太大了，我这样一个已经变得衰弱的失事者简直没有力气把它们拖上来。

上帝啊，想想吧，我是个严格的素食主义者。想想吧，我还是个孩子的时候，每次剥开香蕉皮都会颤抖，因为那声音听上去就像在弄断一只动物的脖子。我堕落成了一个野蛮人，我从未想过有这样的可能。

67

小筏子的底部成了许多海洋生物的宿主，就像货网一样，但比网要小一些。开始救生衣上长出了一种柔软的绿色海藻，后来又长出了一种颜色深一些、质地硬一些的海藻。这些藻类长得很好，变得密集起来。接着动物出现了。我看到的第一种动物是小小的半透明的虾，还不到半英寸长。然后鱼也来了，这些鱼和虾一样大，仿佛永远处在X光的照射之下；透过它们透明的皮肤能看见身体里面的器官。此后我还看见长着白刺的黑色虫子，长着原始足肢的绿色胶状蛞蝓，长着肥大的肚子、一英寸长的五彩斑斓的鱼，最后还有体宽半英寸到四分之三英寸的棕色的螃蟹。除了虫子，我尝了所有这些生物，包括海藻在内。只有螃蟹没有难吃的苦味和咸味。每次螃蟹一出现，我就把它们像糖果一样一只接一只地扔进嘴里，直到一只不剩为止。我无法控制自己。每次都要等很长时间才会再有一群螃蟹出现。

救生艇的船壳也引来了生物，那都是些茗荷儿。我吸出它们的汁液。它们的肉可以当作很好的鱼饵。

我开始喜欢上了这些海洋里免费搭便车的乘客，尽管它们的重量把小筏子往下拉了一点儿。它们分散了我的注意力，就像理查德·帕克一样。我长时间地侧身躺着，把救生衣扒开几英寸，好更清楚地看见它们。我看见的是一座倒置的城镇，小巧、安静、祥和，城里的居民像可爱的天使一样文明地来来往往。这样的景象让我紧张的神经得到了放松，我很喜欢。

68

我的睡眠模式发生了改变。虽然我一直在休息，但每次睡着的时间很少超过一个小时，甚至夜里也是如此。打断我的睡眠的不是不停起伏的大海，也不是风；你会渐渐习惯这些，就像习惯床垫里隆起的疙瘩。使我惊醒的是担忧和焦虑。我只靠这么少的睡眠活了下来，真令人惊奇。

理查德·帕克不一样，他成了打瞌睡冠军。大多数时候他都待在油布下面。但是在阳光不那么强烈的风平浪静的白天和风平浪静的夜晚，他会出来。他在露天最喜欢的姿势是侧身躺在船尾坐板上，肚子悬在坐板边缘，前腿和后腿伸开放在舷边坐板上。老虎体积太大，很难挤进相当窄的横档，但他弓圆了背，硬是挤了进去。真正睡着的时候，他会把头枕在前腿上，但是当他的情绪稍微活跃一些的时候，当他也许想睁开眼睛四处看看的时候，他就会转过头来，把下巴放在舷边上。

他喜欢的另一个姿势是背朝我坐着，后半身在船板上，前半身在坐板上，脸埋在船尾，爪子紧靠着头部两侧放着，看上去好像我们在玩捉迷藏，他正趴在那儿数数呢。他常常以这个姿势一动不动地躺着，只有耳朵偶尔抽动一下，表明他并不一定睡着了。

69

有许多夜晚，我确信自己看见了远处的灯光，每一次我都发射一枚照明弹。我用完了火箭式照明弹，又用完了手动式照明弹。那灯光是没有看见我的船只吗？是升起或降落的星星在海面上反射出的光吗？还是被月光和渺茫的希望变成了幻觉的碎浪？无论是什么，每次都什么也没有发生。从来没有结果，总是希望燃起又破灭的苦涩。最终，我完全放弃了被船只救起的希望。如果在海拔五英尺处看到的地平线就在两英尺半以外，那么当我背靠小筏子的桅杆坐着，眼睛离水面还不到三英尺的时候，地平线有多远？一艘横越整座浩瀚的太平洋的船驶入这样一个小圈子，这样的可能性有多大？不仅如此：这艘船要驶进小圈子，而且还要看见我？这样的可能性又有多大？

不，不能指望人性及其种种不可靠的方面。我必须到达陆地，坚实、稳固、可靠的陆地。

我记得用过的手动照明弹弹壳的气味。由于某种怪异的化学反应，它们闻上去就像莳萝。那气味令人陶醉。我嗅着塑料弹壳，脑中立即出现了栩栩如生的本地治里，在经历了求救却没有被听见的失望之后，这是一种奇妙的宽慰。这样的感受非常强烈，几乎是一种幻觉。一座城市在一种气味当中出现了。(现在，闻到莳萝时，我便看见了太平洋。)

每次当照明弹嘶嘶叫着燃烧起来时，理查德·帕克总是一动不动。他的眼睛，和针眼一样大的圆圆的瞳孔，目不转睛地盯着照明弹发出的光。光的中心是炫目的白色，周围有一圈略带粉红的光晕。光太强烈了，我不能盯着看，我必须转过身去。我伸直手臂，抓着照明弹，慢慢挥舞着。大约有一分钟的时间，热气洒落在我的前臂上，一切都奇怪地被照亮了。就在刚才，小筏子周围的水还是不透明的黑色，现在我却能看见水里挤满了鱼。

70

宰海龟不是件容易的事。我抓住的第一只海龟是只小玳瑁。诱惑我的是它的血，求生指南所保证的“美味、营养、不含盐的饮料”。我太渴了。我抓住海龟壳，和它的一只后鳍搏斗着，想要抓住它。抓牢后，我把它在水里翻过身来，试图把它拖到小筏子上来。这个东西拼命挣扎着。我在小筏子上肯定对付不了它。要不放掉它——要不就到救生艇上去试试运气。我抬头看了看。那是炎热的一天，天上没有一丝云彩。在这样的天气里，周围的空气仿佛让人置身蒸笼，理查德·帕克不到日落是不会从油布下面出来的，这时他似乎能容忍我出现在船头。

我一手抓住海龟的后鳍，一手拉住系在救生艇上的绳子。爬到船上很不容易。终于爬上去之后，我把海龟猛地提到空中，然后把它背朝下扔在油布上。正如我所希望的那样，理查德·帕克只吼了一两声。天太热了，他不想动。

我的决心是坚定的，也是盲目的。我感到自己没有时间可以浪费了。我开始翻求生指南，仿佛那是一本菜谱。上面说要让海龟背朝下躺着。我已经这么做了。上面说应该用刀"插进脖子"，切断从那里经过的动脉和其他血管。我看了看海龟，没有脖子，它缩进了壳里，只露出眼睛和嘴，外面包着一圈圈的皮。它正用不屈的眼神倒着看我。我抓起刀，戳了戳它的一只前鳍，希望这样能刺激它。它却更往壳里缩了缩。我决定采取更加直接的方法，我把刀斜着捅进海龟头部右侧，动作充满自信，好像我已经这么干过一千次了。我把刀朝它的皮肤皱褶里捅，然后旋转刀刃。海龟更往里缩了缩，偏向刀刃一边，接着，它的头突然朝前伸出来，嘴猛地张开，恶狠狠地来咬我。我向后一跳。海龟的四只鳍都伸了出来，企图逃跑。它的背左右摇晃，鳍拼命拍打，头来回摆动。我拿起一把斧子，对准海龟的脖子砍下去，把脖子砍伤了。鲜红的血喷射出来。我拿起烧杯，接了大约300毫升的血，有一罐汽水那么多。我本来还可以多接一些，大概能接一升吧，但是海龟的嘴很尖，前鳍又长又有力，每只鳍上都长着两只尖爪。我接到的血没有特别的气味。我呷了一口，很温暖，有动物的味道，如果我没记错的话。第一印象很难记住。我喝光了最后一滴血。

我想我可以用斧子把海龟腹部坚硬的壳砍下来，但事实上用锯齿状的刀刃割更容易一些。我一只脚踩在壳中间，另一只脚远离不断抽打的鳍。除了鳍周围的部分，靠近头部的壳上的皮革般的皮很容易割下来。然而，锯下两块壳连接处的那圈皮却很难，特别是海龟还在不停地动。把一圈皮都割下来的时候，我已经大汗淋漓，筋疲力尽了。我开始拽腹部的壳。壳被勉强拽了起来，发出吮吸声。身体里面的东西抽搐着，扭动着，露了出来——肌肉，油，血，内脏和骨头。海龟还在猛烈挣扎。我猛砍它的脖子，一直砍到脊椎，根本没有用，鳍还在拍打。我两斧子把它的头砍了下来，鳍还没有停止拍打。更糟糕的是，掉下来的头还在大口大口地吸着气，眨着眼睛。我把头拨进了海里。我把还在动的海龟身体搬起来，扔到了理查德·帕克的地盘上。他正发出各种声音，听上去好像要起来了，也许他闻到了海龟血。我逃回了小筏子。

他大声地欣赏我的礼物，高兴得一塌糊涂，而我却郁郁寡欢地看着。为了一杯血，并不值得费这么大的力气猎杀海龟。

我开始认真考虑如何处理理查德·帕克。在没有云彩的炎热的日子里他很有耐心，如果这确实是耐心而不仅仅是懒惰的话，但这还不够。我不能总是从他身边逃开。我需要安全地到锁柜边去，到油布上去，无论什么时候，无论天气如何，无论他心情怎样。我需要的是权力，是伴随力量而来的权力。

到了强行让他接受我，开辟出我自己地盘的时候了。

71

对那些可能和我一样身处困境的人，我推荐如下计划：

1. 选择浪不大但起伏很有规律的一天。当救生艇的舷侧对着海浪时，你想要大海表现出色，但又不会弄翻了你的船。

2. 全力抛出海锚，让救生艇尽可能平稳、舒适。准备一处离开救生艇以后可以去的避难所，万一需要时（你很可能会需要这样的地方）可以派上用场。如果可能，设计一种保护身体的方法。几乎任何东西都可以用来做盾牌。用衣服或毯子裹住四肢，这样可以做成一种最小的盔甲。

3. 现在最困难的部分开始了：你必须激怒使你苦恼的动物。老虎、犀牛、鸵鸟、野猪、棕熊——无论是哪一种野兽，你都必须惹恼它。最好的办法很可能就是走到你自己的地盘的边缘，闯入中立地带，同时弄出很大的声响。我就是这么做的：我走到油布边上，边轻轻地吹哨子边踏上中间的坐板。你要持续不断地发出容易分辨的声音，表明你在挑衅，这一点很重要。但你一定要小心。你想激怒动物，但仅此而已。你并不想让它立即对你发起攻击。如果它攻击你了，那么但愿上帝与你同在。你会被撕碎，踩扁，开膛破肚，很可能被吃掉。你可不想让这样的事发生。你想要动物生气、发怒、烦恼、不安、厌恨、恼怒——但不杀人。无论在什么样的情况下，你都不能踏进动物的地盘。盯着它的眼睛看，发出恶狠狠的嘟嘟声和嘲笑声，把你的挑衅就控制在这个范围内。

4. 当你的动物已经被激怒时，你要用尽一切欺诈的办法逗引它侵入你的地盘。根据我的经验，让这种情形发生的一个好办法是边发出声音边慢慢向后退。**绝不要停止眼神接触！**一旦动物的一只脚爪踏进了你的地盘，或者甚至坚决地走进了中立地带，你就达到了自己的目的。你不用去计较它的脚爪究竟踩到哪里才算入侵你的地盘，重要的是立刻反应。别花时间去分析它的意图，而应该尽快曲解它的意图。关键是让你的动物明白，它楼上的邻居对于地盘非常爱挑剔。

5. 一旦动物擅自闯入了你的地盘，你要持续不断地表示愤怒。无论你逃到了救生艇以外的安全避难所，还是退到了救生艇上自己地盘的后面，**都要开始用尽全力吹响哨子，并且立即起锚。**这两个动作非常重要。你必须立刻这么做，不能有丝毫耽搁。如果你能用其他方式，例如用一支桨，让救生艇以舷侧对着海浪，立即这么做。救生艇越快地突然横转过来越好。

6. 对身体虚弱的失事者来说，不停地吹哨子很累，但你不能畏缩。受惊的动物必须把越来越严重的恶心与尖厉的哨声联系起来。你可以站在你这一端船上，双脚分别踏在两边船舷上，随着海浪运动的节奏摇晃，以此推动事情的进展。无论你多么小，无论救生艇多么大，你会惊奇地发现这样做会使情况多么不同。我向你保证，你马上就会让救生艇像猫王一样摇滚起来。只是别忘了要一直不停地吹哨子，而且别把救生艇弄翻了。

7. 你要继续这样，直到成为你的负担的动物——你的老虎、犀牛，无论什么——完全因为晕船而面露病容。你要听见它喘气，干呕。你要看见它躺在救生艇船底，四肢发抖，眼睛向后翻，张开的嘴里发出临死前的呼噜声。同时，你必须用尖厉的哨声震撼动物的耳朵。如果你自己也晕船，不要吐到船外，浪费了呕吐物。呕吐物能很好地守住地盘的边界。吐在你的地盘的边缘。

8. 当你的动物看上去很乖、很不舒服的时候，你就可以停止了。晕船的感觉来得快，去得却很慢。你不想过分夸大这一情况，没有人会因为恶心而死掉，但却可能因此而严重消磨求生的意志。当一切适可而止的时候，抛出海锚，如果你的动物倒在阳光直射下，那就尽量给它一片阴凉，并且确保它恢复过来时能有水喝，在水里放上几片治晕船的药，如果你有的话。这时脱水是非常严重的危险。另外，退回到你自己的地盘里，让动物安静。水、休息和放松，还有安稳的救生艇，会让它恢复生气的。要先让动物完全恢复，然后才能重复第一至第八步骤。

9. 重复这一疗程，直到在动物大脑里建立起哨声和剧烈的、令人丧失能力的恶心之间牢固而明确的联系。从此以后，只要吹响哨子，就可以应付擅闯地盘和其他棘手的行为。只要吹响一声尖厉的哨音，你就会看到动物因为心神不宁而发抖，以最快的速度到自己地盘中最安全、最远的地方去。一旦达到了这样的训练水平，就应该有节制地使用哨子。

72

我的情况是，为了在训练理查德·帕克的时候保护自己，我用海龟壳做了一只盾牌。我在龟壳两端各开了一个槽口，用一根绳子把两端连接起来。盾牌比我想象的要重，但是士兵又怎么能选择军械呢？

第一次做这番尝试时，理查德·帕克露出牙齿，耳朵完全转到了前面，喉咙里发出短短的一声吼叫，朝我冲了过来。一只巨大的脚掌举了起来，爪尖完全伸了出来，朝盾牌猛击一掌。这一掌把我从船上打飞了出去。我一头撞进水里，立刻松开了盾牌。盾牌先是沉下水去，不见了踪迹，接着又打在我的胫骨上。我害怕得几乎神经错乱了——既怕理查德·帕克，也怕海水。我以为就在那一刻会有一条鲨鱼从水里蹿出来要吃我。我发疯一般朝小筏子游去，而疯狂的划水动作恰恰非常吸引鲨鱼。幸运的是，没有鲨鱼。我到了小筏子上，把缆绳放到最长，双臂抱膝，低头坐着，努力熄灭心中熊熊燃烧的恐惧之火。过了很长时间，我的身体才完全停止颤抖。那天后来的时间和那一整夜，我都待在小筏子上。我没有吃也没有喝。

第二次抓住一只海龟时，我又做了一只盾牌。这只龟壳小一些，轻一些，更适合做盾牌。我又一次向前进，在中间的坐板上跺着脚。

我不知道听故事的人是否明白，我的行为并非疯狂，也不是经过掩饰的自杀企图，而完全是出于必要。要不就驯服他，让他明白谁是老大谁是老二——要不就在恶劣的天气里爬到救生艇上时因为他反对而死去。

如果说我作为公海驯兽师的学徒期已满，而我还活着，那是因为理查德·帕克并不是真的想袭击我。老虎，其实是所有动物，并不喜欢用暴力来解决纠纷。动物互相搏斗的目的是杀死对方，同时它们也明白，自己也可能被杀死。冲突的代价是巨大的。因此，动物有一套完整的警告信号系统，以避免最后摊牌，而且，只要它们感到自己可以退缩，便立刻这么做。老虎很少不发出警告就袭击另一只食肉动物。典型的情况是，它们会迎面向对手冲去，一边发出咆哮声和吼叫声。但是在情况变得不可挽回之前，老虎会突然停住不动，喉咙里发出低沉的威胁的声音。它会估计一下形势，如果结论是威胁并不存在，它就会转身离去，感到自己的意图已经表明了。

理查德·帕克四次向我表明了他的意图。他四次用右爪打我，把我打到海里去，四次都让我丢了盾牌。在他袭击之前，袭击的时候和袭击之后，我都很害怕，因为害怕而在小筏子上颤抖很长时间。最后，我学会了理解他向我发出的信号。我发现他用耳朵、眼睛、胡须、牙齿、尾巴和喉咙在说一种简单的、十分清晰有力的语言，告诉我他下一步会做什么。我学会了在他举起爪子之前就退回去。

后来，我表明了我的意图。我站在舷边，小船摇晃着，我的单音节的语言从哨子里吹了出来，而理查德·帕克在船底呜咽着、喘息着。

第五只盾牌在后来训练理查德·帕克的过程中一直完好无损。

73

我最大的愿望——除了得救之外——就是能有一本书。一本厚厚的书，讲的是一个永远没有结束的故事。一本我可以一遍又一遍地读，每读一遍都有全新的见解和鲜活的感受的书。唉，可惜救生艇上没有经文。我是郁郁寡欢的阿朱那，坐在被毁坏的凯旋战车里，却没有克利须那出言相助[1]。第一次在加拿大一间旅馆房间里的床头柜上看见一本《圣经》的时候，我的眼泪夺眶而出。第二天我就给基甸国际寄去一笔捐款，同时附了一封短信，请求他们把活动范围扩大到所有地方，而不仅仅局限于旅馆房间，让那些身心疲惫的旅人能够入眠；也不仅仅留下《圣经》，还要留下其他神圣的作品。我想不出比这更好的传播虔诚信仰的办法。没有讲坛的威吓，没有恶教堂的谴责，没有同行的压力，只有一本经文静静地等着和你打招呼，温柔而有力，就像小姑娘在你颊上的一吻。

至少让我有一本好小说吧！但是只有求生指南。在这苦难的历程中，我一定已经读过一万遍了。

我记日记。这本日记读起来很困难。我把字写得尽量小，我担心纸会用完。日记里没有华丽的辞藻，潦草地涂写在纸上的字试图记录震撼我的事实。我是在“齐姆楚姆号”沉没大约一个星期以后开始记日记的。在那之前我太忙，注意力被太多的事情分散了。一天天的记录没有标日期，也没有标页码。几天，几个星期的事情，都写在一页纸上。我谈论的事情你们能够预料得到：关于发生的事情和我的感受，关于我抓住了什么和没有抓住什么，关于大海和天气，关于问题和解决问题的方法，关于理查德·帕克。全都是非常实际的东西。

---

1 典出《摩诃婆罗多》的《福音之歌》部分。英雄阿朱那没有勇气面对一场重要的战斗；为他驾驶战车的正是克利须那，他向阿朱那传授了《福音之歌》中的智慧。

74

我每天进行根据现在的情况而改变的宗教仪式——没有牧师也没有圣餐主持的一个人的弥撒，没有神像的得福仪式，用海龟肉做惠赐的礼拜，向安拉祈祷却不知道麦加在哪里，阿拉伯文也说错了。这些给了我安慰，这是肯定的。但是这很难，噢，真的很难。信仰上帝就是敞开心胸，就是不受拘束，就是深深的信任，就是爱的自由行动——但有时候要去爱太难了。有时候我的心因为愤怒、忧伤和疲惫迅速地沉下去，我真担心它会一直沉到太平洋底，我没有办法再把它提起来了。

在这样的时刻，我努力让自己高兴起来。我会摸着用衬衫碎片做的包头巾大声说：**“这是上帝的帽子！”**

我会拍着自己的裤子大声说：**“这是上帝的衣服！”**

我会指着理查德·帕克大声说：**“这是上帝的猫！”**

我会指着救生艇大声说：**“这是上帝的方舟！”**

我会摊开双手大声说：**“这是上帝的宽广土地！”**

我会指着天空大声说：**“这是上帝的耳朵！”**

就这样，我会提醒自己上帝的创造和自己在其中的位置。

但是上帝的帽子总是散开。上帝的衣服变得褴褛。上帝的猫是个时刻存在的危险。上帝的方舟是座囚牢。上帝的宽广土地正慢慢将我杀死。上帝的耳朵似乎并没有在听。

绝望是沉沉的黑暗，光进不来也出不去。那是一座无法形容的地狱。我感谢上帝，每一次这样的时刻都过去了。一群鱼在鱼网周围出现了，或是一只结松了，要重新系牢。或者我想起了自己的家人，想他们如何逃过了这场可怕的痛苦。黑暗会动起来，最终消散了，上帝会留下来，成为我心里一个闪光的点。我会继续去爱。

75

在我估计是母亲生日的那一天，我大声对她唱了“生日快乐”。

76

我养成了跟在理查德·帕克后面打扫卫生的习惯。一旦注意到他大便了，我就立刻开始打扫。这是个危险的动作。我得用鱼叉把他的粪便轻轻拨到我这边，然后从油布上伸手去拿。粪便里可能有寄生虫。对野生动物来说这没什么关系，因为它们很少待在自己的粪便旁边，而且通常并不在意自己的粪便；居住在树上的动物几乎看不见自己的粪便，生活在地上的动物排泄之后便走开了。然而，在动物集中的动物园里，情况便完全不一样了。把粪便留在圈养动物的围栏里，它们就会把自己的粪便吃了，因为动物贪吃任何和食物哪怕只有一点点相像的东西，这样就会造成二次感染。这就是清扫动物围栏的原因，是为动物的肠胃健康着想，而不是为了让游客的眼睛和鼻子免遭污染。但是，在目前的情况下，我关心的并不是维护帕特尔家动物饲养水平高的声誉。大约几个星期前，理查德·帕克开始便秘，他一个月最多大便一次，因此从卫生的角度来看，我

危险的清理工作几乎不值得。我这么做另有原因：因为理查德·帕克第一次在救生艇上排泄之后，我注意到他试图掩藏结果。这件事的重要性我不是不懂。如果公开显示自己的粪便，炫耀粪便的气味，那就是想要在社交中取得支配地位的标志。相反，将粪便藏起来，或者试图藏起来，是服从的标志——服从我。

我能看出这使他紧张。他一直精神不振，头向后竖，耳朵紧贴在头的两侧，不断地发出低声的吼叫。我非常小心地慢慢地干着，这不仅是为了保全自己的生命，也是为了向他发出一个正确的信号。正确的信号就是，我把他的粪便抓在手里时，会揉搓几秒钟，然后放到鼻子跟前，大声地闻，并且炫耀地朝他看几眼，睁大眼睛（眼神中带着恐惧，如果他知道的话）瞪着他，时间长得足以让他感到紧张不安，但又不至于激怒他。每看他一眼，我就吹一次哨子，发出低沉的威胁的声音。这样，通过用眼睛逗弄他（因为，当然，对于所有的动物，包括我们人类在内，瞪眼看是一种挑衅的行为）和吹响在他心里引起不祥联想的哨声，我让理查德·帕克明白，只要我愿意，我就可以玩弄和嗅闻他的粪便，这是我的权力，是我作为主人的权力。因此，你知道，我并不是在忙于做好动物饲养工作，而是在进行心理威吓。这很有用。理查德·帕克从来不回瞪我；他的目光总是在游移，既不看着我，也不从我身上移开。我能感觉到自己正在这一过程中取得控制权，就像我能感觉到手中的粪球。这样的训练让我因为紧张而筋疲力尽，但又很兴奋。

既然我们谈到了这个话题，那么我要告诉你，我也和理查德·帕克一样便秘了。是饮食的原因，我们喝的水太少，吃的蛋白质太多。我也每个月大便一次。对我来说，这简直不是大便，而是一件漫长、费力、痛苦的事，让我大汗淋漓，因为精疲力竭而倍感无助，比发高烧还要痛苦。

77

随着维持生命的口粮的盒数渐渐减少，我也减少了自己的摄入量，最后完全按照求生指南的指示，每隔八小时才吃两块饼干。我总是饿，我着了迷似的想着食物。我吃的越少，梦里面食物的分量便越多。我想象中的饭菜变得像印度那么大：像恒河水那么多的木豆汤，像拉贾斯坦邦那么大的热的薄煎饼，像北方邦那么大的一碗碗米饭，能淹没整个泰米尔纳德的浓味小扁豆肉汤，堆得像喜马拉雅山一样高的冰淇淋。我的梦变得相当专业：所有菜的配料都是新鲜的，而且大量供应；蒸笼或煎锅的火候总是恰到好处；所有东西的比例总是完全正确；没有任何东西被烧煳了或是没烧熟，没有任何东西太烫或是太冷。每一顿饭都是完美的——只是我吃不到。

我的胃口越来越大。刚开始的时候，我挑剔地取出鱼的内脏，把鱼皮剥下来，但是很快我便只把鱼身上滑滑的黏液冲掉，就一口咬了下去，很高兴自己的两排牙齿之间能有如此美味。我记得飞鱼非常好吃，肉是白色的，透出玫瑰红，很嫩。鲯鳅的肉更紧，味道更浓。我开始吃一点儿鱼头，而不是把头扔给理查德·帕克，或是用作鱼饵。我发现不仅能从大鱼的眼睛里，而且能从脊椎里吸出新鲜的汁液，这真是个了不起的发现。以前我用刀粗粗地把海龟壳撬开，然后把海龟扔到船板上给理查德·帕克，就像给他一碗热汤。而现在，海龟成了我最喜欢的食品。

似乎很难想象，有一段时间，我把活海龟看成一桌有十道菜的美味佳肴，是吃了那么多鱼以后令人愉快的新鲜口味。但事实的确如此，海龟血管里流淌着的是仿佛酸乳酪一般甜甜的血，刚从脖子里喷出来时就得立刻喝掉，否则不到一分钟它就凝固了。陆地上最好的干咖喱和肉汁咖喱菜都不能与海龟肉相比，无论是经过加工的棕色还是新鲜的深红色。我尝过的任何一种豆蔻乳米糖都没有奶油般油滑的海龟蛋或经过加工的海龟油那么甜，味道那么香浓。把剁碎的心、肺、肝、肉和洗净的肠子放在一起，上面撒上碎鱼块，再浇上血清和蛋黄做成的汁，这就是一大浅盘无与伦比的吮指留香的美味。到了我漂流的后期，我几乎把海龟吃得干干净净。有时在覆盖玳瑁壳的海藻里，我能找到小螃蟹和甲壳动物。海龟胃里的东西都成了我的口中食。我啃鱼鳍关节，把骨头咬开，吸食里面的骨髓，就这样度过了许多快乐时光。我的手指不停地抓扯着附着在龟壳里面的干了的油和干了的肉，像猴子一样机械地仔细翻找着食物。

海龟壳用起来很方便。没有这些海龟壳可真不行。它们不仅可以做盾牌，还可以用做切鱼的砧板和搅拌食物的碗。当大自然把毯子毁坏得无法修补时，我就把两只海龟壳相对着支起来，然后躺在下面，保护自己不被太阳晒伤。

饱肚子和好心情之间的联系紧密得可怕。后者完全取决于前者：食物和水有多少，心情就有多好。好心情真是一种很难保持的状态。我是否微笑完全受海龟肉的支配。

最后一块饼干吃完的时候，任何东西都变得好吃，不管口味如何。我可以把任何东西放进嘴里，嚼一嚼，吞下去——无论它是鲜美、恶臭还是淡而无味——只要不是咸的就行。我的身体对盐产生了强烈的反感，直到今天仍然如此。

有一次，我试图吃理查德·帕克的粪便。那是在很早的时候，那时我的消化系统还没有学会忍受饥饿，我的想象力还在疯狂地寻找解决问题的办法。我刚把太阳能蒸馏器里的淡水倒进他的桶里。他一口气把水喝完以后，就消失在了油布下面。我继续料理锁柜里的一些小事。刚开始的那些日子，我总是过一会儿就朝油布下面看看，以确保他没在搞什么名堂。这一次，我又像往常一样看了看。嗨，瞧，他是在搞名堂。他正蹲在那儿，背部弓起，两条后腿分开，尾巴竖了起来，把油布往上推。这个姿势说明了问题。我立刻就想到了食物，而不是动物卫生。我认定这没什么危险。他正朝着另一个方向，他的头根本看不见。如果我不破坏他的平静，也许他甚至都不会注意到我。我抓起一只舀水的杯子，把胳膊向前伸过去。杯子在关键时刻伸到了地方。就在杯子伸到理查德·帕克的尾巴根部的那一刻，他的肛门张了开来，从里面掉出来一团黑色排泄物，像泡泡糖吹出的泡泡。这团东西当的一声掉进了我的杯子里。如果我说这声音在我听来就像一枚五卢比的硬币丢进乞丐的杯子里的声音一样悦耳，那么毫无疑问，那些不明白我所受折磨的人一定会认为我放弃了最后一点人性。微笑在我的双唇绽开，裂口流出了血。我对理查德·帕克深为感激。我把杯子拿回来，用手指把粪球拿起来。粪球很温暖，但气味并不强烈。大小就像一只牛奶球，但没那么软。实际上，它硬得像块石头。如果你把它装进火枪里，能打死一头犀牛。

我把粪球放回杯子里，在杯里加了一点儿水，然后盖上，放在一边。我边等边流口水。当我无法再等下去的时候，我把球扔进了嘴里。我没法吃下去，有股辛辣味，但这不是原因。我的嘴立刻得出了一个显而易见的结论：没什么可吃的。那的确是废渣，没有任何营养。我把它吐了出来，因为浪费了宝贵的水而感到悔恨。我拿起鱼叉，开始搜集理查德·帕克的其余的粪便。这些粪便直接喂了鱼。

只过了几个星期，我的身体就开始变坏了。我的脚和脚踝开始肿了起来，我发现站着很累。

78

天空有很多种。天空被大片的白云占据了。云的底部是平的，顶部却是圆的，仿佛巨浪一般。天空万里无云，蓝得令人的感官都感到震惊。天空是一块灰色云层组成的令人窒息的厚重的毯子，却不像要下雨。天空有一层薄薄的云。天空被细小的羊毛般的白云点缀得斑斑驳驳。天空有一条条高高的薄薄的云，仿佛棉花球向远方延伸。天空是没有轮廓的乳白色的一片混沌。天空密布着黑色的汹涌翻卷的雨云，云过去了，却没有下雨。天空上涂画着几片像是沙洲的扁平的云。天空只是地平线上表现视觉效果的一大块屏幕：阳光倾泻在洋面上，光与影之间垂直的边缘异常清晰。天空是远处黑色的雨帘。天空是不同层面的不同云朵，有些又厚又不透明，另一些却仿佛轻烟。天空是黑色的，在把雨啐到我微笑的脸上。天空就是落下的水，是无休无止的汹涌的洪水，让我的皮肤变皱肿起，将我的身体冻僵。

大海有很多种。大海像老虎一样咆哮。大海在你耳边轻声低语，像一个朋友在告诉你秘密。大海像口袋里的硬币一样叮当作响。大海发出雪崩一般的轰隆声。大海发出像砂纸打磨木头一般的沙沙声。大海的声音仿佛有人在呕吐。大海死一般沉寂。

在两者之间，在天空与大海之间，是所有的风。

还有所有的夜晚和所有的月亮。

做一个失事的人，就是在圆圈的中心永远做一个点。无论事物似乎发生了多么大的变化——大海可能从耳语变得狂怒，天空可能从清新的蓝色变成炫目的白色再变成最黑暗的黑色——但几何图形永远不变。半径永远是你注视的目光，周长永远都那么长。实际上，圆圈在增多。做一个失事的人，就是被困在令人苦恼的旋舞的圆圈当中。你在一个圆圈的中心，而在你头顶上，有两只相对的圆圈在旋转。太阳像一群人，一群吵吵闹闹的爱干扰的人一样折磨你，让你堵上耳朵，让你闭起眼睛，让你想要躲起来。月亮默默地提醒你，你的孤独，用这种方式来折磨你；为了逃离孤独，你睁大了眼睛。当你抬起头来的时候，有时候你想知道在太阳风暴的中心，在平静之海的中央，是不是还有一个人也像你一样在抬头看，也像你一样被几何图形所困，也像你一样挣扎着与恐惧、愤怒、疯狂、无助和冷漠作斗争。

此外，做一个失事的人就是被困在阴森可怖和令人精疲力竭的对立物之间。天亮的时候，浩瀚无垠的大海使人炫目，使人恐惧。天黑的时候，一片黑暗能让人患上幽闭恐怖症。白天，你太热了，你渴望清凉，梦想着冰淇淋，把海水泼在身上。夜晚，你太冷了，你渴望温暖，梦想着热咖喱，把自己裹在毯子里。热的时候，你被太阳烘烤，希望能下雨。下雨的时候，你差点儿被淹死，希望天气干燥。有食物的时候，食物太多了，你必须大吃一顿。没有食物的时候，那是真的什么也没有，你只能挨饿。当大海风平浪静，毫无生气的时候，你希望它能动一动。当大海卷起波涛，囚禁你的圆圈被小山一般的海浪打破的时候，你得忍受波涛汹涌的大海的怪癖，忍受在开阔的空间的窒息，你希望它能够平静下来。对立的事物常常同时发生，因此，当太阳灼烤着你，把你击倒的时候，你明白太阳同时也在烤着挂在你的绳子上的一条条鱼和肉，而且这对太阳能蒸馏器有好处。相反，当一场雨飑在补足你的淡水储备的时候，同时你知道湿气会影响你贮藏的食品，有些食品也许会坏掉，会变得像面糊一样，颜色发绿。暴风雨停息，天空变得晴朗，你经历了天空的袭击和大海的背叛而活了下来，这时你欢快的心情会被愤怒冲淡，你生气地看到这么多的淡水直接落进了海里，你担心这是你见到的最后一场雨，在下一次下雨之前你就会渴死了。

最糟糕的一对对立物是乏味和恐惧。有时候你的生活就是从一边荡到另一边的钟摆。大海平滑如镜，没有一丝风，时间永无尽头。你感到太乏味了，陷入了类似昏迷的漠然的状态之中。接着，大海变得狂暴，汹涌的波涛把你的感情抽打得发狂。然而，即使是这两种对立物之间的界限也并不总是那么明显。乏味之中也有恐惧的成分：你精神崩溃，眼泪夺眶而出；你心里充满了畏惧；你尖叫；你故意伤害自己。在恐惧——最糟糕的暴风雨——攫住你的时候，你仍感到乏味，对一切都感到厌烦。

只有死亡不断地激起你的情感，无论是在生活安全而显得陈腐的时候考虑它，还是在生活受到威胁而显得珍贵的时候逃避它。

救生艇上的生活不是什么了不起的生活。它就像象棋残局，没有几个棋子。自然环境不能再简单了，输赢也不能再多了。它给你带来极度的艰苦，它让你感到心力交瘁。要想活下来，你必须作出一些调整。很多东西都能变得有用。你尽可能获取快乐。你到了地狱底层，却交叉双臂，面带微笑，感到自己是世界上最幸运的人。为什么？因为在你脚下有一条小小的死鱼。

79

每天都有鲨鱼出现，主要是灰鲭鲨和蓝鲨，但也有长基真鲨，有一次一条虎鲨径直从最黑暗的噩梦中游了出来。它们最喜欢在黎明和黄昏时出现。它们从来没有给我们带来真正的麻烦。有时，一条鲨鱼会用尾巴甩打救生艇的船壳。我想这不是偶然的（其他海洋动物，包括海龟，甚至鲯鳅，也这么做），我想这是鲨鱼判断救生艇究竟是什么东西的方式之一。用斧子在冒犯者的鼻子上猛击一下，它就会急忙消失在深深的海里。鲨鱼最讨厌的一点就是它们使得待在海上成为一件冒险的事，就像擅自闯入竖着一块写着“小心有狗”的牌子的私人地盘。除了这一点，我倒渐渐喜欢上鲨鱼了。它们就像坏脾气的老朋友，从来不愿承认喜欢我，却总是来看我。蓝鲨小一些，通常只有四五英尺长，是最迷人、最苗条、线条最优美的一种，长着小小的嘴和不起眼的鳃腔外口。它们的背部是鲜艳的佛青色，肚子雪白，只要在深水里，身上的颜色就变成了灰色或黑色，而在靠近水面时则闪着令人惊讶的光亮。灰鲭鲨的体型大一些，满嘴吓人的牙齿，但是颜色也很好看，是一种靛蓝色，在阳光下闪着美丽的光。长基真鲨通常比灰鲭鲨短一些——有些能达到十二英尺长，但要壮实得多，长着巨大的背鳍，游动时高高地竖在水面上，像一面战旗，每次看到那高速前进的景象，人的神经都会受到刺激。但是它们的颜色不鲜艳，是一种发灰的棕色，有花纹的白色鳍尖毫无吸引人之处。

我抓到过不少小鲨鱼，其中大多数是蓝鲨，但也有一些灰鲭鲨。每次都在太阳刚刚落山，天光渐渐暗淡的时候，它们游到救生艇边上，我便空手抓住了它们。

第一次抓的那条是我抓过的最大一条，那是一条四英尺多长的灰鲭鲨。它在靠近船头的地方游过来又游过去。就在它再一次游过来的时候，我冲动地把手伸进水里，一下抓住了尾巴前面的地方，那是鱼身体最细的地方。它粗糙的皮让我抓得非常牢，我想都没想自己在做什么，就把它往船上拖。就在我拖的时候，它跳了起来，狠狠地摇晃着我的胳膊。让我又害怕又高兴的是，这个东西在溅起的一阵浪花和飞沫中跃到了空中。就在那一瞬间，我不知道下面该怎么办了。这个东西比我小？但是难道我不是一个有勇无谋的歌利亚吗？难道我不该放手吗——我转过身，挥动着胳膊，摔倒在油布上，把那条灰鲭鲨朝船尾扔过去。鱼从空中落到了理查德·帕克的地盘上。它啪的一声重重地摔下来，开始使劲拍打着身体，雷霆般的力量让我担心船会不会被毁了。理查德·帕克吃了一惊，他立刻发起了攻击。

一场规模宏大的战斗开始了。为了动物学家的好奇心，我可以汇报如下：老虎袭击水里的鲨鱼时，首先不会用嘴咬，而是用前爪打。理查德·帕克开始打鲨鱼。他每打一下，我都颤抖一次。简直太可怕了，只那么一下子，就能让人身上的每一根骨头都断掉，让任何一件家具变成木头片，让整座房屋变成一堆瓦砾。灰鲭鲨显然不喜欢被如此对待，因为它扭来扭去，翻动着身子，用尾巴甩打，又用嘴去咬。

也许因为理查德·帕克对鲨鱼不熟悉，从来没有遇到过食肉鱼——不管是什么情况，这件事情发生了：这是一次偶然事件，极少几次这样的事件提醒我，尽管理查德·帕克有经过磨炼的本能，但他仍不完美。他把左前爪伸进了灰鲭鲨的嘴里。灰鲭鲨闭上了嘴。理查德·帕克立刻用后腿站了起来。鲨鱼被猛地提到了空中，但它不肯松口。理查德·帕克向后倒了下去，用尽全身的力气发出一声吼叫。我感到一股热气流冲到了身上。我能看到空气在震动，就像炎热的天气里热气从马路上蒸腾起来。我完全能够想象，在离我们很远的地方，在150英里以外，一艘船的值班船员抬头一看，大吃一惊，后来报告了一件最奇怪的事情，他以为自己听见从右边与船只垂直的方向传来了猫叫。很多天以后，那声吼叫还在我内心回响。但是，传统的看法是，鲨鱼是聋子。我从来没有想过去夹老虎的爪子，更不用说试图吞下一只了，因此当我听见一声猛吼迎面传来，浑身哆嗦，吓瘫在地时，鲨鱼却只感到一阵不明显的震动。

理查德·帕克转过身来，开始用没被咬住的右前爪抓鲨鱼的头，又用嘴去咬，同时用两条后腿撕扯着鲨鱼的肚子和背。鲨鱼紧紧咬住他的爪子不放，这是它唯一的防线，也是唯一的攻击方式，同时摔打着尾巴。老虎和鲨鱼扭在一起，滚来滚去。我费了好大的劲，才控制住自己，让身体不再发抖，然后爬到小筏子上，解开了绳子。救生艇漂走了。我看见橘黄色和深蓝色不时闪现，那是虎毛和鱼皮的颜色，同时救生艇在左右摇晃。理查德·帕克的咆哮声简直可怕极了。

最后，船停止了晃动。几分钟后，理查德·帕克坐了起来，舔着自己的左爪。

在接下来的几天里，他花了很多时间护理自己的四只爪子。鲨鱼的皮上布满了细小的瘤，这使得鱼皮像砂纸一样粗糙。他一定是在不停地抓鲨鱼时划伤了自己。他的左爪受伤了，但似乎并不是好不了的伤；脚趾和爪子都完好无损。至于那条灰鲭鲨，它已经成了被吃了一半的乱糟糟的一堆，只有尾巴尖和嘴周围还是完好的，与其他地方极不协调。

我用鱼叉叉过来一些剩下的鲨鱼肉，但是，让人失望的是，鲨鱼的脊椎没有汁水。至少肉的味道鲜美，不像鱼肉，而且软骨很松脆，在吃了那么多软烂的食物之后，我很愿意换换口味。

在那之后我开始抓小鲨鱼，其实是幼鱼，并且亲自杀鱼。我发现，用刀捅鱼眼睛比用斧子砍头顶能更快、更省力地将鱼杀死。

80

在所有鲯鳅当中，我对其中一条，特别的一条，记得尤其清楚。那是多云的一天，一大清早，我们就被仿佛暴雨一般落下的飞鱼包围了。理查德·帕克积极地用爪子猛拍这些鱼。我缩成一团，躲在一只海龟壳后面，用龟壳挡住飞鱼。我手里抓着一支鱼叉，鱼叉上面挂着一片鱼网，伸在外面。我希望能用这种方式抓到鱼，但是运气并不好。一条飞鱼嗖嗖地飞了过去，紧追不舍的鲯鳅从海里冲了出来。它没有计算好，焦急的飞鱼从网边擦过，飞走了，而鲯鳅却像一枚炮弹一样撞上了舷边。重重的一击让整条船都摇晃起来。一股鲜血喷洒在油布上。我迅速作出反应。我倒在冰雹般的飞鱼群下面，抢在一条鲨鱼之前抓住了鲯鳅。我把它拖到了船上。它已经死了，或者差不多死了，身上变幻着七彩的颜色。多好的猎物啊！多好的猎物啊！我兴奋地想。谢谢你，耶稣——麻蹉[1]。鱼肥嫩多肉。一定有足足四十磅重。够一大群人吃了。它多汁的眼睛和脊椎

---

1 麻蹉，梵文，即鱼，印度大神毗湿奴十种化身中的第一种。化为麻蹉的毗湿奴拯救人类免遭洪水毁灭。

可以灌溉一片沙漠。

唉，理查德·帕克的大脑袋已经朝我转了过来，我用眼角的余光感觉到了。飞鱼还在不断飞来，但他已经不感兴趣了；现在他的注意力完全集中在我手里的鱼上。他离我有八英尺远。他半张着嘴，一片鱼鳍在嘴边晃着。他的脊背变得更圆了，他的臀部在扭动，他的尾巴在抽动。很明显：他在蹲伏，想要袭击我。躲开已经太迟了，甚至吹哨子也已经太迟了。我的末日到了。

但是这该适可而止了。我已经忍受得太多。我太饿了。一个人能够忍受饥饿的天数是有限的。

于是，在饥饿造成的疯狂时刻——因为我吃东西的决心比活下去的决心更坚定——在没有任何自卫方式的情况下，在完全赤手空拳的情况下，我死死地盯着理查德·帕克的眼睛。突然之间，他那野兽的强壮体力对我来说只意味着道德上的软弱，这力量根本无法和我心中的力量相比。我凝视着他的眼睛，我的眼睛睁得大大的，眼神中带着挑战，我们对抗着。任何一个动物饲养员都会告诉你，老虎，事实上所有猫科动物，都不会在对方的直视下发起进攻，而会等到鹿或者羚羊或者野牛移开目光。但是了解这一点是一回事，而利用这一点却是另一回事（而且如果你想用目光使群居的猫科动物屈服，这一点知识根本就没有用。你用目光镇住了一头狮子，而另一头狮子却会从你背后扑上来）。有两秒钟，也许是三秒钟的时间，一场为了争夺地位和权威的可怕的心理战在一个小伙子和一只老虎之间展开了。他只需跳过很短的距离，就能扑到我身上。但是我一直盯着他。

理查德·帕克舔了舔鼻子，咆哮一声，转过身去了。他愤怒地拍着一条飞鱼。我赢了。我难以置信地喘着气，用力把鱼拖到手里，急忙上了小筏子。过了一会儿，我给了理查德·帕克一大块鱼。

从那天开始，我感到自己的主人地位已经不会受到质疑，于是开始在救生艇上待的时间越来越长，先是待在船头，然后，当我有了信心之后，待在更舒服的油布上。我仍然害怕理查德·帕克，但只在必要的时候。他的存在不再使我感到紧张。你可以习惯任何事情——我不是说过吗？所有幸存者不都是这么说的吗？

开始的时候，我躺在油布上，头冲着船头，即油布卷起的一头。这头稍高一些——因为救生艇的船尾比中间部分要高——这样我就可以看着理查德·帕克。

后来我换了个方向，头靠在中间的坐板上，背对着理查德·帕克和他的地盘。在这个位置上，我离船的边缘更远，也更少地暴露在海风和海浪的飞沫中了。

81

我知道，我能活下来，这让人难以相信。回想起来，我自己也难以相信。

我粗暴地利用了理查德·帕克不能在颠簸的船上行走这一点，但这不是唯一的解释。还有一个解释：我是食物和水的来源。理查德·帕克从记事起就生活在动物园里，他已经习惯了有人把食物送到他嘴边，而他连爪子都不用抬一下。的确，下雨的时候，整条船成了一个接雨器，这时他明白了水是从哪里来的。当我们被一大群飞鱼袭击的时候，我的作用就不那么明显了。但是这些事件并没有改变现实，那就是，当他越过舷边向远处看时，他看不见能够捕猎的丛林，也看不见能够自由自在喝水的河流。而我却带给他食物，带给他淡水。我起着纯粹的奇迹般的作用。这给了我力量。证明：一天又一天过去了，一个星期又一个星期过去了，我还活着。证明：他没有袭击我，即使当我在油布上睡着的时候。证明：我现在正在这儿告诉你这个故事。

82

我把雨水和从太阳能蒸馏器里搜集到的水盛在三只五十升的塑料袋里，放进锁柜，不让理查德·帕克看见。我用细绳把袋口扎紧。对我来说，就算是装满了黄金、蓝宝石、红宝石和钻石的袋子，也不会比那几只塑料袋更加珍贵。我不停地担心这些袋子。我最糟糕的噩梦就是有一天早晨打开锁柜时发现三只袋子里的水都泼了出来，或者更糟糕，袋子都破了。为了预先阻止这样的悲剧，我用毯子把袋子包起来，这样它们就不会和救生艇的金属壳发生摩擦，我还尽可能不去搬动它们，以减少磨损，防止撕裂。但是我很为袋口发愁。细绳会不会把袋口磨薄了？如果袋口破了，我怎么样才能把袋子扎起来呢？

当情况良好的时候，或者下暴雨的时候，当袋子已经装足了水，我想已经不能再装的时候，我就把戽斗、两只塑料桶、两只多功能塑料容器、三只烧杯和空水罐（我把它们当宝贝一样珍藏着）里都接满水。然后再把呕吐时用的塑料袋也接满水，把袋口绕上几圈，打个结。这些东西都接满水之后，如果雨还在下，我就用自己做容器。我把接雨器的管子末端放进嘴里，喝呀喝呀喝呀。

我总是在喂理查德·帕克的淡水里掺上一点儿海水，下过雨后的几天里掺的比例大些，干旱的时候掺的比例小些。刚开始的时候，有时他会把头伸到船外面，闻一闻海水，然后喝几小口，但他立刻就停止这么做了。

但我们仍然很难维持。淡水太少，这是整个旅途中不断让我们感到焦虑和痛苦的唯一一件事。

无论我抓到什么食物，恕我直言，理查德·帕克都吃大份。在这一点上我别无选择。我刚抓住一只海龟或一条鲯鳅或一条鲨鱼，他立刻就知道了，我就得很快地慷慨地把食物给他。我想我锯开海龟腹部的壳的速度已经创世界纪录了。至于鱼嘛，实际上它们还在扑腾的时候就被砍成了几块。如果说我变得对吃的东西丝毫不挑剔，这不仅是因为可怕的饥饿；显然也是因为太急迫了。有时候我简直没有时间考虑放在面前的是什么。东西不是立刻进了我嘴里，就是被理查德·帕克吃了。他用爪子抓地、跺脚，在自己的地盘边上不耐烦地喷着气。我就像动物一样吃东西，发出很大的声响，发疯似的不加咀嚼地狼吞虎咽，和理查德·帕克吃东西时一模一样。注意到这一点的那一天，我的心被刺痛了。这毫无疑问地表明我已经多么地堕落。

83

一天下午，慢慢地起了一场风暴。云仿佛受了惊吓，在风前面跌跌撞撞地跑。海也学云的样，升起又落下，让我的心都沉了下去。我把太阳能蒸馏器和鱼网都收了进来。噢，你们真应该看看那幅景象！到目前为止，我见到的只是小山丘般的海水，而这些长浪是真正的大山。我们所处的山谷太深了，里面一片昏暗。山坡太陡了，救生艇开始朝坡下滑去，几乎像在冲浪。小筏子被异常粗暴地对待，被从水里拉出来，拖在船后面，乱颠乱跳。我将两只海锚都抛了出去，让它们一前一后拖在水中，这样两只锚就不会绞在一起了。

在朝巨大的长浪上爬升时，船紧紧地抓住海锚，就像登山的人抓住绳索。我们一直朝上冲，在一阵光亮和一片飞沫中，船突然向前倾斜，冲到了雪白的浪尖。在浪尖上，周围几英里之内的景象都看得清清楚楚。但是大山会移动位置，我们脚下的大地会开始下沉，让我的胃翻腾得难受极了。转眼之间我们又坐在了黑暗的谷底，这不是刚才的山谷，但和在刚才的山谷里一样，成吨的水在我们头顶盘旋，我们轻得不堪一击，而这时只有这一点能救我们。大地又动了起来，系海锚的缆绳突然拉紧，我们又开始像乘坐环滑车一样，时而升起，时而降落。

海锚干得好——实际上，几乎干得太好了。每一排长浪都想趁我们在浪尖上时将我们打翻，但是浪尖另一边的海锚却用力拉住我们，帮我们度过了危险，但代价是船的前部被往下拉，结果船头掀起一片浪花和飞沫。每一次我都被淋得透湿。

接着，一排长浪涌来，特别急切地要把我们带走。这一次，船头沉到了水下。我大吃一惊，浑身冰凉，吓得魂不附体。我几乎支持不住了。船被淹没了。我听见理查德·帕克的叫声。我感到死亡已经来临。我只有一个选择，要不被水淹死，要不被动物咬死。我选择了被动物咬死。

当我们从长浪背面往下沉时，我跳到油布上，把油布朝船尾铺开，把理查德·帕克堵在了船尾。也许他表示反抗了，但我没听见。我以比缝纫机缝布还要快的速度用钩子把油布固定在船两侧。我们又在向上爬了。船在不断地向上倾斜。我很难保持平衡。现在整条救生艇都被油布盖住了。除了我这头，油布已经被固定住。我挤进舷边坐板和油布之间，拉过剩下的油布，盖住头。我没有多少空间。舷边和坐板之间有十二英寸，舷边坐板只有一英尺半宽。但是，即使在面对死亡的时候，我也没有鲁莽地移到船板上去。还有四只钩子需要系住。我从开口处伸出一只手去系缆绳。每系好一只钩子，都使得下一只钩子更难系。我系好了两只，还有两只。船在平稳地不断地向上冲，倾斜度超过了30度。我能感到自己正在被一股力量朝船尾拉。我发疯般地扭动着手，成功地用缆绳又系住了一只钩子。我已经尽了最大努力了。这活不应该是在救生艇里面，而应该是在救生艇外面完成的。我用力拉住绳子，这样才不会滑到船那头去，想到这一点，我就感到拉绳子不那么费力了。船迅速越过45度的斜面。

我们到达长浪浪尖，穿过浪峰到另一边时，一定倾斜到了60度。长浪的很小一部分水哗地打在我们身上。我感到自己被一只巨大的拳头打了一下。救生艇突然向前倾斜，一切都反了过来：现在我到了救生艇低的一头，淹没船只的海水和泡在水里的老虎都朝我冲了过来。我没有感觉到老虎——我不知道理查德·帕克究竟在哪里；油布下面一片漆黑——但在到达下一个谷底之前我已经被淹得半死了。

从那天下午直到夜里，我们升起又落下，升起又落下，升起又落下，直到恐惧变得单调，被麻木和完全的放弃所取代。我一只手抓住油布的绳子，另一只手抓住船头坐板的边，身体紧贴着舷边坐板躺着。这样的姿势——海水不断涌进来，又不断涌出去——使我被油布打得一败涂地，我浑身湿透，寒冷透骨，身上被骨头和海龟壳碰得一块块青肿，划出一道道伤痕。暴风雨的声音一直没有停歇，理查德·帕克的吼叫声也一直没有停止。

夜里的某个时候，我的大脑意识到风暴过去了。我们正正常地在海里随着波浪起伏。透过油布上的一道裂口，我瞥见了夜晚的天空。天上繁星点点，没有一丝云彩。我解开油布，睡在了上面。

黎明时，我发现小筏子丢了。留下的只有两支捆着的船桨和两支桨之间的一件救生衣。我看见这些的心情，就像房主看见被烧毁的房子的最后一根房梁时的心情一样。我转过身，仔细搜索每一英寸地平线。什么也没有，我的小小的海上小镇消失不见了。海锚奇迹般地没有丢——它们还忠实地拖在救生艇后面——但这对我并不是安慰。小筏子丢了，这对我的身体不是致命的伤害，但对我的精神却是致命的打击。

小船的情况很糟糕。油布有好几处地方破了，有几处显然是理查德·帕克抓破的。很多食物都不见了，不是掉进海里了，就是被进到船里的水泡坏了。我浑身酸痛，大腿上有一道深深的裂口，伤处已经发白，肿了起来。我太害怕了，几乎不敢检查锁柜里有什么。感谢上帝，盛水的袋了都没破。太阳能蒸馏器里的气没有被全部放掉，它们和鱼网一起将空间填满了，让袋子没法大幅度移动。

我筋疲力尽，心情沮丧。我解开船尾的油布。理查德·帕克太安静了，我怀疑他是不是淹死了。他没淹死。我把油布向后卷到中间的坐板，光照在了他身上，他惊醒过来，吼了一声。他从水里爬出来，爬到船尾坐板上。我拿出针线，开始补油布上的裂口。

后来我把一只桶系在绳子上，从船里往外舀水。理查德·帕克心不在焉地看着我，他似乎觉得我做的什么事都很枯燥乏味。天很热，我干得很慢。一桶水里有一样我丢失的东西，我凝视着它。捧在我掌心里的是挡在我与死亡之间唯一的东西：最后一只橘黄色哨子。

84

我正躺在油布上，裹着毯子，睡觉，做梦，然后醒来，做白日梦，概括地说，是在打发时间。微风一直吹着。波峰上的浪花时不时被吹落下来，打湿了小船。理查德·帕克钻到了油布下面。他不喜欢被打湿，也不喜欢小船颠簸。但是天空碧蓝，空气温暖，大海有规律地起伏着。我醒过来是因为有一阵冷雨。我睁开眼睛，看见了天上的水，水正哗哗地落到我身上。我又看了看天。蓝蓝的天空上没有一丝云彩。又是一阵冷雨，浇在我左边，没有第一次那么有力。理查德·帕克凶猛地叫了起来。更多的水落在身上，气味不怎么好闻。

我越过船边向外面看去，首先看见的是浮在水上的一个巨大的黑色物体。几秒钟之后，我才明白那是什么。它体侧一道拱形的褶皱给了我线索。那是一只眼睛。是头鲸鱼。它那只和我的脑袋一样大的眼睛正盯着我看呢。

理查德·帕克从油布下面出来了。他发出一声嘶嘶声。我从鲸鱼眼光里闪过的一丝变化感觉到现在它正看着理查德·帕克。它盯着看了大约三十秒钟，然后才慢慢沉了下去。我不知道它会不会用尾巴袭击我们，但是它一直沉下去，消失在了深蓝色的海洋里。它的尾巴就像一个渐渐消失的巨大的圆括号。

我相信这头鲸鱼是在找伴。它一定拿定了主意，认为我还不够大，而且，我似乎已经有伴了。

我们看见了好几头鲸鱼，但是没有一头像第一头那样靠得那么近。它们喷出的水柱会让我注意到它们的存在。它们会在不远处浮出水面，有时有三四头，像是短暂出现的火山群岛。这些温柔的庞然大物总是能让我提起精神。我坚信它们明白我的处境，当它们看到我时，其中一头叫道："噢！那就是班普对我说过的带着一只猫咪的乘船失事的人。可怜的孩子。希望他有足够的浮游生物可以吃。我一定要把他的事告诉芒普、汤普和斯蒂普。我不知道附近是不是有条船，我可以去告诉船上的人。他妈妈再见到他一定会很高兴的。再见，我的孩子。我会努力帮助你的。我叫平普。"于是，消息在暗中传播，太平洋的每一头鲸鱼都知道我了，要不是平普去向一艘日本船求救，被卑怯的船员用鱼枪刺中，我可能早就得救了。兰普在挪威船那儿遭到了同样的命运。捕鲸是令人发指的罪行。

海豚是常客。有一群海豚和我们一起待了一天一夜。它们非常快乐。它们在海中翻腾，转身，在船下面追逐，似乎只为了好玩，而没有任何其他目的。我试图抓住一头。但是没有一头游到鱼叉附近。即使有一头游近了，它们的速度也太快，体型也太大了。我放弃了，只是看着它们。

我一共看见了六只鸟。每一只鸟飞来，我都以为它是天使，来报告陆地就在附近的消息。但它们只是海鸟，能飞过整座太平洋，连翅膀都不扇动一下。我带着敬畏、嫉妒和自怜看着它们。

有两次我看见了信天翁。每一只都高高地在天上飞，根本不看我们一眼。我张大了嘴目不转睛地看着。它们是超自然的，深不可测。

还有一次，就在离小船不远的地方，两只威尔逊海燕从海面掠过，脚在水面上弹跳着。它们也没有看我们一眼，也同样让我感到惊奇。

我们终于吸引了一只短尾巴剪嘴鸥的注意力。它在我们头顶盘旋，最后落了下来。它伸出脚，上下扇动着翅膀，落在水面上，像一只软木塞一样轻盈地漂浮着。它好奇地看着我。我赶快在鱼钩上装上一小块飞鱼肉，把鱼线抛了出去。我没在鱼线上安重物，因此很难把它抛到小鸟的近旁。我第三次把鱼线抛出去时，那只鸟朝下沉的饵料游过来，把头伸到水下去吃。我的心兴奋得怦怦直跳。我等了几秒钟，没有收线。当我收线时，鸟只是呱呱叫着，把刚才吞下去的东西又吐了出来。我还没来得及再试一次，它就展开翅膀，飞上了天空。只扇了两三下翅膀，它便上路了。

我捉假面樫鸟的运气要好一些。它不知从什么地方冒了出来，滑翔着朝我们飞来，展开的翅膀有三英尺多宽。它落在舷边我伸手可及的地方。它圆圆的眼睛敏锐地看着我，眼神既

迷惑又严肃。这是一只大鸟，一身雪白的羽毛，只有翅尖和翅膀后缘的羽毛是乌黑的。大大的球茎状的脑袋上长着一只很尖的橘黄色的嘴，如同一张黑色假面具的脸和面具后面的红色眼睛让它看上去像个偷了一夜东西的小贼。只有那双长着棕色的蹼的过大的脚还不够完美。这只鸟毫不畏惧。它花了好几分钟时间用嘴啄羽毛，露出了下面柔软的绒毛。啄完后，它抬起头来，整个身体清楚地展现在我面前，露出了它的实际模样：一架线条流畅、外观漂亮的流线型飞艇。我喂它一小块鲯鳅肉，它就在我手上啄食，嘴戳着我的手掌心。

我一只手把它的嘴往后推，另一只手抓住它的脖子，利用杠杆作用弄断了它的脖子。羽毛附着得太紧了，当我开始拔毛的时候，皮也被扯了下来——我简直不是在拔毛；我是在把它撕成碎块。实际上它真够轻的，体积庞大却轻若无物。我拿出刀，把皮剥了下来。它那么大，肉却少得令人失望，只有胸脯上有点儿肉。这肉比鲯鳅肉更有咬劲，但我不觉得口味有什么不同。它胃里除了我刚才喂给它的那块鲯鳅肉，还有三条小鱼。我把鱼身上的消化液冲洗掉，然后把鱼吃了。我吃了鸟的心、肝和肺。我就着一口水吞下了它的眼睛和舌头。我把它的头砸碎，剔出了里面小小的脑子。我吃了它脚上的蹼。剩下的只有皮、骨头和羽毛。我把这些扔到油布那边给理查德·帕克，他没有看见刚才来了一只鸟。一只橘黄色的爪子伸了出来。

几天以后，还有羽毛和绒毛从他的窝里飘出来，被风吹到了海上，落在水面上的被鱼吞吃了。

没有一只鸟报告过陆地的消息。

85

有一次，闪电了。天那么暗，白天就像黑夜。大雨倾盆。我听见远处有雷声。我以为这样的天气状况会一直持续下去。但是起了一阵风，风把雨吹得一会儿飘向这边，一会儿飘向那边。紧接着，一道白色锯齿状闪电哗啦啦地从天空直冲下来，刺穿了水面。闪电离船还有段距离，但是那效果却可以看得非常清楚。海水仿佛被像是白色根须的东西射穿了；一瞬间，一株巨大的天树立在了大洋中。我从没有想过可能会发生这样的事，闪电击中了大海，雷声发出轰隆隆的巨响，闪电的光异常强烈。

我转身对理查德·帕克说："看，理查德·帕克，一道闪电。"我能看出他的感受。他紧贴船板趴着，四肢张开，显然在颤抖。

闪电对我的影响却截然相反。它把我从有限的平凡之中拉了出来，猛地将我推进了兴奋和惊奇的状态之中。

突然，离我们更近的地方出现了一道闪电。也许这道闪电本来是要击中我们的：我们刚从一排长浪的浪尖上跌落下来，正在浪背面沉下去，这时浪尖被击中了。有两秒，也许是三秒钟的时间，碎裂的宇宙之窗上一块巨大的白得耀眼的碎玻璃在天空中舞动，并不坚固，但异常有力。一万只喇叭和两万面鼓发出的声音也不会有那道闪电发出的声音大；那声音震耳欲聋。大海变成了白色，所有的色彩都消失了。一切不是纯粹白色的光，就是纯粹黑色的影子。与其说光照亮了一切，不如说穿透了一切。闪电来得快，去得也快——热乎乎的海水的飞沫还没来得及落到我们身上，闪电就已经消失了。被惩罚的长浪恢复了黑色，继续满不在乎地翻卷着。

我眼花缭乱，仿佛被雷击中一样呆若木鸡——我差点儿真的被雷击中了。但是我没有害怕。

"赞美安拉吧。他是所有世界的统治者，仁慈的、宽大的最终审判日的主宰。"我喃喃低语。我对理查德·帕克叫道："别抖了！这是奇迹。这是神威的爆发，这是……这是……"我找不出词来形容这是什么，这个如此巨大，如此奇异的东西。我喘不过气来，也说不出话来。我躺回到油布上，伸展开胳膊和腿。雨水冷入骨髓，但我却在微笑。在我的记忆中，那次差点儿触电并被三度烧伤是我的苦难遭遇中极少几次让我真正感到快乐的经历之一。

在惊奇的时刻，很容易避免一些不重要的想法，而是心存跨越宇宙的思想。这思想将雷鸣声与叮当声、厚密与稀薄、近处与远处的一切都包容在内。

86

“理查德·帕克，一条船！”

我有幸能有一次机会叫出这句话，我简直高兴得不知所措。所有的痛苦和挫折都消失了，我实在是快乐得容光焕发。

“我们成功了！我们得救了！你明白吗，理查德·帕克？我们得救了！哈，哈，哈，哈！”

我试图控制自己，不要过度兴奋。要是船离我们太远，看不见我们怎么办？我要发射一枚照明信号弹吗？荒唐！

“它正朝我们开过来，理查德·帕克！噢，我谢谢你，象头神！感激你所有的化身，安拉——梵天！”

它不会看不见我们的。还有什么比获救更快乐吗？答案——相信我——是没有。我站了起来，这是这么长时间以来我第一次作出这样的努力。

“你能相信吗，理查德·帕克？人，食物，一张床。生活又是我们的了。噢，多大的福气啊！”

船开得更近了。看上去像一艘油轮。船头的形状开始变得清楚起来。救星穿着一件镶白边的黑色金属袍子。

“要是……？”

我不敢说出那几个字。也许父亲、母亲和拉维还活着，难道没有这样一种可能吗？“齐姆楚姆号”有好几只救生艇。也许几个星期以前他们就到了加拿大，现在正焦急地等着我的消息呢。也许我是沉船上唯一下落不明的人。

“上帝啊，油轮真大！”

慢慢朝我们开过来的简直是座山。

“也许他们已经在温尼伯了。我很想知道我们的房子是什么样子的。理查德·帕克，你猜加拿大的房子会有传统泰米尔式的内院吗？也许没有。我猜到了冬天院子里肯定会积满了雪。真遗憾。星期天没有比内院更安静的地方了。我不知道马尼托巴出产什么香料？”

船离得很近了。船员最好马上把船停下来，或者立即掉头。

“是啊，什么香料呢……？噢，上帝啊！”

我惊恐地意识到，油轮不是正朝我们开过来——实际上它是在朝我们直冲过来。船头像一堵巨大的金属墙，每一秒钟都在变得更宽。围绕着船头的一个巨浪正无情地朝我们打来。理查德·帕克终于感觉到了这正在逼近的骇人的毁灭力量。他转过身，开始“汪！汪”地叫起来，但声音并不像狗叫——而是虎啸：低沉有力，令人毛骨悚然，完全符合当时的情况。

“理查德·帕克，它要从我们身上开过去了！我们该怎么办？快，快，照明弹！不！得划船。船桨在桨架上……在那儿！嗨唷！嗨唷！嗨唷！嗨唷！嗨唷！嗨？”

船头将我们推上了浪尖。理查德·帕克蹲了下来，身上的毛都竖了起来。救生艇从船头的浪上滑了下来，在只差不到两英尺的地方从油轮边擦过，没有被撞上。

大船从我们身边滑过，仿佛有一英里长，是一座一英里长的悬崖峭壁，一座一英里长的城堡，没有一个哨兵注意到我们正在护城河里受折磨。我发射了一枚照明信号弹，但没能瞄准。信号弹没有冲上舷墙，在船长面前爆炸，而是从舷侧弹跳开来，径直落进了太平洋，嘶嘶地叫着熄灭了。我用尽全身力气吹响了哨子，我放声大叫，全都无济于事。

引擎发出轰隆隆的巨大声响，推进器在水下劈开一条路，搅得海水仿佛爆炸了一般。大船翻腾着浪花从我们身边开过，留下我们在它身后冒着泡沫的尾流中又蹦又跳。这么多星期以来我一直听的是自然界的声音，这些机器的噪声奇怪又令人敬畏，让我惊讶得发不出声来。

不到二十分钟，这艘三十万吨巨轮便成了地平线上的一个黑点。我转过身时，理查德·帕克还在朝船的方向看。几秒钟后，他也转过身去，我们的目光短暂地相遇了。我的眼神里充满了渴望、痛苦、气愤和孤独。他只知道有一个令人紧张的重大事件，一件超出了他的理解能力的事情发生了。他没有看出那是与我们擦肩而过的救星。他只看到这个老大，这只奇怪的难以预料的老虎，刚才非常兴奋。他又打起盹来。他对这个事件的唯一评论是一声古怪的喵喵声。

“我爱你！”这几个字脱口而出，那么纯洁、那么自由，其中包含的爱是那么地无边无际。这种感情充满了我的胸膛。“真的。我爱你，理查德·帕克。如果现在没有你，我真不知道自己会做什么。我想我肯定坚持不下来的。不，做不到。我会因为失望而死去。别放弃，理查德·帕克，别放弃。我会把你带到陆地上的，我保证，我保证！”

87

我最喜欢的一种逃避方式就是轻度的窒息。我用的是从一块破毯子上剪下来的一块布。我把它叫作我的梦之帆。我用海水把布打湿，让布全部湿透，但不滴水。我舒服地躺在油布上，用梦之帆盖住脸，让布贴在脸上。我会陷入晕眩，这对于一个极其无精打采的人来说并不难。但是梦之帆使我的晕眩有了特别的性质。一定是它限制了我的呼吸。最不同寻常的梦幻、迷恍、幻象、思想、感觉、记忆一起出现了。时间会被吞噬。当一阵抽搐或一次喘息打扰了我，布掉下去时，我就会完全醒来，高兴地发现时间已经溜走了。其中一个证明就是布已经干了。不仅如此，我还感到周围的事物不一样了，现在这个时刻和刚才那个时刻不一样了。

88

有一天我们遇到了垃圾。先是一片片油漂在水上，闪着亮光。紧接着后面漂来了生活垃圾和工业垃圾：主要是形状、颜色各异的废塑料，还有木头片、啤酒罐、酒瓶、破布和绳子。这些东西周围是黄色的泡沫。我们进了垃圾堆。我想看看有什么可能对我们有用的东西。我捡起一只塞着盖的空酒瓶。救生艇撞上了一只没有了电动机的冰箱，它门朝天漂着。我伸出手去，抓住把手，把门掀了开来。一股刺鼻的恶臭窜了出来，似乎把空气都变臭了。我用手捂住鼻子，朝冰箱里面看去。里面有斑斑污渍，变黑的果汁，一堆完全烂了的蔬菜，腐蚀得太厉害、已经成了绿色胶状物的牛奶，还有四分之一只死动物，已经腐烂发黑得认不出是什么了。从大小来看，我想那是羊肉。在封闭的、潮湿的冰箱里，气味有足够的时间来形成、发酵、变得怨恨而气愤。它用压抑已久的愤怒攻击我的感觉，让我头晕目眩、胃部绞痛、两腿发抖。幸运的是，海水很快填满了那个可怕的洞，那个东西沉到了水下。冰箱留下的空被其他垃圾填上了。

我们把垃圾抛在了后面。有很长时间，当风从那个方向吹来时，我还能闻到那股气味。一天以后，海水才把救生艇舷侧油腻的污迹冲洗掉。

我在酒瓶里放了一封信："日本货船'齐姆楚姆号'，挂巴拿马国旗，从马尼拉开出四天后，于1977年7月2日在太平洋沉没。我在救生艇上。我叫派·帕特尔。我有些食物和水，但孟加拉虎是个严重问题。请通知加拿大温尼伯的家人。非常感激任何帮助。谢谢。"我塞住瓶口，用一块塑料薄膜盖在瓶塞上，用尼龙绳把塑料薄膜系在瓶颈上，系得紧紧的。我把瓶子投进了水里。

89

一切都受到了损害。一切都因日晒雨淋而褪了色。救生艇、丢失前的小筏子、油布、太阳能蒸馏器、接雨器、塑料袋、绳索、毯子、网——所有东西都破旧了，撑大了，变松了，晒干了，腐烂了，撕破了，褪色了。鲜艳的橘黄色变得发白，光滑的东西变得粗糙，粗糙的东西变得光滑，锋利的东西变钝了，完整的东西变成了碎片。我用鱼皮擦，用海龟油抹，让它们润滑一些，但都没有用。盐仿佛有一百万张嘴，继续啃咬着每一样东西。至于太阳，它炙烤着一切。它让理查德·帕克处在半受抑制的状态中。它把骨架上的肉剔得干干净净，把骨头烘烤得发出了白色微光。它把我的衣服烧掉了，要不是我用毯子和支起的海龟壳保护皮肤，它还会把我的皮肤也烧坏的，尽管我的皮肤已经很黑了。热得受不了时，我就打一桶海水浇在身上；有时海水太暖了，感觉就像糖浆。太阳还对付所有的气味。我什么气味也不记得了。或者说只记得手动照明弹的气味，闻起来像莳萝，我提到过吗？我甚至不记得理查德·帕克的气味了。

我们的生命在凋零。这个过程很慢，因此我并不总是能注意到。但是我能经常注意到，我们是两只憔悴的哺乳动物，干渴又饥饿。理查德·帕克的毛失去了往日的光泽，有些毛甚至从肩部和腰部掉了下来。他瘦多了，成了装在尺寸过大的褪了色的毛皮包里的一具骨架。我也变得枯槁，身体里的水分已被吸干，薄薄的肌肉下面，骨头清晰可见。

我开始模仿理查德·帕克睡很长时间，长得令人难以置信。那不是正常的睡眠，而是一种半昏迷的状态，在那种状态下，白日梦和现实几乎无法区分。我常常用梦之帆。

下面是我的日记的最后几页：

今天看见一条我至今为止看见过的最大的鲨鱼。一条二十英尺长的原始怪物。身上有条纹。是条虎鲨——非常危险。它围着我们打转。怕它会袭击我们。和老虎在一起活了下来；以为我会死于这海中老虎之手。没有袭击我们。游走了。多云，但天没变。

没下雨。只是早晨天空灰蒙蒙的。海豚。试图用鱼叉叉上来一条。发现自己站不起来了。R. P. 身体虚弱，脾气暴躁。我太虚弱了，如果他袭击我，我会无法保护自己。连吹哨子的力气都没有。

风平浪静，骄阳似火，无情地照射着。感到脑浆已经在脑袋里煮沸了。感到惊恐。

身体和灵魂都倒下了。很快就要死了。R. P. 在呼吸，但一动不动。也要死了。不会杀我了。

得救了。下了一小时的倾盆大雨，甘甜的美丽的雨。注满了我的嘴，注满了接雨器的袋子和罐子，注满了我的身体，直到我一滴也不能再喝了。让雨水湿透身体，把盐冲掉。爬过去看看R. P.。没有反应。他身体蜷缩着，尾巴耷拉着。毛被打湿后结成了一团一团的。淋湿的身体小了些。瘦骨嶙峋。第一次摸了摸他。看他是不是死了。没死。还有体温。摸他的感觉令人吃惊。即使在这样的情况下，他的身体也结实、强壮、有活力。摸他时，他的毛皮颤抖了一下，好像我是只蚊子。最后，半埋在水里的头动了动。喝水要比淹死好。还有更好的现象：尾巴竖了起来。把几块海龟肉扔到他鼻子跟前。没有反应。最后半抬起身子——喝水。喝啊喝啊。又开始吃。没有完全站起来。花了足足一小时舔遍全身。睡了。

没有用。今天我死了。

今天我就要死了。

我死了。

这是日记的最后一页。从那以后，我一直在忍受痛苦，却没有记下来。你看见页边空白处这些看不见的螺旋形的印迹吗——我以为纸会用完，用完的是钢笔。

90

我说："理查德·帕克，出了什么事？你瞎了吗？"我边说边在他面前挥挥手。

有一两天他不停地揉眼睛，郁郁寡欢地喵喵叫着，但我没想什么。唯一丰盛的是疼痛和痛苦。我抓到了一条鲯鳅。我们已经有三天没吃任何东西了。前一天有一只海龟游到了船边，但是我太虚弱了，没有力气把它拉上来。我把鱼切成两半。理查德·帕克在朝我这个方向看。我把他的那一半扔给了他，我以为他会敏捷地用嘴接住。鱼照直打在他脸上。他低下头去，他左闻闻，右闻闻，找到了鱼，开始吃起来。现在我们吃东西都很慢。

我仔细看他的眼睛。那双眼睛和其他任何一天没有什么不同，也许内眼角多了一些分泌物，但这并不引人注目，肯定没有他的整体形象引人注目。苦难已经使我们瘦得皮包骨头。

我意识到，就在看着他的眼睛的时候，我知道答案是什么了。我盯着他的眼睛看，好像自己是个眼科医生，而他却茫然地回视。只有一只瞎了眼的野猫才不会对这样的凝视作出任何反应。

我很可怜理查德·帕克。我们的末日就要到了。

第二天，我开始感到双眼刺痒。我揉了又揉，痒却没有停止。相反：我感觉更糟了，和理查德·帕克不一样，我的眼睛开始流脓。接着黑暗降临了，眨眼也没有用。开始的时候，就在我面前，每样东西的中心都有一个黑点。一小点变成了一大片，延伸到我的视野边缘。第二天早上，我能看到的太阳成了左眼上方的一线光亮，像一扇开得太高的窗户。到了中午，一切变得一片漆黑。

我对生命恋恋不舍。我有些轻度发狂。热得要死。我力气太小，已经站不住了。我的嘴唇干硬开裂。我嘴巴发干发白，外面有一层黏黏的唾液，舔上去是臭的，闻起来也臭。我的皮肤被晒伤了。我枯萎的肌肉很疼。我的四肢，尤其是双脚，都肿了起来，每时每刻都在疼。我很饿，食物又没有了。至于水，理查德·帕克喝得太多，我的饮水量已经缩减到每天五勺。但是，和我将要忍受的精神折磨相比，这点肉体上的痛苦算不了什么。我要把失明的那一天作为极度痛苦的开始。我无法精确地告诉你这是在旅途中的什么时候发生的，我说过，时间已经变得无关紧要。一定是在第一百天和第二百天之间的什么时候。我肯定自己再活不过一天了。

到了早晨，我已经没有了对死亡的恐惧，我决定去死。

我得出伤心的结论，就是我不能再照顾理查德·帕克了。作为饲养员，我是失败的。他的死亡正在逼近，这比我自己的死亡对我的震动更大。但是，真的，我已经垮了，筋疲力尽，无法再为他做什么了。

大自然在迅速下沉。我能感到一种致命的虚弱正慢慢爬上来，到了下午我就会死去。为了让自己走得舒服一些，我决定稍稍摆脱一下这么长时间以来我一直在忍受的干渴，我大口吞下尽可能多的水。要是能再最后吃一口东西就好了。但是似乎不可能了。我靠在船中间卷起来的油布边上，等着呼吸离开身体。我低声说："再见了，理查德·帕克。对不起，我让你失望了。我尽了最大努力。永别了。亲爱的父亲，亲爱的母亲，亲爱的拉维，向你们致意。你们亲爱的儿子和弟弟来见你们了。我没有一个小时不在想你们，看见你们的那一刻将是我一生中最幸福的一刻。现在我把一切都交给上帝，他就是爱，他是我之所爱。"

我听见一句话："有人吗？"

当你独自一人处在大脑垂死时的黑暗中时，你听见的东西令人惊讶。一个没有形状也没有颜色的声音听上去很奇怪。眼睛瞎了，听到的声音就和以前不一样。

那句话又传来了："有人吗？"

我得出的结论是自己疯了。这令人伤心，但是真的。苦难喜欢同伴，疯狂使它产生。

"有人吗？"声音又传来，没有罢休。

我失去了理智，令人惊讶的是，对这一点我十分清楚。这个声音有其独特的音质，深沉、疲惫、嘶哑。我决定与它周旋一番。

“当然有人，”我答道，“永远都有人。否则是谁在问问题呢？”

“我以为会有别人。”

“你是什么意思，别人？你知道自己在哪儿吗？如果你不喜欢这一阵子幻想，可以另选一阵子。可以选择的幻想多着呢。”

嘿。一阵子。榛——子。榛子不是很好吗？

“那就是没人了，是吗？”

“嘘……我正梦到榛子呢。”

“榛子！你有一个榛子？请问我可以吃一口吗？求你了，只要一小口。我饿死了。”

“我不只是有一个榛子，我有一阵子榛子呢。”

“一阵子的榛子！噢，求求你，能给我几个吗？我……”

这个声音，不管是风吹还是海浪造成的效果，消失了。

“这些榛子又大又重又香，”我接着说，“树枝垂了下来，被累累的榛子果压弯了。那棵树上一定有三百多颗榛子。”

沉默。

那个声音又回来了。“我们说说食物吧……”

“真是个好主意。”

“如果你能想吃什么就吃什么，那你想要吃什么？”

“这个问题太好了。我要吃一顿丰盛的自助餐。先吃米饭和浓味小扁豆肉汤。还要有黑绿豆和木豆饭和酥酪饭和……”

“我要吃……”

"我还没说完呢。和米饭一起吃的，我要加香料的罗望子浓味肉汤和小洋葱浓味肉汤和……"

"还要别的吗……"

"我就要说到了。我还要西谷米蔬菜和奶油咖喱蔬菜和土豆玛沙拉和卷心菜豆粉油圈和玛沙拉米粉烙饼和辛辣的香料汤和……"

"我知道了。"

"等一下。还有塞了馅的茄子干咖喱和椰子山药肉汁咖喱和黑绿豆米饼和酥酪豆粉油圈和豆粉米粉煮蔬菜和……"

"听上去非常……"

"我说了印度酸辣酱吗？椰子酸辣酱和薄荷酸辣酱和腌绿辣椒酸辣酱和醋栗酸辣酱，当然，所有这些都要配上平常吃的印度式面包、印度炸圆面包片和蔬菜泥。"

"听上去……"

"还有沙拉！芒果酥酪沙拉和秋葵酥酪沙拉和清淡的新鲜的黄瓜沙拉。甜食嘛，要杏仁乳米糖和牛奶乳米糖和棕榈粗糖煎饼和花生太妃糖和椰子软奶糖和香草冰淇淋，上面有滚热的厚厚的巧克力沙司。"

"就这些吗？"

"吃这些点心的时候，我要喝装满一个十升玻璃杯的新鲜、洁净、清凉的冰水和咖啡。"

"听上去非常好。"

"确实非常好。"

"告诉我，什么是椰子山药肉汁咖喱？"

"那可是天上的美味啊，真的。要做椰子山药肉汁咖喱，你得有山药，磨碎的椰子，青大蕉，辣椒粉，黑胡椒面，姜黄粉，莳萝子，棕色芥末子和一些椰子油。把椰子煎到焦黄——”

“我能提个建议吗？”

“什么建议？”

“别吃椰子山药肉汁咖喱了，为什么不吃撒了芥末沙司的煮牛舌呢？”

“这听上去不是素食。”

“不是的。然后是肚子。”

“肚子？你已经把这头可怜动物的舌头给吃了，现在你还想吃它的胃？”

“对！我做梦都想吃新法烹制的肚子——带着体温——和杂碎一起吃。”

“杂碎？这听上去好多了。什么是杂碎？”

“杂碎是用小牛的胰脏做的。”

“胰脏！”

“用蘑菇做配菜，用文火炖，简直太好吃了。”

这些恶心的渎圣的食谱是从哪儿来的？我已经如此神志不清，竟想要吃母牛和她的小牛犊了吗？我是被什么邪风给吹了？救生艇又漂回那堆漂浮的垃圾了吗？

“下一个冒犯是什么？”

“蘸棕色黄油酱的小牛脑！”

“回到头部了，是不是？”

“脑子奶酥！”

“我感到恶心。有什么是你不吃的吗？”

“要是能吃上牛尾汤，要我给什么都行啊。要是能吃上填了米饭、香肠、杏子和葡萄干的烤乳猪。要是能吃上蘸黄油、芥末和荷兰芹酱的小牛腰。要是能吃上用红酒炖的兔子。要是能吃上小鸡肝香肠。要是能吃上小牛肉和用猪肉和肝做馅的饼。要是能吃上青蛙。啊，给我青蛙，给我青蛙！”

“我忍不住了。”

声音消失了。我恶心得浑身颤抖。大脑的疯狂是一回事，但疯狂传到了胃里，这是不公平的。

突然我明白了。

“你会吃流血的生牛肉吗？”我问。

“当然！我喜欢鞑靼牛排。”

“你会吃死猪凝固的血吗？”

“每天都吃，蘸苹果酱吃。”

“你会吃动物身上的任何东西吗，最后剩下的东西？”

“碎肉玉米炸饼和香肠！我要吃满满一大盘！”

“胡萝卜呢？你会吃清淡的生胡萝卜吗？”

没有回答。

“你没听见吗？你会吃胡萝卜吗？”

“我听见了。老实说，如果可以选择，我不会吃。我对那种东西没什么胃口。我觉得味道不佳。”

我笑起来。我知道了。我听到的声音不是幻觉。我没有发疯。是理查德·帕克在对我说话！这个食肉的流氓！我们在一起这么长时间，他却选在我们死去之前一小时说起话来。我的地位得到了提高，能够与一只老虎友好交谈。我心里立即充满了一种常见的好奇，就是那种让电影明星受折磨的影迷的好奇。

“我很好奇，告诉我——你吃过人吗？”

我很怀疑。动物当中的食人者比人类当中的谋杀犯还要少见，而且理查德·帕克在他还是个小虎崽的时候就被抓住了。但是谁能说他妈妈在被“口渴”抓住之前没有抓过一个人类呢？

“什么问题啊。”理查德·帕克答道。

“似乎有道理。”

“有道理吗？”

“对。”

“为什么？”

“你有吃人的名声。”

“是吗？”

“当然。你看不见这个事实吗？”

“看不见。”

“好吧，让我来说清楚你显然看不见的东西：你有那个名声。那么，你杀过人吗？”

沉默。

“怎么？回答我。”

“杀过。”

“噢，这让我的脊柱都在打战。杀过几个？”

“两个。”

“你杀过两个男人？”

“不是。一个男人和一个女人。”

“是同时吗？”

“不是。先杀了男人，再杀了女人。”

“你这个怪物！我敢打赌你一定觉得挺好玩。你一定觉得他们的喊叫和挣扎很有趣。”

“并不完全是。”

“他们如何？”

“他们如何？”

“对，别这么迟钝，他们味道如何？”

“不行，味道不好。”

“我想也是。我听说动物的嗜好是后天养成的，那么你为什么要杀死他们呢？”

“因为需要。”

“怪物的需要。后悔吗？”

“不是他们死就是我死。”

“你把这种需要表达得很简洁，毫无道德感。但是现在后悔吗？”

“那是一瞬间的事，是当时的情况造成的。”

“本能，那叫本能。还是回答问题吧，现在后悔吗？”

“我不去想这件事。”

“完全是动物的定义，你就是个动物。”

“你是什么？”

“一个人，我会让你知道的。”

“自吹自擂的傲慢。”

“这是明摆着的事实。”

“那么，你会扔第一块石头[1]，会吗？”

---

1 典出《圣经·约翰福音》第八章。法利赛人将一个行淫时被抓住的女子带到耶稣面前，问他是否按律法用石头将她打死。耶稣对他们说：“你们中间谁是没有罪的，谁就可以先拿石头打她。”

“你吃过酸面薄煎饼吗？”

“不，没吃过。但是对我说说吧，酸面薄煎饼是什么？”

“太好吃了。”

“听上去很好吃，再多告诉我一些。”

“酸面薄煎饼通常是用吃剩下的面糊做的，但是很少有用烧剩下的菜做成的东西如此令人难以忘怀。”

“我现在好像已经能尝到了。”

我睡着了。或者说，是陷入了临死前的谵妄状态。

但是有什么东西在咬我。我说不出是什么。不管是什么，它在妨碍我的垂死过程。

我苏醒了过来。我知道打扰我的是什么了。

“对不起？”

“什么？”理查德·帕克的声音微弱地传来。

“为什么你有口音？”

“我没有口音。有口音的是你。”

“不，我没有。你没有读出咬舌音。”

“本来就不该咬舌，就应该这么读。你说话的时候好像嘴里含着温暖的石子。你有印度口音。”

“你说话的时候好像你的舌头是一把锯子而英语单词是用木头做的。你有法国口音。”

这非常不相称。理查德·帕克在孟加拉出生，在泰米尔纳德长大，他怎么会有法国口音呢？就算本地治里曾经是法国殖民地，但没有人能让我相信动物园里的一些动物会经常去仲马街的法文协会。

这真让人不解。我又陷入了迷惑之中。

我喘着气醒了过来。有人！传到我耳朵里的声音既不是带口音的风也不是动物在说话。那是另一个人！我的心狂跳起来，最后一次试图把血液压进我精疲力竭的身体。我的大脑做了最后一次努力，试图保持清醒。

“只是回声吧，恐怕。”我听见了，几乎听不清。

“等一下，我在这儿！”我叫道。

“海上的回声……”

“不，是我！”

“会停止的！”

“我的朋友！”

“我正变得越来越衰弱……”

“别走，别走！”

我几乎听不见他。

我尖叫起来。

他也尖叫起来。

我受不了了。我要疯了。

我有了一个主意。

“我的名字，”我用最后一口气对着四周叫道，**“叫派西尼·莫利托·帕特尔。”**回声怎么能造出名字来呢？“你听见我说话吗？我是派西尼·莫利托·帕特尔，大家都叫我派！”

“什么？那儿有人吗？”

“是的，有人！”

“什么？这会是真的吗？请问，你有食物吗？什么都行。我没有食物了，我已经好几天没有吃东西了，我一定得吃点儿东西。不管你给我什么我都会感谢你的。我求你了。”

“但是我也没有食物，”我回答道，心里很绝望，“我自己也好几天没吃东西了。我还希望你会有食物呢。你有水吗？我的水已经很少了。”

“不，我没有。你什么食物都没有吗？什么都没有？”

“没有，什么都没有。”

沉默，沉重的沉默。

“你在哪里？”我问。

“我在这里。”他疲惫地答道。

“但那是哪里？我看不见你。”

“为什么你看不见我？”

“我已经瞎了。”

“什么？”他惊叫起来。

“我瞎了。我的眼睛除了黑暗什么也看不见。我徒劳地眨着眼睛。在过去两天里，如果我能相信皮肤可以测出时间的话，它只能告诉我是白天还是黑夜。”

我听见一声可怕的呜咽。

“什么事？出了什么事，我的朋友？”

他不停地呜咽。

“请回答我。出了什么事？我瞎了，我们没有食物也没有水，但是我们相互拥有。这是件幸运的事，一件可贵的事。出了什么事，我亲爱的兄弟？”

“我也瞎了！”

“什么？”

“我也徒劳地眨着眼睛，就像你说的那样。”

他又呜咽起来。我惊讶得说不出话来。我在太平洋上遇到了在另一只救生艇里的另一个瞎子！

“但是你是怎么会瞎的呢？”我咕哝道。

“可能是和你同样的原因吧。糟糕的卫生状况作用于山穷水尽、忍饥挨饿的身体的结果。”

我们都崩溃了。他在呜咽，我在抽泣。这太让人受不了，真的太让人受不了了。

“我有一个故事。”过了一会儿，我说。

“一个故事？”

“对。”

“故事有什么用？我饿。”

“这是个关于食物的故事。”

“词句不含卡路里。”

“画饼充饥嘛。”

“是个好主意。”

沉默。使人挨饿的沉默。

“你在哪儿？”他问。

“这儿。你呢？”

我听见船桨伸进水里的哗哗声。我伸手去拿从沉没的小筏子捞上来的一支船桨。桨太沉了。我用手摸索着，找到了最近的桨架。我把船桨套进去，抓住桨柄划起来。我没有力气，但却尽力地划。

“我们听听你的故事吧。”他气喘吁吁地说。

“从前有一根香蕉，它长大了。它长得又大，又结实，又黄又香。后来它掉到了地上，有人看见了，就把它吃了。”

他停止了划桨。“多美的故事啊！”

“谢谢。”

“我热泪盈眶。”

“我还有一部分没讲。”

“是什么？”

“香蕉掉到了地上，有人看见了，就把它吃了——后来那人感觉好多了。”

“这真让人激动得透不过气来！”他叫道。

“谢谢。”

停顿。

“但是你没有香蕉？”

“没有。一只猩猩分散了我的注意力。”

“一只什么？”

“说来话长。”

“有牙膏吗？”

“没有。”

“牙膏涂在鱼上很好吃。有香烟吗？”

“我已经吃了。”

“你把香烟吃了？”

“过滤嘴还在。如果你喜欢可以拿去。”

“过滤嘴？没有烟草我要过滤嘴有什么用？你怎么能吃香烟呢？”

“那我该把它们怎么办呢？我又不抽烟。”

“你应该把它们留着卖。”

“卖？卖给谁？”

“给我！”

“我的兄弟，我吃香烟的时候是独自一人在太平洋中央的一只救生艇上。”

“因此？”

“因此，在太平洋中央遇到一个人，把香烟卖给他，在我看来这个可能性不大。”

“你应该预先计划好，你这个笨蛋！现在你没有东西可卖了。”

“但是就算我有东西卖，我能用它来换什么呢？你有什么我想要的东西？”

“我有一只靴子。”他说。

“一只靴子？”

“对，一只漂亮的皮靴。”

“我在太平洋中央的救生艇上要一只靴子有什么用？你以为我业余时间去远足吗？”

“你可以吃啊！”

“吃靴子？什么主意啊。”

“你吃香烟，为什么不能吃靴子？”

“这个主意真让人恶心。顺便问一句，是谁的靴子？”

“我怎么知道？”

“你是要我吃一个陌生人的靴子？”

“这有什么不同吗？”

“我目瞪口呆。一只靴子。我是印度教徒，我们印度教徒认为牛是神圣的，就算不考虑这一点，吃皮靴也让我想起吃脚上可能分泌出来的所有脏东西，还有靴子穿在脚上时可能踩到的所有脏东西。”

“那就不给你靴子了。”

“我们先看看吧。”

“不。”

“什么？你想要我不看一眼就买你的东西吗？”

“我们都是瞎子，请允许我提醒你。”

“那就向我描绘一下吧！你真是个可怜的推销员！难怪你没有顾客。”

“对。是这样。”

“那么，谈谈靴子吧？”

“这是一只皮靴。”

“哪一种皮靴？”

“普通的那种。”

“也就是说？”

“有一根鞋带，几个孔眼和一个鞋舌。有一个鞋垫。普通的那种。”

“什么颜色？”

“黑色。”

“有几成新？”

“穿旧了。皮子又软又柔韧，手感很好。”

“气味如何？”

“温暖芳香的皮革味。”

“我必须得承认——我必须得承认——听上去很诱人！”

“别想它了。”

“为什么？”

沉默。

“你不回答问题吗，我的朋友？”

“没有靴子。”

“没有靴子？”

“没有。”

“这真让我伤心。”

“我把它吃了。”

“你把靴子吃了？”

“是的。”

“好吃吗？”

“不好吃。香烟好吃吗？”

“不好吃。我没法吃下去。”

“我也没法吃下靴子。”

“从前有一根香蕉，它长大了。它长得又大，又结实，又黄又香。后来它掉到了地上，有人看见了，就把它吃了，后来那人感觉好多了。”

“对不起。我为自己说过的话和做过的事道歉。我是个没用的人。”他突然说。

“你是什么意思？你是世界上最可贵、最了不起的人。来吧，我的兄弟，让我们到一起来，尽情地享受对方的陪伴吧！”

“好啊！”

太平洋可不是划船的合适地方，尤其是当划船的人身体虚弱，双目失明，他们的救生艇体积庞大，难以操作，而风又不配合的时候。他靠我近了，又离我远了。他在我左边，又到了我右边。他在我前面，又到了我后面。但最后我们终于到了一起。我们的船相碰时发出的声音甚至比海龟撞上来的声音还要甜美。他扔给我一根缆绳，我把他的船系到了我的船上。我张开双臂去拥抱他也被他拥抱。我的眼里闪着泪花，但脸上却在微笑。尽管我瞎了，却仿佛能看见他就在我面前，栩栩如生。

“我可爱的兄弟。”我轻声低语。

“我在这儿。”他回答。

我听见一声微弱的咆哮。

“兄弟，有一件事我忘了说了。”

他重重地跌倒在我身上。我们一半身子压在油布上，一半身子压在中间的坐板上。他伸过手来掐我的脖子。

“兄弟，”他过于热切的拥抱让我气喘吁吁，“我的心和你在一起，但我必须紧急提议我们到敝人的小船的另一半去。”

“你他妈的心是和我在一起！”他说，“还有你的肝和你的肉！”

我能感到他从油布上滚到中间的坐板上，不幸地把一只脚放到了船板上。

“不，不，我的兄弟！不要！我们并不是……”

我想把他拉回来。唉，太迟了。还没说出“单独”两个字，我又是单独一人了。我听见爪子抓在船底的非常轻微的咔嚓声，和一副眼镜掉在地上的声音一样轻，紧接着我就听见我亲爱的兄弟在我面前尖叫起来，我从没有听见过任何人像这样尖叫过。他松开了我。

这就是理查德·帕克的可怕代价。他给了我一条命，我自己的命，但代价是取走一条命。他把肉从那个人的身体上撕下来，咬碎了他的骨头。我的鼻子里充满了血腥味。就在那一刻，我心里的某种东西死了，再也没有复活。

91

我爬到我兄弟的船上，用手在船上摸索，我发现他对我撒谎了。他有一点儿海龟肉，一个鲯鳅头，甚至还有——这可真是好东西——几块饼干屑。他还有水。这些都进了我嘴里。我回到自己船上，把他的船解开。

像我那样哭泣对眼睛有些好处。我视野左上方的那扇小窗户开了一道缝。我用海水冲洗眼睛，每冲洗一次，那扇窗户就开得更大一些。两天后，我的视力恢复了。

我看到的那幅景象几乎要让我希望自己还是个瞎子。他那被残杀、被肢解的尸体躺在船板上。理查德·帕克把他当作了一顿丰盛的晚餐，他甚至吃了他的脸，因此我从来没有看见我的兄弟是谁。他被掏出了内脏的躯体和像船肋一样弯曲的断了的肋骨看上去就像救生艇的缩微模型，这就是船上浸透了鲜血的恐怖状况。

我要承认我用鱼叉钩住了他的一只胳膊，把他的肉当作鱼饵。我还要承认，极度的需要逼得我发疯，受需要和疯狂的驱使，我吃了他的一些肉。我是说小块的肉，我打算放在鱼叉的钩子上的几小条，这些肉被太阳晒干以后看上去就像普通动物的肉。肉在几乎不知不觉之中滑进我嘴里。你一定要理解，我的痛苦永无休止，而他已经死了。我一抓到鱼就不吃肉了。

我每天都为他的灵魂祈祷。

92

我有了一个奇特的植物学发现。但是很多人都不会相信下面这一段。尽管如此，我仍然要把它告诉你，因为它是故事的一部分，而且它曾经发生在我身上。

我侧身躺着。大约中午过后一两个小时吧，阳光静静地照着，微风轻轻地吹拂。我睡了一小会儿，睡得不沉，没休息好，也没做梦。我翻身转向另一侧，翻身时尽量少消耗一些能量。我睁开眼睛。

我看见近处有树。我没有作出反应。那肯定是幻觉，眨几下眼睛，这景象就会消失不见了。

树没有消失。事实上，树木变成了一片森林。那是一座低矮的小岛的一部分。我用力坐了起来。我还是不能相信自己的眼睛，但是被如此高质量地哄骗是一件令人激动的事。那些树很美，和我以前见过的所有树都不一样。树皮是浅色的，树枝均匀地四散伸出，树叶非常繁茂。这些树叶是鲜艳的绿色，这种绿色那么鲜亮，就像翡翠一般，相比之下，旁边季风季节里的其他植物都呈现出毫无光彩的橄榄色。

我有意眨眨眼睛，希望自己的眼皮是伐木工。但是那些树却没有倒下。

我向下看去。下面的景象让我既满意又失望。岛上没有土壤。树并不是长在水里，而是长在看上去像是浓密的植物丛中，这些植物就像树叶一样绿得发亮。谁听说过没有土壤的岛屿？树木完全从植物丛中生长出来？我感到满意，因为这样的地质情况证明我是对的，这座小岛确实是幻想，是大脑开的一个玩笑。同样的情况令我失望，因为能碰到一座岛屿，任何一座岛屿，无论多么奇怪，都是件好事。

因为树还站在那儿，我也就接着看。看了这么多蓝色之后，现在看到了绿色，这对我的眼睛就像是音乐。绿色是一种可爱的颜色，它是伊斯兰教的颜色，是我最喜欢的颜色。

潮流轻柔地将小船推向幻象。小岛的海岸不能叫做沙滩，因为那里既没有沙子也没有卵石，也没有海浪拍击的声响，因为浪花完全消失在植物的孔隙之中了。小岛沿着一道大约三百码长的山脊向下斜伸向大海，在伸进海里大约四十码后突然下降，消失在深深的太平洋中。这一定是历史记录中最小的一座大陆架。

我已经习惯大脑的错觉了。为了不让错觉消失，我不让自己对它有所指望；当小船轻轻靠上小岛时，我没有动，只是继续梦想。小岛似乎是由直径两指多一点儿的盘根错节、紧密缠绕的一堆管状海草组成的。多奇异的一座岛啊，我想。

几分钟后，我爬上船舷。“寻找绿色。”这是求生指南上说的。好吧，这就是绿色。实际上，这是叶绿素的天堂，比食物颜色和闪烁的霓虹灯还要鲜亮的绿，令人沉醉的绿。“最终能对土地作出出色判断的是脚。”指南接着说。小岛就在脚能跨到的地方。是判断——然后失望——还是不判断，这是个问题。

我决定判断。我向四周看看是否有鲨鱼。没有。我翻过身，肚子朝下，抓住油布，慢慢放下一条腿去。我的脚进到了海水里。海水很凉，很舒服。小岛就在不远处，在水中闪着微光。我伸长了身子。我想幻象的泡泡随时都会破灭的。

幻象没有破灭。我的脚伸进了清澈的水里，踩到一个柔韧又结实的有弹性的东西。我踩得更重一些。幻象不愿让步。我把全身的体重都放到了脚上。我还是没有沉下去。我还是不能相信。

最后，是我的鼻子对土地作出了判断。那气味飘进了我的鼻子，浓郁而清新，令人难以抗拒：那是植物的气味。我深深吸了一口气。几个月来我一直呼吸的是充满咸水味的空气，现在这浓烈的植物有机物质的气味让我陶醉了。直到那时我才相信，唯一变得衰弱的是我的大脑；我的思考过程变得支离破碎。我的腿开始颤抖。

“上帝啊！上帝啊！”我轻声低语。

我从船上掉了下来。

坚实的土地和清凉的水带给我巨大的震撼，让我有力气把自己拖上了小岛。我唠唠叨叨地、语无伦次地对上帝说着感谢的话，然后便倒了下去。

但我却无法安静地躺着。我太激动了。我试图站起来。血一下子从头上流走了。大地剧烈地摇晃起来，晕眩的感觉让我眼前一阵发黑，我想我要晕倒了。我稳住了自己。似乎我唯一能做的就是急促地喘息。我努力坐了起来。

“理查德·帕克！陆地！陆地！我们获救了！”我叫道。

植物的气味非常强烈。绿色那么清新，令人心旷神怡，力量与慰藉仿佛通过眼睛注入了我的身体。

错综复杂地缠结在一起的奇怪的管状海草是什么东西？可以吃吗？这似乎是海洋藻类的一种，但相当坚硬，比普通藻类硬多了。抓在手里，感觉是潮湿的，很容易碎。我拽了一下，没用什么力气就拽断了几缕。海草的横截面上有两道同心壁：呈非常鲜明的绿色的外壁是潮湿的，有些粗糙，内壁在外壁和草芯之间。由内壁和外壁所形成的两根管子之间的分界非常明显：中间那根管子是白色的，而包裹在它外面的那根管子是绿色的，越接近内壁颜色越浅。我把一根海草放到鼻子下面。除了令人愉快的植物香气以外，它还有一种说不出来的气味。我舔了舔，我的脉搏变快了，海草里含有淡水。

我咬了一口。这一咬让我吃了一惊。内管有一种苦涩的咸味——但外管不仅可以吃，而且味道好极了。我的舌头开始颤抖起来，就像手指在飞快地翻着字典，寻找着久已遗忘的单词。它找到了：甜蜜，我的眼睛听到这个词时愉快地闭上了。不是甜美的甜，而是甜糖的甜。海龟和鱼有很多滋味，但是它们从来、从来都不甜。这种海草有一种淡淡的甜味，甚至比我们加拿大的枫树汁更让人喜欢。要说硬度，最接近的只有荸荠了。

大量唾液从干糊一样的嘴里涌了出来。我扯着身边的海草，发出快乐的叫喊声。内管和外管很容易就完全分开了。我开始把外管塞进嘴里。我两只手并用，使劲往嘴里塞，嘴开始用比这么久以来任何时候都更快的速度更用力地咀嚼着。我不停地吃，直到周围形成了一道不折不扣的壕沟。

两百英尺以外有一棵树，那是山脊下坡唯一的一棵树，山脊看上去非常远。我用了山脊这个词；这个词可能会让人对山坡的坡度有一个错误的印象。小岛很低矮，这我已经说过了。山坡很平缓，高度大约有五六十英尺。但是对于我当时的处境，这个高度的山坡就像一座大山一样赫然耸立。那棵树更诱人。我注意到了那片树荫。我试图再站起来。我终于蹲了起来，但一开始站，我的头就开始晕，身体无法保持平衡。即使我没有倒下去，我的腿也没有一点儿力气了。但是我的意志非常坚强，我下定决心要向前走，我向前爬着，费力地移动着，虚弱地跳跃着来到了树前。

当我爬进斑驳的闪着微光的树荫，听到风吹树叶发出的又干又脆的声音时，我知道自己再也不会体验到如此巨大的快乐了。这棵树没有内陆那些树高大茂盛，而且因为生长在山脊这一侧，更多地暴露在自然环境中，它有些矮小，不像其他树那样长得匀称。但它仍然是一棵树，当你在海上迷失了这么久以后，能看见一棵树，真是太好了。我歌唱那棵树的光荣，它从容不迫的绝对纯洁，它十分耐看的美丽外表。噢，要是我能像它一样，植根于大地，但每一只手都高高地举起，赞美上帝，那该多好！我哭了。

就在我的心颂扬安拉的时候，我的大脑开始注意安拉的作品。那棵树的确是直接从海草丛中长出来的，就像我在救生艇上看到的那样，地上没有一丝土壤的痕迹。要不就是土在更深的地方，要不就是这棵树是一种奇妙的共生体，或者说寄生树。树干大约有人的胸脯那么宽。树皮是灰绿色的，又薄又滑，而且非常软，我能用指甲在上面留下划痕。心形的树叶大而阔，顶端是尖的。树冠和杧果树一样，是浑圆的，非常可爱，但它不是杧果树。我觉得它闻上去像极界树[1]，但又不是极

1 《古兰经》描述的天堂中一棵巨大的树，标记着七层天的边界，没有任何受造物能跨过边界。

界树，也不是红树，也不是我见过的其他任何树。我只知道它非常漂亮，是绿色的，枝叶繁茂。

我听见一声咆哮。我转过身。理查德·帕克正在救生艇上打量着我，他也在看着小岛，他似乎想上岸来，但又害怕。最后，吼叫了好几声，来回踱了好几次以后，他从船上跳了下来。我把橘黄色哨子放到嘴边，但他并没有想袭击我。仅仅保持平衡已经很困难了；他像我一样两脚站立不稳。前进时，他四肢颤抖，紧贴着地面朝前爬，像一只刚出生的小虎崽。他与我保持着很长一段安全距离，向山脊跑去，消失在小岛的内陆深处。

我吃东西，休息，试图站起来，总的来说，沉浸在极度快乐之中，就这样度过了一天。用力太猛时我会感到恶心。而且我一直感到脚下的地在摇晃，我要跌倒了，甚至在我一动不动地坐着时也是如此。

傍晚，我开始担心理查德·帕克。既然环境和地方都改变了，我不能肯定他碰到我时会作出怎样的反应。

我不情愿地爬回到救生艇上，这完全是为了安全。无论理查德·帕克占据岛上多大的地方，船头和油布仍然是我的地盘。我寻找着能让救生艇停泊的地方。显然，海岸上覆盖了厚厚一层海藻，因为除了海藻我什么也没找到。最后，我把一支桨柄朝下深深地插进海藻丛里，再把船系在桨上，就这样解决了停船的问题。

我爬到油布上。我已经筋疲力尽了。因为吃得太多，我的身体已经用尽了力气；因为运气突然改变，我的神经紧张起来。一天结束时，我模糊地记得听见理查德·帕克在远处咆哮的声音，但是浓浓睡意征服了我。

夜里醒来时，我的下腹部有一种奇怪的不舒服的感觉。我以为是痉挛，可能是吃海藻中毒了。我听见了一声响声，我看了看，理查德·帕克在船上。他在我睡着时回来了，他正喵喵叫着，舔着脚掌。我觉得他回来很令人费解，但没再多想——很快痉挛变得更厉害了。我痛得蜷起身子，浑身发抖，这时一个对大多数人来说非常正常，但我却久已忘记的过程开始了：排便。这非常痛苦，但在这之后我睡着了，那是我自从“齐姆楚姆号”沉没前一天晚上以来睡过的最沉、最令人精神振作的一觉。

早晨醒来时，我感到有力气多了。我充满活力地朝那棵唯一的树爬去。我的眼睛再一次尽情享受它的绿色，就像我的胃尽情享受海藻。我早饭吃得太多了，海藻丛被我挖了一个大洞。

理查德·帕克又犹豫了好几个小时，才从船上跳下来。快到中午，他跳下来时，刚落到岸上，就立刻跳了回去，一半身体落进了水里，看上去非常紧张。他嘶嘶叫着，一只爪子在空中抓着。真是奇怪。我不知道他在做什么。焦虑过去了，他显然比前一天站得更稳，再一次消失在山脊那边。

那天，我靠着树站起来了，我感到头晕，让地面停止移动的唯一办法是闭上眼睛，紧紧抓着树。我把树推开，试图走几步，却立即摔倒了。我还没来得及移动一只脚，就猛地倒了下去。没有受伤。小岛上覆盖着一层紧密缠绕在一起，像橡胶一样有弹性的植物，是一个重新学习走路的理想场所。我可以朝任何方向摔倒，却不可能伤了自己。

第二天，在船上——理查德·帕克又回到了船上——度过了又一个休息充分的夜晚之后，我能走路了。摔了几跤之后，我终于走到了树跟前。我能感到自己的力气每一小时都在增长。我举起鱼叉，从树上钩下一根树枝。我摘下几片叶子，叶子软软的，叶面没有蜡质，但是很苦。理查德·帕克对救生艇上的窝恋恋不舍——这就是我对他晚上又回来的解释。

那天傍晚，太阳落山时，我看见他回来。我把救生艇重新在埋在海藻丛里的桨上系好。当时我正在船头，检查缆绳是不是安全地系在桨柄上了。他突然出现了。刚开始我没认出他来，这只飞快从山脊上冲下来的健美的动物不可能是在不幸中与我做伴的那只没精打采的湿漉漉的老虎吧？但他确实是的，那是理查德·帕克，他正飞快地朝我跑来。他看上去坚定果断。他低着头，有力的脖颈高高耸起。每跑一步，他的毛皮和肌肉就晃动一下。我能听到他沉重的身体在地上跑过时发出的咚咚声。

我在书上读到过，有两种恐惧即使经过训练也无法消除：突然听见意外的声音时吃惊的反应，还有眩晕。我还要加上第三种，那就是，看见我们知道的杀手迅速直接地逼近。

我赶紧去摸哨子。在他离救生艇还有二十五英尺远时，我用尽全身力气吹响了哨子，尖厉的声音撕开了空气。

哨声达到了预想的效果，理查德·帕克刹住了脚步，但是他显然想再向前跑。我第二次吹响了哨子，他开始转过身去，用一种非常古怪的，像鹿一样的动作在原地跳了起来，边跳边凶猛地吼叫着。我第三次吹响了哨子，他身上的每一根毛都竖了起来，他的爪子完全伸了出来，他正处在非常激动不安的状态之中。我害怕哨声形成的一道保护墙就要倒了，他就要袭击我了。

他没有袭击我，却做了一件最出乎意料的事：他跳进了海里。我惊呆了。我以为他永远也不会做的事，他恰恰做了，而且果断有力。他有力地向船尾划去。我本想再吹哨子，但却打开柜子盖，坐了下来，退回到我那块地盘里面不受打扰的地方。

他猛冲到船尾，大量的水从他身上流下来，把我在的船这头弄得向上翘。他在舷边和坐板上站了一会儿，打量着我。我的心都变衰弱了，我想我没有力气再吹哨子了，我茫然地看着他。他跳到船板上，消失在了油布下面。越过锁柜盖子的边缘，我能看见他的部分身体。我扑到油布上，他看不见我——但我就在他上面。我真想立刻生出翅膀来飞走。

我平静了下来。我有力地提醒自己，这就是过去这么久以来我的处境，与一只老虎生活在一起，他就在我身体下面，带着体温。

我的呼吸慢了下来，睡意袭来。

夜里某个时候，我醒了。这时我已忘记了害怕，朝老虎看过去。他正在做梦：他在睡梦中颤抖着，咆哮着，声音大得将我吵醒了。

早上，和前几天一样，他越过了山脊那边。

我决定，只要有了足够的力气，我立刻就去岛上勘查一番。这座岛似乎很大，如果海岸线能说明问题的话；海岸线向左右伸展，只有一处稍有弯曲，这说明岛的边缘很规则。那天我走几步便摔倒，爬起来又继续走，从岸边走到树跟前又走回去，努力想要让腿恢复健康。每次摔倒我都大吃一顿海藻。

一天快要结束时，理查德·帕克回来了，这次比前一天稍早了些。这时我已经在等着他了，我坐在那儿静观其变，没有吹哨子。他来到水边，用力一跳便跳到了救生艇边上。他进了自己的地盘，并没有侵入我的地盘，只是让船突然向一边倾斜过去。他又恢复了以前的良好状态，这很可怕。

第二天早上，我让理查德·帕克先离开，过了很长时间以后，我才出发去勘查小岛。我朝山脊走去。我自豪地迈着双脚，一步一步地向前走，步态虽然有些笨拙，却充满了活力，很容易就走到了。当我看见山脊那边的景象时，要是我的腿再虚弱些，一定会支持不住的。

先从细节开始说吧。我看见整座岛屿都覆盖着海藻，而不仅仅是岸边如此。我看见一座绿色大高原，中央是一片绿色森林。我看见森林周围有几百个分布均匀、大小相同的池塘，池塘与池塘之间整齐地长着稀疏的树木，整个排列方式明显让人认为这是经过设计的。

但给我留下不可磨灭的印象的还是那些沼狸。我一眼看见成千上万只沼狸，这还是保守的估计，岛上到处都是沼狸。当我出现时，似乎所有的沼狸都惊讶地转身面对着我，并且直立起来，好像农场里的鸡。

我们的动物园里没有沼狸，但是我在书上读到过，书上和文献里都有关于它们的记载。沼狸是南非一种小型哺乳动物，与獴有亲缘关系；换句话说，它们是一种会掘洞的食肉动物，身长一英尺，成年时体重两磅，体型细长，像鼬，鼻子尖，眼睛在脸正前方，腿短，脚有四趾，爪子不能缩回，尾巴有八英寸长。它的毛皮是浅棕色或灰色的，背上有黑色或棕色条纹，尾尖、耳朵和眼睛周围极具特色的圆圈是黑色的。沼狸是一种动作灵活、目光敏锐的动物，白天活动，喜欢群居，在原生长地——南部非洲的卡拉哈里沙漠——以包括蝎子在内的动物为食，对蝎子的毒液具有完全的免疫力。警觉时，沼狸有一个特点，喜欢靠后腿末端笔直地站立，用尾巴帮助保持平衡，两条腿和尾巴像三脚架一样支撑着身体。通常一群沼狸会集体作出这样的姿势，它们聚在一起站着，朝一个方向看，看上去就像上下班的人在等公交车。它们脸上庄重的表情和前爪放在身体前面的样子使它们看上去就像在摄像师面前忸忸怩怩摆姿势照相的孩子，或是医生诊室里脱光了衣服，假装害羞地捂住生殖器的病人。

这就是我一次所看见的，成千上万只——比这还多，上百万只——沼狸朝我转过身来，立正站着，好像在说："什么，先生？"你要知道，站着的沼狸最多能达到十八英寸高，因此并不是这些动物的身高，而是它们的数不清的数量太令人吃惊了。我站在原地一步也动不了，一句话也说不出。如果我让一百万只沼狸惊恐地逃开，那混乱场面一定难以描述。但是它们对我的兴趣很快就过去了。几秒钟后，它们又回去做我出现之前正在做的事，那就是啃海藻，看池塘。看到这么多生物同时弯下身去，让我想起了清真寺里祈祷时的情景。

这些动物似乎没有感到任何恐惧。我从山脊上下去时，没有一只因为害怕而躲开，或者在我面前表现出一丁点儿紧张。只要我想，我完全可以去摸一只沼狸，或者抱起来一只。我没有这么做。我只是走进一定是世界上最大的沼狸群中，这是我一生中最奇异、最奇妙的一次体验。空中的叫声不绝于耳。是它们在吱吱吱、叽叽叽、喳喳喳、汪汪汪地叫。它们数量如此之多，兴奋的情绪如此奇特，一阵阵的叫声就像一群鸟飞来又飞去，有时叫声很高，就在我身边盘旋，接着在最近的一只沼狸停止叫唤后平息了下去，而远处的其他沼狸又开始叫了起来。

它们不怕我，是因为我应该怕它们吗？这个问题从我脑中闪过，但是答案——即它们不会伤害我——立即变得很清楚。沼狸密密麻麻地聚在池塘周围，要到池塘边去，我不得不用脚把它们推开，这样才不至于踩到它们。它们对我鲁莽地向前冲没有丝毫的反感，像好脾气的人群一样为我让开一条道。我朝池塘里面看时，能感到脚踝上紧贴着温暖的有毛的身体。

所有的池塘都是圆形的，而且都同样大小——直径大约四十英尺。我以为池塘很浅，却看见了深深的、清澈的池水。实际上，池塘似乎深不见底，直到我能看得见的深处，池壁都是绿色的海藻组成的，显然，覆盖在小岛表面的一层海藻很厚。

我看不见任何能引起沼狸不变的好奇心的东西，要不是附近一处池塘边突然爆发出吱吱的叫声和吠声，我可能就不再继续寻找谜题的答案了。沼狸们异常激动地跳上跳下，突然，几百只沼狸开始潜进池水里，后面的沼狸争抢着往池塘边跑，所有沼狸都在推推搡搡。这是集体疯狂；甚至小小的沼狸幼崽也在往水边跑，它们的妈妈和守护者几乎抓不住它们。我目不转睛地看着，简直不敢相信自己的眼睛。这些沼狸不是普通的卡拉哈里沙漠沼狸，普通的卡拉哈里沙漠沼狸没有像青蛙一样的行为，这些沼狸一定是一个亚种，擅长如此有趣的令人惊讶的行为方式。

我轻手轻脚地朝池塘走去，刚好来得及目睹沼狸在游泳——真的是在游泳——一边把许多鱼抓上岸来，抓上来的还不是小鱼。其中有几条是鲯鳅，这种鱼在船上绝对会是一顿盛宴。它们比沼狸大得多，我不能理解沼狸怎么能抓住这么大的鱼。

就在沼狸把鱼从池塘里拖出来，表现出真正的团队合作技巧的时候，我注意到了一件奇怪的事：所有鱼毫无例外地都已经死了。是刚刚死的，沼狸正把并非它们杀死的鱼拖到岸上。

我在池塘边跪下来，把几只兴奋的湿漉漉的沼狸拨到一边。我碰了碰池水，水比我估计的要凉，有一道水流在把冷一些的水从底下带上来。我用手捧起一捧水放到嘴边，呷了一口。

是淡水。这解释了为什么鱼会死——当然，把一条咸水鱼放在淡水里，它会被腌得肿起来，然后死去。但是生活在海里的鱼到淡水里来干什么呢？它们是怎么来的呢？

我从沼狸中间穿过，来到另一个池塘边，这里的池水也是淡水。再去另一个池塘；情况一样。第四个池塘也是一样。

这些都是淡水池塘。这么多淡水是从哪里来的呢，我问自己。答案很明显：从海藻来。海藻自然地、持续不断地将海水脱盐，这就是为什么它里面是咸的而表面却有淡水的原因：淡水正从里面渗出来。我没有问自己海藻为什么要这么做，怎么做，或者盐水到哪里去了。我的大脑已经不再问这样的问题。我只是大笑起来，跳进了池塘里。我发现自己很难浮在水面上；我还很虚弱，没有足够的脂肪让自己浮起来。我抓住池塘边。在纯净、清洁、没有盐分的水里洗澡，这种感觉无法用语言表达。在海上漂流了这么长时间，我的皮肤已经变得像一层厚厚的兽皮，我的头发又长又乱，其油亮的程度简直可以和捕蝇带相媲美。我感到甚至灵魂都被盐腐蚀了。于是，在一千只沼狸的注视下，我将自己浸泡在水中，让淡水将污染我的每一粒盐晶体都融化掉。

沼狸转过脸去，它们行动一致，在同一时间转向同一个方向。我从水里出来看看发生了什么事。是理查德·帕克。他证实了我的怀疑，那就是这些沼狸世世代代都没有见过食肉动物，因此有关安全距离、逃跑、单纯的恐惧的所有概念已经在基因遗传中被淘汰了。他从沼狸群中跑过，吞下一只又一只沼狸，鲜血从他嘴边滴了下来，他身后留下一道谋杀与暴力的痕迹，而这些沼狸们，和老虎脸贴脸，却在原地跳上跳下，仿佛在说："该我了！该我了！该我了！"以后我还会一次又一次地看见这样的情景。这些沼狸的生活中只有看池塘和啃海藻这两件事，什么都不能分散它们做这两件事的注意力。无论理查德·帕克在大吼一声扑上去之前用老虎的精湛技艺悄悄接近，还是满不在乎、无精打采地走过，对它们来说都一样。它们不会受打扰，温顺的天性占了上风。

他杀死的沼狸超过了自己的需要，他杀死它们，却并不吃。在动物身上，猎杀的强烈欲望和吃的欲望是截然分开的。这么长时间没有猎物，而现在又突然有了这么多猎物——他被压抑的本能猛烈地释放了出来。

他离我很远，对我没有危险，至少现在没有。

第二天早上，他走了之后，我把救生艇打扫了一遍。这太有必要了，船上堆满了人和动物的骨架，还有数不清的吃剩下的鱼和海龟残骸，那幅景象我就不描述了。那堆散发着恶臭的令人恶心的东西全都被我扔到海里去了。我不敢到船板上去，害怕给理查德·帕克留下我来过的明显痕迹，因此我只能站在水里，用鱼叉把这些东西从油布上或船舷上捅下去。鱼叉无法清除的东西——臭气和污迹——被我用一桶桶水冲洗掉了。

那天晚上，他走进干净的新窝，并没有什么反应。他爪子里抓着好几只沼狸，这些沼狸都被他在夜里吃掉了。

在接下来的几天里，我整天吃喝，洗澡，观察沼狸，走走，跳跳，休息休息，让自己变得更加强壮起来。我跑起来更加平稳自然，这使我的心情愉快极了。我的皮肤痊愈了，疼痛消失了。简单地说，我恢复了活力。

我在岛上勘查了一番。我想要沿岛走一圈，但放弃了。我估计小岛的直径有六七英里，也就是说周长大约有二十英里。我所看见的景象似乎说明海岸的地形特征没有变化，到处是令人目眩的绿色，到处是同样的山脊，同样的从山脊伸向海里的斜坡，同样的零星分布的稀疏树木打破了单调。在勘查海岸之后，我发现了一件不同寻常的事：海藻的高度和密度是随天气变化而变化的，因而小岛本身的高度和密度也随天气变化而变化。在非常炎热的天气里，海藻缠结得更紧更密，小岛变高，山脊更高，爬上去更陡。这不是一个迅速变化的过程，只有持续好几天的炎热天气才能引起这一变化，但变化肯定发生了。我相信这是为了蓄水，也是为了海藻表面少暴露在阳光下面。

相反的现象——小岛变得松弛——发生得更快，更突然，原因也更明显。在这样的时候，山脊下降，所谓的大陆架伸得更远，沿岸的海藻变得非常松弛，我往往会把脚陷进去。在阴云密布的天气里，这种现象就会发生，波涛汹涌的海水让这一现象发生得更快。

在岛上，我经历了一次大风暴，在这次经历之后，我可以放心地在最糟糕的飓风天气里待在岛上了。坐在树上，看巨浪朝岛上冲来，似乎要冲上山脊，带来一片喧闹与混乱——这时却看见每一个浪头都退了回去，仿佛遇上了流沙。这真是令人敬畏的奇观。在这方面，这座小岛倒挺有甘地精神——它用不抵抗来进行抵抗。每一朵浪花都消失在了岛上，没有发出一声撞击声，只激起了一点点泡沫。只有让大地摇晃的一阵震颤和让池塘水面荡起波纹的几圈涟漪表明有某种巨大的力量正在通过。这一力量的确是通过了：在小岛的背风处，力量大大减弱的海浪涌了出来，流走了。看见海浪离开海岸线，这是一种最奇怪的景象。风暴及其造成的小地震没有让沼狸感到丝毫的不安，它们继续做着自己的事，仿佛周围环境并不存在。

更让人难以理解的是，小岛竟如此荒凉。我从没有见过如此单一的生态环境。这个地方的空中没有苍蝇，没有蝴蝶，没有蜜蜂，没有任何昆虫。树上没有一只鸟。平原上没有啮齿动物，没有昆虫的幼虫，没有蠕虫，没有蛇，没有蝎子。岛上没有任何其他树，没有灌木，没有草，没有花。池塘里没有淡水鱼。海岸不长草，没有螃蟹、螯虾、珊瑚，也没有卵石或岩石。除了沼狸这唯一的、显著的例外，岛上没有任何外来的东西，无论是有机体还是无机体。岛上除了绿得炫目的海藻和绿得炫目的树，什么都没有。

这些树不是寄生树。有一天，我吃了一棵小树树根处的很多海藻，树根都露出来了，我才发现了这一点。我看见树根并不是伸进海藻丛中的独立的根须，而是与海藻连接在一起，成了海藻的一部分。这就意味着这些树与海藻是共生关系，一种互利的相互给予的关系，或者，更简单，这些树就是海藻的不可分割的一部分。我猜是后者，因为这些树似乎不开花也不结果。一个独立的有机体，无论它有怎样亲密的共生关系，我都怀疑它是否会放弃繁殖这一生命中如此重要的部分。树叶繁茂，叶片宽大，因为叶绿素丰富而有着碧绿的颜色，这一切说明树叶喜好阳光，而这使我怀疑这些树首先有搜集能量的功能。但这只是猜测。

我还要提出一个看法，这是建立在直觉而不是确凿证据的基础之上的，这就是：这座小岛不是传统意义上的岛屿——即固定在大洋底部的小块陆地——而是一个自由漂浮的有机体，一个体积巨大的海藻球。我隐约感觉到，那些池塘向下伸到这堆巨大的漂浮的海藻的侧面，通向海洋，否则无法解释为什么生活在外海的鲯鳅和其他鱼会出现在池塘里。

这个看法还需要经过进一步研究才能证实，但不幸的是，我弄丢了带走的海藻。

我恢复了生气，理查德·帕克也一样。因为饱餐了沼狸的缘故，他的体重上升了，他的毛皮又开始有了光泽，他又恢复了以前健康的模样。他一直保留着晚上回救生艇的习惯。我总是确保自己在他之前回去，用大量的尿液标示出我的地盘，这样他就不会忘记谁是谁，什么东西是谁的。但是，天一亮，他就离开了，比我漫游得更远；因为小岛上到处都一样，通常我只待在一个地方。白天我很少看见他。我变得紧张起来，我看见他用前爪在树上抓过的痕迹——树干上留下的抓痕很深，真的。我开始听见他粗哑的咆哮声，嗷——嗷的叫声圆润而洪亮，像一座不安全的深深的矿井或者一千只愤怒的蜜蜂一样让人脊背发凉。他在寻找一只雌虎，这件事本身并没有让我不安；这意味着他在岛上很舒服，已经在考虑繁殖后代了，这才是让我不安的事。我担心，在新的条件下，他可能不会容忍在他的地盘上有另一只雄性动物存在，特别是在他夜间的地盘上，尤其是当他不断吼叫却得不到回答的时候，而他的吼叫肯定得不到回答。

一天，我正在森林里散步。我充满活力地走着，沉溺在自己的思考中。我从一棵树下经过——几乎撞上了理查德·帕克，我们俩都吃了一惊。他发出嘶嘶声，后腿直立，高高地站在我面前，巨大的脚掌随时准备把我击倒在地。我一下子僵住了，恐惧和震惊让我无法动弹。他四肢落地，走开了，走了三四步后，他转过身来，又直立了起来，这次还发出了咆哮声。我继续像一尊雕像一样站在那里。他又走了几步，然后第三次重复了威胁的动作。看到我并不构成威胁，他感到满意，慢慢走开了。我刚喘过气来，不再颤抖，就立即把哨子放进嘴里，开始去追他。他已经走了很远一段距离，但我仍然能看见他。我跑得十分有力。他转过身来，看见我，蹲下身来——然后蹿了过来。我用最大的力气吹响哨子，希望哨音能和一只孤独的老虎的叫声传得一样远，传到的范围一样广。

那天夜里，他在我下面两英尺的地方休息的时候，我得出了结论，应该开始马戏训练了。

训练动物的最大困难在于，动物是靠本能或死记硬背来完成动作的。不依靠本能而在动物头脑中建立新的联系，这种走捷径的可能性极小。因此，要让动物牢记人为规定的某种动作，比如打滚和奖赏之间的联系，只能通过让大脑麻木的不断重复。这是一个缓慢的过程，既取决于运气，也取决于刻苦训练，尤其是当动物已经成年的时候。我吹哨子吹得肺都疼了，我捶胸捶得胸口满是伤痕，我叫了几千遍“嗨！嗨！嗨！”——这是我用来命令老虎的语言，意思是“跳！”我扔给他几百片沼狸肉，要是我自己能吃掉这些肉，我会很高兴的。训练老虎可不是什么简单的技艺，他们的大脑远不如马戏团和动物园里通常训练的其他动物——例如海狮和黑猩猩——那么灵活。但是，对于我训练理查德·帕克所取得的成果，我不想过于居功。他不仅是一只年轻的成年老虎，而且是一只顺从的年轻成年老虎，一只地位最低的老虎。这是我的好运气，这好运气救了我的命。我害怕岛上的条件对我不利，这里有如此丰富的食物和水，有如此广阔的空间，也许他会放松，会变得自信，不再那么容易接受我的影响。但是他一直很紧张。我太了解他了，能够感觉到这一点。夜晚，在救生艇上，他不安宁也不安静。我把他的紧张归因于岛上的新环境：任何改变，哪怕是积极的改变，都会让动物紧张。无论是什么原因，他感到紧张，这意味着他还愿意听话；不仅如此，他感到有必要听话。

我用细树枝做了一个环，训练他从环里跳过去。这是简单的四级跳固定节目，每跳一次，他都能赢得几块沼狸肉作为奖赏。当他笨拙地朝我跑来时，我先伸直左臂拿着环，环离地面大约三英尺。他跳过去，停止跑动之后，我用右手拿着环，背对着他，命令他转过身来再跳一次。跳第三次时，我跪在地上，把环放在头顶上方。看着他朝我跑过来是一种刺激神经的体验。也许他不去跳，却袭击我，我从未战胜过这样的恐惧。幸运的是，每次他都跳了。然后我站起来，把环抛起来，让它像轮子一样转动。理查德·帕克应该跟着环跑，在它落地之前最后一次跳过去。最后这部分动作他总是做不好，不是因为我没能把环抛好，就是因为他笨拙地撞了上去。但至少他跟着环跑了，也就是说他离开了我。每次环掉在地上时他都感到很惊奇，他目不转睛地看着它，好像那是和他一起跑的某种庞大动物，出乎意料地倒了下去。他会站在环旁边，不停地嗅。我会把最后一块奖赏扔给他，然后走开。

最后，我离开了小船。我完全可以拥有整座小岛，却与一只动物待在如此狭窄的住处，而且他需要越来越大的地方，这看上去很荒唐。我认为，睡在树上是安全的。理查德·帕克夜间在救生艇上睡觉的习惯在我心里从来不是一个必须遵守的规则。要是哪一次他决定在午夜去散步，而我却在自己的地盘之外，毫无防备地在地上睡着了，这可不是个好主意。

于是，有一天，我带着网、一根缆绳和几条毯子离开了小船。我在森林边上选中了一棵漂亮的树，把缆绳扔上最矮的树枝。我现在已经相当健康，用胳膊拉住绳子往树上爬没有任何问题。我找到两根靠在一起的平伸的结实的树枝，把网系在上面。一天结束时，我回到了树上。

我刚卷起毯子，做了一个床垫，就觉察到沼狸群中一阵骚动。我看了看，把树枝拨开，好看得更清楚些。我环顾四周，尽力远眺。没错。沼狸正离开池塘——实际上，是在离开整个平原——并迅速向森林跑来。整个沼狸国都在搬迁，一个个弓着背，脚爪奔跑着，动作迅速得让人难以看清。我正在想这些动物还能给我带来怎样的惊奇，这时，我惊恐地发现，从离我最近的池塘跑来的沼狸已经把我的树包围了，正沿着树干爬上来。树干正在浪潮般涌来的下定决心的沼狸群中消失。我以为它们要来袭击我，以为这就是理查德·帕克在救生艇上睡觉的原因：白天沼狸是温顺无害的，但是晚上，它们会用集体的重量把敌人压碎。我既害怕又愤怒。和一只450磅重的孟加拉虎一起在救生艇里活了这么长时间，却在树上死于两磅重的沼狸之手，这个悲剧太不公平、太荒唐，让我无法忍受。

它们并不想伤害我。它们爬到我身上，从我身上爬过，在我身边爬——从我身边爬过。每一根树枝上都蹲着沼狸，整棵树上挤满了沼狸，它们甚至占据了我的床。在我的视野之内，情况都一样。它们在爬我所能看得见的每一棵树，整个森林都变成了棕色，仿佛在几分钟之内秋天突然来临了。它们成群结队急匆匆朝森林更深处还空着的树奔去，发出的声音比一群受了惊而奔跑的大象发出的声音还要大。

同时，平原变得光秃秃的，一片荒凉。

从与老虎同眠的双层床，到与沼狸共处的过于拥挤的宿舍——如果我说生活可能发生最令人惊讶的转变，会有人相信吗？我与沼狸挤，好在自己的床上有一个位置。它们紧紧偎依着我。没有一平方英寸的地方是空的。

它们安顿下来，不再吱吱叽叽地叫。树上安静下来，我们睡着了。

黎明，我醒来时，身上从头到脚盖了一条活的毛毯。有几只小沼狸发现了我身上更温暖些的地方。我脖子上紧紧围着满是汗的领子——在我头旁边如此心满意足地安顿下来的一定是它们的妈妈——另几只则挤在我腹股沟那里。

和侵占树时一样，它们又迅速地不拘礼节地离开了树。周围每棵树都一样。平原上挤满了沼狸，空气中开始充满它们白天的叫声。树看上去空荡荡的，我心里也感到有些空荡荡的。我喜欢和沼狸一起睡觉的经历。

我开始每天晚上都在树上过夜。我把救生艇上有用的东西都拿来，在树顶为自己搭了一间可爱的卧室。我习惯了沼狸从我身上爬过时并非故意的抓挠，我唯一的不满是上面的动物偶尔会排泄在我身上。

一天夜里，沼狸把我吵醒了。它们吱吱叫着，身体在发抖。我坐起来，朝它们看的方向望去。天上没有一丝云彩，一轮满月挂在天空。大地失去了色彩，一切都在黑色、灰色和白色的阴影里奇怪地闪着微光，是池塘，银色的影子正在池塘里移动，它们从下面出现，打碎了黑色的水面。

鱼，死鱼，正从水下浮到水面上来。池塘——记住，池塘有四十英尺宽——正渐渐挤满各种各样的死鱼，直到水面不再是黑色，而成了银色。水面仍在继续骚动，显然更多的死鱼还在浮上来。

这时一条死鲨鱼静静地出现了，沼狸激动异常，像热带鸟类一样尖声叫喊。歇斯底里的情绪传到了邻近的树上，叫声震耳欲聋。我不知道是否即将看见鱼被拖到树上的情景。

没有一只沼狸下树到池塘去，甚至没有作出准备下树的动作，它们只是大声表达着自己的失望。

我觉得这是一个邪恶的景象。所有这些死鱼身上有些什么东西令我感到不安。

我又躺下来，努力在沼狸的吵闹声中再次入睡。天刚亮，我就被沼狸成群结队下树的喧闹声吵醒了。我边打哈欠伸懒腰，边往下看昨天夜里引起如此激情和紧张不安的池塘。

池塘是空的，或者几乎是空的，但不是沼狸干的，它们刚开始潜进水里去抓剩下的鱼。

鱼消失了，我惊讶得目瞪口呆。我看的不是那个池塘吗？不，肯定就是那个池塘。我能肯定不是沼狸把鱼吃光了吗？完全可以肯定。我根本没看到它们把一整条鲨鱼从池塘里拖出来，更不用说把鱼背在背上，然后消失不见了。会是理查德·帕克吗？也许有一部分是他吃掉的，但他不会一夜吃完整个池塘的鱼。

这完全是个谜，无论我盯着池塘和深深的绿色的池壁看多少次，都无法解释这些鱼出了什么事。第二天夜里我又去看，但是没有新的鱼到池塘里来。

谜题的答案是后来才出现的，是在森林深处出现的。

森林中央的树更加高大一些，一棵挨着一棵。树下还是很清爽，没有任何林下灌木丛，而头顶的树冠却如此茂密，天空几乎被遮住了，或者，换句话说，天空是纯绿色的。一棵棵树挨得太近了，树枝相互交错、相互碰触、相互缠绕，很难分清一棵树的树枝伸到哪里为止，另一棵树的树枝又是从哪里开始的。我注意到树干干净平滑，树皮上没有沼狸爬树时留下的数不清的细小爪印。我很容易就猜出了为什么：沼狸不需要爬上爬下就能从一棵树到另一棵树。我发现，位于森林中心的边缘的许多树的树皮都差不多被撕碎了，这证实了我的猜测。毫无疑问，这些树是通向沼狸生活的树木城市的大门，这座城市比加尔各答更加繁忙。

我就是在这儿发现那棵树的。它不是森林中最大的一棵树，也不是森林正中心最大的一棵，也没有任何其他与众不同之处。它有漂亮的平伸的树枝，仅此而已。会是一个看天和观察沼狸在夜间的生活的好地方。

我可以确切地告诉你，我是哪一天碰到了那棵树：就是我离开小岛的前一天。

我注意到那棵树是因为那上面似乎有果子。在其他地方，森林里的树冠一律是绿色的，而这些果子却是黑色的，很引人注目。挂着果子的树枝奇怪地盘绕着。我目不转睛地看着。整座岛上的树都不结果子，只有这一棵例外，而且甚至不是整棵树都如此，只有树的一小部分长出了果子。我想也许我碰到了森林中地位相当于蜂后的树，我不知道这海藻是否会有一天不再用它的植物学上的奇异现象令我惊奇。

我想尝尝果子，但是树太高了，于是我回去拿来一根缆绳。海藻味道很好，果子的味道会如何呢？

我把缆绳打成环，扣在最低的主枝上，然后踩着一根根大树枝，一根根分树枝，朝那座小小的珍贵的果园爬去。

靠近了看，这些果子是暗绿色的，大小和形状都像甜橙。每只果子周围都有许多细枝紧紧缠绕着——是为了保护果子吧，我想。再靠近些，我能看到这些缠绕的细枝的另一个目的了：为了支撑果子。果子不只有一根梗子，而是有很多根。果子表面密布着细枝，这些细枝将果子与环绕在周围的细枝连在一起。这些果子一定很重而且鲜美多汁，我想。我靠近了。

我伸手摘了一只。果子太轻了，令我失望，几乎轻若无物。我用力扯了一下，把所有的梗子都拔了下来。

我在一根粗壮的树枝上舒舒服服地躺下来，背对着树干。在我头顶上是绿叶搭成的不断移动的屋顶，一道道阳光从叶缝间照射下来。在我所能看得到的地方，四周悬挂在空中的，是这座了不起的悬浮城市的盘绕旋转的道路。令人愉快的微风在树丛间吹拂。我很好奇，我仔细看了看果子。

啊，我多希望从来没有过那一刻啊！如果没有那一刻，我也许会在岛上住很多年。嗨，也许我下半辈子就住在那儿了。我想，没有什么能够把我推回到救生艇上，推回到我在那上面忍受过的痛苦和匮乏中去，什么也不能！我会有什么理由要离开这座小岛呢？难道我的身体需要没有在这里得到满足吗？难道这里没有我一辈子都喝不完的淡水吗？没有我吃不完的海藻？当我渴望变化的时候，难道这里没有比我想要的还要多的沼狸和鱼吗？如果小岛在漂动、在移动，它不是也可能朝着正确的方向移动吗？它不是可能最后成为把我带上陆地的一艘植物船吗？同时，难道我没有这些令人愉快的沼狸做伴吗？难道理查德·帕克不需要把第四跳练习得更加完美吗？自从来到岛上，离开的念头从没有在我脑中闪过。我已经在岛上待了好几个星期了，我说不出具体有几个星期，而且我还可以继续待下去。这一点我很肯定。

我大错特错了。

如果那只果子有种子，那便是播下的一粒导致我离开的种子。

那并不是一只果子，而是由许多树叶黏在一起形成的一只球。那许多果梗其实是许多叶梗。每拽下一根叶梗，便有一片叶子剥落下来。

剥了几层以后，我看见里面的叶子已经没有了梗子，平平地黏在球上。我用指甲抓住叶片边缘，把叶子扯了下来。一片一片的叶子外皮被揭开，就像剥开一层又一层的洋葱皮。我完全可以把“果子”撕开——我仍然把它叫作果子，因为找不到更恰当的词。但我选择慢慢地满足自己的好奇心。

果子变小了，从一只甜橙那么大，变得像一只柑橘那么大。我腿上和下面的树枝上满是剥下来的薄薄的、软软的树叶。

现在只有红毛丹那么大了。

现在想起来我的脊椎骨都会打寒战。

只有樱桃那么大了。

然后，里面的东西露了出来，那是一只绿色牡蛎中的一颗无法用语言形容的珍珠。

一颗人类的牙齿。

确切地说，是一颗臼齿。牙齿表面染成了绿色，上面满是细小的孔洞。

恐惧的感觉慢慢袭来。我还有时间扯开其他果子。

每一只里面都有一颗牙齿。

一只里面是犬齿。

另一只里面是前臼齿。

这儿是一颗门齿。

那儿是另一颗臼齿。

三十二颗牙齿。一副完整的人类牙齿。一颗不少。

我恍然大悟。

我没有尖叫。我想只有电影里的人才在恐惧时叫出声来。我只是打了个寒战，从树上下来了。

那一天，我权衡着各种选择，心乱如麻。所有的选择都很糟糕。

那天夜里，我躺在通常过夜的那棵树上，检验了自己的结论。我抓住一只沼狸，把它从树枝上扔了下去。

它掉下去时吱吱叫着。刚掉到地上，它就立即朝树上跑来。

因为沼狸特有的无知，它又回到了我旁边的地方。它开始舔自己的爪子。它看上去非常不舒服，重重地喘着粗气。

我本来可以到此为止，但我想自己试一试。我爬下去，抓住了缆绳。我在缆绳上打了结，这样爬起来容易一些。到了树底部，我把脚放到离地面一英寸的地方。我犹豫了。

我松开手。

刚开始我没觉得什么。突然，一阵灼痛从双脚直蹿上来。我尖叫起来，我以为自己要倒下去了。我设法抓住绳子，让自己离开了地面。我发疯似的在树干上摩擦着脚底心，这有点儿用，但还不够。我爬回到树枝上，把脚浸泡在床边那桶水里，又用树叶擦脚。我拿出刀来，杀死两只沼狸，试图用它们的血和内脏缓解疼痛。但是脚仍然感到灼痛，一夜都在痛。因为痛，也因为焦虑，我一夜没睡。

这座岛是食肉的，这就解释了为什么池塘里的鱼会消失。小岛将咸水鱼吸引到地下管道里来——如何吸引，我不知道；也许鱼像我一样吃了太多的海藻。它们被困住了。它们迷了路吗？通向大海的出口被堵住了吗？是不是水在不知不觉中改变了盐碱度，当鱼觉察到的时候已经太晚了？不管是哪一种情况，它们发觉自己被困在了淡水里，死去了。一些鱼浮到了池塘水面上，碎鱼肉为沼狸提供了食物。夜里，通过某种我不了解，但显然被阳光抑制了的化学过程，食肉海藻的酸性变得很高，池塘成了装满酸的大缸，把鱼消化掉了。这就是理查德·帕克每天晚上都回到船上的原因，这就是沼狸睡在树上的原因，这就是我在这座岛上除了海藻什么都没有看见过的原因。

这也解释了为什么会有牙齿。某个可怜的、迷失的灵魂在我之前来过这可怕的海岸。他？还是她？在这里待了多长时间？几个星期？几个月？几年？在这座树木的城市里，只有沼狸做伴，孤苦伶仃地过了几个小时？有多少关于幸福生活的梦想破碎了？有多少希望变成了泡影？有多少埋藏在心里的话直到死都没有说出口？忍受过多少孤独？产生过多少希望？而在所有这一切之后，又怎样？忍受所有这些痛苦的意义何在？

除了像口袋里的零钱的珐琅质，什么也没有。那个人一定死在了树上。是因为疾病？受伤？沮丧？破碎的灵魂要杀死有食物、水和蔽身之处的身体，需要多长时间？这些树也是食肉的，但是酸水平低得多，在小岛其他地方都冒着泡的时候，树上是个可以安全过夜的地方。但是一旦人死了，停止了活动，树就会慢慢将尸体包裹起来，消化掉，滤取骨头里的营养，直到骨头消失。最后，甚至牙齿也会消失。

我环顾四周的海藻，一阵苦涩涌上心头。在我心里，这些海藻在白天所展示的光明前景已经被它们在夜晚的背叛所取代。

我低声咕哝道："只剩下牙齿了！**牙齿**！"

早晨，我下定了决心。我要出发去寻找自己的同类，我宁愿在这一过程中丧身，也不愿在这座杀人的岛上过孤独的令人不满意的生活，虽然身体舒服，精神却已死亡。我在船上备足了淡水，还像骆驼一样喝足了水。一整天我都在吃海藻，一直吃到肚子再也撑不下为止。我杀了很多沼狸，剥了皮，把柜子塞得满满的，把船板也堆得满满的。我从池塘里捞上来很多死鱼。我用斧子砍下一大堆海藻，用一根缆绳穿起来，系在船上。

我不能抛弃理查德·帕克，离开他就意味着杀死他，他连第一夜都活不过去。日落时，独自在船上，我会知道他正被活活烧死。或者他跳进了海里，那他就会淹死。我等着他回来。

我知道他不会迟到的。

他上船后，我把船推下了水。有几个小时，洋流让我们无法远离小岛。大海的声音令我不安，而且我已经不能适应船的晃动了。夜晚过去得很慢。

早晨，小岛已经看不见了，我们拖着的那堆海藻也不见了。夜幕刚刚降临，海藻的酸就把绳子腐蚀断了。

大海波涛汹涌，天空阴沉灰暗。

93

我对自己的处境感到厌烦了，这就像天气一样毫无意义。但是生命却不愿离开我。这个故事的其余部分只有悲伤、疼痛和忍耐。

一种极端会引起另一种极端。我告诉你，如果你像我一样处在如此悲惨的困境之中，你也会让自己的思想变得崇高。你的处境越是低下，你的思想越想高高飞翔。我如此凄凉绝望，处在永无休止的痛苦的挣扎之中，很自然地，我会求助于上帝。

94

我们到达陆地的时候，具体地说，是到达墨西哥的时候，我太虚弱了，简直连高兴的力气都没有了。靠岸非常困难。救生艇差点儿被海浪掀翻。我让海锚——剩下的那些——完全张开，让我们与海浪保持垂直，一开始往浪峰上冲，我就起锚。

我们就这样不断地下锚和起锚，冲浪来到岸边。这很危险，但是我们正巧抓住了一个浪头，这个浪头将我们带了很远一段距离，带过了高高的、墙一般坍塌的海水。我最后一次起锚，剩下的路程我们是被海浪推着前进的。小船发出嘶嘶声，冲上海滩停了下来。

我从船舷爬了下来。我害怕松手，害怕在就要被解救的时候，自己会淹死在两英尺深的水里。我向前看看自己得走多远，那一瞥在我心里留下了对理查德·帕克的最后几个印象之一，因为就在那一刻他朝我扑了过来。我看见他的身体，充满了无限活力，在我身体上方的空中伸展开来，仿佛一道飞逝的毛茸茸的彩虹。他落进了水里，后腿展开，尾巴翘得高高的，只跳了几下，他就从那儿跳到了海滩上。他向左走去，爪子挖开了潮湿的沙滩，但是又改变了主意，转过身来。他向右走去时径直从我面前走过。他没有看我。他沿着海岸跑了大约一百码远，然后才掉转过来。他步态笨拙又不协调，他摔倒了好几次。在丛林边上，他停了下来。我肯定他会转身对着我，他会看我，他会耷拉下耳朵，他会咆哮，他会以某种诸如此类的方式为我们之间的关系做一个总结。他没有这么做，他只是目不转睛地看着丛林。然后，理查德·帕克，我忍受折磨时的伴侣，激起我求生意志的可怕猛兽，向前走去，永远从我的生活中消失了。

我挣扎着向岸边走去，倒在了海滩上。我四处张望。我真的是孤独一人，不仅被家人遗弃，并且现在被理查德·帕克遗弃，而且，我想，也被上帝遗弃了。当然，我并没有被遗弃。这座海滩如此柔软、坚实、广阔，就像上帝的胸膛，而且，在某个地方，有两只眼睛正闪着快乐的光，有一张嘴正因为有我在那儿而微笑着。

几个小时以后，我的一个同类发现了我。他离开了，又带了一群人回来。大约有六七个人。他们用手捂着鼻子和嘴朝我走过来。我不知道他们怎么了。他们用一种奇怪的语言对我说话。他们把救生艇拖到了沙滩上。他们把我抬走了。我手里抓着一块从船上带下来的海龟肉，他们把肉抠出来扔了。

我像个孩子一样哭起来。不是因为我对自己历尽磨难却生存下来而感到激动，虽然我的确感到激动。也不是因为我的兄弟姐妹就在我面前，虽然这也令我非常感动。我哭是因为理查德·帕克如此随便地离开了我。不能好好地告别是件多么可怕的事啊。我是一个相信形式、相信秩序和谐的人。只要可能，我们就应该赋予事物一个有意义的形式。比如说——我想知道——你能一章不多、一章不少，用正好一百章把我的杂乱的故事说出来吗？我告诉你，我讨厌自己外号的原因之一就是，那个数字会一直循环下去。事物应当恰当地结束，这在生活中很重要。只有在这时你才能放手，否则你的心里就会装满应该说却从不曾说的话，你的心就会因悔恨而沉重。那个没有说出的再见直到今天都让我伤心。我真希望自己在救生艇里看了他最后一眼，希望我稍稍激怒了他，这样他就会牵挂我。我希望自己当时对他说——是的，我知道，对一只老虎，但我还是要说——我希望自己说："理查德·帕克，一切都过去了。我们活了下来。你能相信吗？我对你的感谢无法用语言表达。如果没有你，我做不到这一点。我要正式地对你说：理查德·帕克，谢谢你。谢谢你救了我的命。现在到你要去的地方去吧。这大半辈子你已经了解了什么是动物园里有限的自由；现在你将会了解什么是丛林里有限的自由。我祝你好运。当心人类。他们不是你的朋友。但我希望你记住我是一个朋友。我不会忘记你的，这是肯定的。你会永远和我在一起，在我心里。那嘶嘶声是什么？啊，我们的小船触到沙滩了。那么，再见了，理查德·帕克，再见。上帝与你同在。”

发现我的人把我带到了他们村里，在那里，几个女人给我洗了个澡。她们擦洗得太用力了，我不知道她们是否意识到我是天生的棕色皮肤，而不是个非常脏的白人小伙子。我试图解释。她们点点头，笑了笑，然后继续擦洗，仿佛我是船甲板。我以为她们要把我活剥了。但是她们给了我食物，可口的食物。我一开始吃，就没办法停下来了。我想我永远也不会停止感到饥饿。

第二天，来了一辆警车，把我送进了医院。我的故事到此结束了。

救我的人慷慨大方，让我深受感动。穷人送给我衣服和食物。医生和护士照顾我，仿佛我是个早产的婴儿。墨西哥和加拿大官员为我敞开了所有大门，因此从墨西哥海滩到我养母家再到多伦多大学的课堂，我只须走过一道长长的通行方便的走廊。我要对所有这些人表示衷心的感谢。

PART THREE

墨西哥托马坦镇贝尼托华雷斯医院

95

日本运输部海运科的冈本友广先生现已退休，他告诉我，他和他当时的年轻助手千叶笃郎先生正在加利福尼亚的长滩——美国西部海岸主要集装箱港口，靠近洛杉矶——处理不相关的事情，这时他们得到消息，有报道说几个月前在太平洋公海消失得无影无踪的日本船“齐姆楚姆号”的唯一幸存者在墨西哥海岸一个叫托马坦的小镇上了岸。科里指示他们与幸存者取得联系，看看是否能够了解到船的命运如何。他们买了一张墨西哥地图，查找托马坦在哪里。不幸的是，地图的一道折痕穿过下加利福尼亚，从一个叫托马·坦的沿海小镇越过，小镇的名字是用小写字母印刷的。冈本先生以为自己读到的是托马坦。因为这座小镇就在下加利福尼亚往南不到一半路程的地方，所以他决定到那里去最快的方式是开车。

他们开着租来的车出发了。当他们到达长滩以南800公里处的托马·坦，发现那里并不是托马坦的时候，冈本决定继续向南开200公里到圣罗莎利亚，然后乘轮渡越过加利福尼亚湾到瓜伊马斯。渡船晚点了，而且开得很慢。从瓜伊马斯到托马坦还有1 300公里。路很难走。轮胎瘪了，车坏了，修车的机修工偷偷拆下发动机零件，把旧零件放进去。因为零件被更换，他们得赔偿汽车租赁公司，而且车在他们回去的路上又坏了一次。第二位机修工多收了他们钱。冈本先生向我承认，他们到达托马坦的贝尼托华雷斯医院时已经非常疲劳了。这家医院根本不是在下加利福尼亚，而是在巴亚尔塔港，在哈利斯科，几乎与墨西哥城在一个纬度上。他们一口气赶了四十一小时的路。“我们拼命干活。”冈本先生写道。

他和千叶先生用英语与帕特尔先生交谈了将近三个小时，并将谈话做了录音。下面是一字不差的录音文字记录节选。我感谢冈本先生向我提供了一份复制录音带和他的最终报告。为清楚起见，我在说话人不很明确之处作了提示。用不同字体印刷的部分的原文是日语，是我翻译过来的。

96

“你好，帕特尔先生。我叫冈本友广，我是日本交通运输部海运科的。这是我的助手千叶笃郎。我们是为‘齐姆楚姆号’沉没一事而来，你是船上的一名乘客。现在可以和你谈谈吗？”

“可以，当然可以。”

“谢谢。你太好了。现在，笃郎君，你对这项工作不了解，注意听，好好学。”

“是，冈本先生。”

“录音机打开了吗?”

“是的，打开了。”

“好。噢，我太累了！记下，今天是1978年2月19日。案卷号250663，关于‘齐姆楚姆号’货船失踪一事。你感觉舒服吗，帕特尔先生？”

“是的，谢谢。你们呢？”

“我们感觉很舒服。”

“你们大老远的从东京来？”

“我们在加利福尼亚的长滩。我们是开车来的。”

“旅途愉快吗？”

“旅途很愉快。开车很愉快。”

“我的旅途糟糕透了。”

“是的，我们来之前和警察谈过了，我们还看见了救生艇。”

“我有点儿饿了。”

“你想要一块小甜饼吗？”

“噢，好的！”

“给你。”

“谢谢！”

“不客气。只是一块小甜饼。现在，帕特尔先生，我们想知道你能否告诉我们发生了什么事，尽量详细一些。”

“好的。我很高兴这么做。”

故事。

98

冈本先生:“很有意思。”

千叶先生:“真是个有趣的故事。”

“他以为我们是傻瓜。帕特尔先生，我们休息一会儿，然后再回来，行吗?”

“可以。我想再要一块小甜饼。”

“当然可以。”

千叶先生:“他已经要了很多，大多数都没吃。那些小甜饼就在那儿，在他的床单下面。”

“再给他一块吧。我们得顺着他。我们过几分钟就回来。”

99

冈本先生:“帕特尔先生，我们不相信你的故事。”

“真遗憾，小甜饼很好吃，但是太容易碎了。我很吃惊。为什么呢?”

“这个故事经不起推敲。”

“你是什么意思?”

“香蕉不能浮在水上。”

“对不起，我不懂？”

“你刚才说红毛猩猩是在由香蕉堆成的小岛上漂来的。”

“对。”

“香蕉不能浮在水上。”

“不，香蕉可以浮在水上。”

“香蕉太重了。”

“不，不重。喏，你自己试试看。我这儿就有两根香蕉。”

千叶先生：“那两根香蕉是哪儿来的？他的床单下还有什么？”

冈本先生：“见鬼。不，不用了。”

“那儿有个水池。”

“不用了。”

“我坚持试一试。把水池注满水，把香蕉丢进去，我们就会看到谁是对的。”

“我们想继续听下去。”

“我一定要坚持。”

[沉默]

千叶先生：“我们怎么办？”

冈本先生：“我感到今天又会是漫长的一天。”

[椅子被向后拖的声音。远处水从龙头里哗哗流出的声音。]

派·帕特尔：“怎么回事？我在这儿看不见。”

冈本先生[从远处]：“我在往水池里注水。”

“你把香蕉放进去了吗？”

[远处]“还没有。”

“现在呢？”

[远处]“放进去了。”

“怎么样？”

［沉默］

千叶先生：“香蕉浮起来了吗？”

［远处］“浮起来了。”

“怎么样，浮起来了吗？”

［远处］“浮起来了。”

“我说什么来着？”

冈本先生：“对，对。但是要托住一只红毛猩猩，得有很多香蕉才行啊。”

“是有很多，估计得有一吨，那些香蕉本来是任我享用的，却漂走了，浪费了，现在我想到这个还感到懊丧呢。”

“真遗憾。那么，关于……”

“能把香蕉还给我吗？”

千叶先生：“我去拿。”

[椅子被向后拖的声音。]

[远处]“看哪。香蕉真的浮在水上。”

冈本先生:“关于你说你偶然发现的海藻岛，如何解释?”

千叶先生:“你的香蕉。”

派·帕特尔:“谢谢。什么?”

“很抱歉我说话直言不讳，我们并不想伤害你的感情，但其实你并不希望我们相信你，是不是?食肉树?能制造淡水的以鱼为食的海藻?住在树上的水栖啮齿动物?这些东西根本不存在。”

“这只是因为你从来没有见过它们。”

“是的。我们只相信亲眼所见。”

“哥伦布也是一样。当你在黑暗中的时候，你怎么办?”

“从植物学来看，你的小岛是不可能存在的。”

“落进捕蝇草之前苍蝇也这么说。”

“为什么其他人没有偶然发现这座小岛?”

“海洋很大，来来往往的船只都很繁忙。我走得很慢，观察得很多。”

“没有科学家会相信你的。”

“那么他们就会像不愿接受哥白尼和达尔文的观点的人一样。科学家不是还在不断发现新的植物品种吗?比如说，在亚马孙盆地?”

“他们发现的不是违背自然规律的植物品种。”

“你对自然规律的了解已经很透彻了?”

“足以让我能够区分什么是可能的，什么是不可能的。”

千叶先生:“我有一个叔叔，他对植物学非常了解。他住在日田市附近的乡村里。他是个盆景艺术家。”

派·帕特尔：“他是个什么？”

“盆景艺术家。你知道，盆景就是小树。”

“你是说灌木。”

“不，我是说树。盆景就是小树。这些树不到两英尺高。你可以把它们夹在胳膊下面。树龄可能很长。我叔叔有一株树，已经有三百多年的树龄了。”

“有三百多年树龄的树，只有两英尺高，可以夹在胳膊下面？”

“是的。它们非常精巧，需要精心呵护。”

“谁听说过这样的树？从植物学来看，这些树是不可能存在的。”

“但是我向你保证这些树是存在的，帕特尔先生。我叔叔……”

“我只相信我亲眼所见。”

冈本先生：“请等一下。笃郎，你那位住在日田市附近乡村里的叔叔值得尊敬，但我们不是到这儿来闲谈植物学的。”

“我只是在帮忙。”

“你叔叔的盆景吃肉吗？”

“我想不吃。”

“你被他的盆景咬过吗？”

“没有。”

“那么，你叔叔的盆景就没有在帮忙。我们刚才说到哪儿了？”

派·帕特尔：“说到牢牢扎根在我跟你们描述过的小岛

上，完全长成的高大的树木。”

“现在我们暂时把它们放在一边吧。”

“这可能很难。我从来没试过把它们拔出来拿走。”

“你是个有趣的人，帕特尔先生。哈！哈！哈！”

派·帕特尔：“哈！哈！哈！”

千叶先生：“哈！哈！哈！这并不好笑。”

冈本先生：“你就笑吧！哈！哈！哈！”

千叶先生：“哈！哈！哈！”

冈本先生：“关于老虎，我们也不能肯定。”

“你是什么意思？”

“我们很难相信。”

“这是个令人难以置信的故事。”

“的确如此。”

“我不知道自己是怎么活下来的。”

“显然这很费力。”

“我要再来一块小甜饼。”

“甜饼已经没有了。”

“那只包里是什么？”

“没什么。”

“我能看看吗？”

千叶先生：“我们的午饭完了。”

冈本先生：“回到老虎……”

派·帕特尔：“可怕的事情。可口的三明治。”

冈本先生：“是的，看上去不错。”

千叶先生：“我饿了。”

“根本没有发现老虎的踪影。这有点儿令人难以相信，不是吗？美洲没有老虎。如果外面有一只野生的老虎，你不认为警察现在已经听说这件事了吗？”

“我应该告诉你隆冬季节从苏黎世动物园逃跑的那只黑豹的事。”

“帕特尔先生，老虎是一种非常危险的野生动物。你怎么可能和一只老虎共处一艘救生艇还能活下来呢？这？”

“你没有意识到，在野生动物眼里，我们人类是一个奇怪的绝不能接近的物种。它们对我们充满了恐惧，它们尽量躲开我们。消除一些柔顺的动物的恐惧花了好几个世纪的时间——这个过程叫做驯养——但是大多数动物无法克服恐惧，而且我怀疑它们将来是否可能做到这一点。野生动物与我们搏斗完全是出于绝望，当它们感到没有其他办法的时候才搏斗，这是最后的办法。”

“在救生艇里？得了，帕特尔先生，这真是太难以置信了！”

“难以置信？你知道什么叫难以置信？你想要难以置信吗？我就让你难以置信。这是印度动物园饲养员守口如瓶的一件事。1971年，一只叫芭拉的北极熊从加尔各答动物园里逃了出来。那以后再也没有人听说过关于她的消息，警察、猎人、偷猎者，任何人都没有听说过。我们怀疑她正在胡格利河岸过着自由自在的日子呢。我的好先生们，如果你们到加尔各答去，可要当心啊：如果你们呼出的气里有寿司味儿，你们可能会付出昂贵的代价！如果你抓住东京这座城市，把它倒过来抖一抖，掉出来的动物会让你大吃一惊的：獾、狼、王蛇、巨蜥、鳄鱼、鸵鸟、狒狒、水豚、野猪、豹子、海牛，数不清的反刍动物。毫无疑问，在我心里，野生长颈鹿和野生河马祖祖辈辈在东京生活，却没有一个人看见过它们。有一天，你应该比较一下当你在大街上走路时沾在你鞋底的东西和你在东京动物园看见的躺在笼子里的动物——然后抬头看！你会在墨西哥丛林里发现一只老虎！这很可笑，简直是可笑。哈！哈！哈！”

“野生长颈鹿和野生河马可能生活在东京，北极熊也可能自由自在地生活在加尔各答。我们就是不能相信你的救生艇里生活着一只老虎。”

“这就是大城市人的傲慢！你们让自己的大都市里住着伊甸园里的各种动物，却不让我的小村庄里有一只孟加拉虎！”

“帕特尔先生，请安静。”

“如果仅仅一个可信性问题就让你们迟疑不决，那你们还活着干什么？难道爱情不令人难以置信吗？”

“帕特尔先生……”

“不要拿礼貌来吓我！爱情令人难以置信，随便去问哪一个恋爱中的人都行。生命令人难以置信，随便去问哪一个科学家都行。上帝令人难以置信，随便去问哪一个信仰上帝的人都行。你为何会如此难以相信我的遭遇？”

“我们只是想要合乎情理。”

“我也是！我每一刻都在讲情理。用情理来获取食物、衣服和住所，真是好极了。情理是最好的工具箱。要让老虎走开，没有什么比情理更有用了。但是过分讲究情理，你就有把整个宇宙和洗澡水一起倒出去的危险。”

“安静，帕特尔先生，安静。”

千叶先生：“洗澡水？他为什么说洗澡水？”

“我怎么能安静？你应该看看理查德·帕克！”

“是的，是的。”

“巨大。牙齿像这样！爪子像短弯刀！”

千叶先生：“什么是短弯刀？”

冈本先生：“千叶君，别问关于词汇的愚蠢问题，你为什么不能让自己有用一些呢？这个小伙子很难对付。做点儿什么！”

千叶先生：“看！一块巧克力！”

派·帕特尔：“太好了！”

[长时间的沉默]

冈本先生：“好像他没把我们的午饭全都偷走了似的。很快他就会要天妇罗了。”

[长时间的沉默]

冈本先生：“我们忘记了这次调查的要点。我们到这儿来是为了货船沉没的事。你是唯一的幸存者。你只是一名乘客，你对发生的事不负有任何责任。我们……”

“巧克力很好！”

“我们不是在确定刑事责任。你是海上悲剧的无辜受害者。我们只是想要弄清楚‘齐姆楚姆号’为什么会沉没，是怎么沉没的。我们以为你可以帮助我们，帕特尔先生。”

[沉默]

“帕特尔先生？”

[沉默]

派·帕特尔：“老虎存在，救生艇存在，海洋存在。因为在你们狭隘而有限的经验中这三者从来没有在一起过，所以你们就拒绝相信它们可能在一起。但是，明明白白的事实是，'齐姆楚姆号'把它们带到了一起，然后就沉了。"

［沉默］

冈本先生："这个法国人怎么解释？"

"他怎么了？"

"两个盲人分别乘两艘救生艇在太平洋上相遇了——这个巧合似乎有点儿靠不住，不是吗？"

"的确如此。"

"我们认为可能性极小。"

"买彩票中奖的可能性也极小，但是有人中了。"

"我们认为这非常难以置信。"

"我也这么认为。"

"我就知道我们今天应该休息。你们谈到食物了吗？"

"我们谈到了。"

"他对食物知道得很多。"

"如果你可以称之为食物的话。"

"'齐姆楚姆号'上的厨师是个法国人。"

"全世界都有法国人。"

"也许你遇到的那个法国人就是那个厨师。"

"也许吧。我怎么知道？我从没见过他，我是个瞎子，后来理查德·帕克把他生吃了。"

"真方便啊。"

"一点儿也不。可怕极了，还有股恶臭。顺便问一下，你们怎么解释救生艇上的沼狸骨头？"

"对，救生艇上找到了一只小动物……"

“不止一只！”

“——几只小动物的骨头。一定是从大船上带下来的。”

“动物园里没有沼狸。”

“我们没有证据证明那些就是沼狸的骨头。”

千叶先生：“也许是香蕉骨头！哈！哈！哈！哈！哈！”

“笃郎，闭嘴！”

“对不起，冈本先生。太疲劳了。”

“你让我们的服务丢脸。”

“非常抱歉，冈本先生。”

冈本先生：“那些骨头可能是另一种小动物身上的。”

“就是沼狸。”

“可能是沼狸。”

“动物园里的沼狸卖不出去，它们留在了印度。”

“可能是船上的害虫，比如老鼠。沼狸在印度很常见。”

“沼狸是船上的害虫？”

“为什么不可以呢？”

“几只沼狸在暴风雨中的太平洋里游到救生艇上去？那有点儿令人难以置信，你不这么认为吗？”

“没有我们在前面两小时里所听到的某些事情那么难以置信。也许沼狸早已经在救生艇上了，就像你说过的老鼠那样。”

“救生艇上的动物数量之多，真令人惊讶。”

“真令人惊讶。”

“一座真正的丛林。”

“是的。”

“那些骨头是沼狸的骨头，请专家检验一下。”

“剩的骨头不多了，而且没有头。”

“我把头当作钓饵了。”

“我很怀疑专家能不能分辨出那是沼狸的骨头还是獴的骨头。”

“找一位动物法医。”

“好吧，帕特尔先生！你赢了。我们无法解释沼狸骨头，如果那是沼狸骨头的话，为什么出现在救生艇里。但这不是我们现在所要关心的事。我们到这儿来，是因为小井科船运公司一艘挂巴拿马旗的日本货船在太平洋沉没了。”

“这件事我一直没忘，一分钟也没忘。我失去了全家。”

“我们很难过。”

“没有我那么难过。”

[长时间的沉默]

千叶先生：“我们现在做什么？”

冈本先生：“我不知道。”

[长时间的沉默]

派·帕特尔：“你们要小甜饼吗？”

冈本先生：“好的，那太好了。谢谢。”

千叶先生：“谢谢。”

[长时间的沉默]

冈本先生：“今天天气不错。”

派·帕特尔：“是的。阳光灿烂。”

[长时间的沉默]

派·帕特尔：“你们这是第一次到墨西哥来吗？”

冈本先生：“对，是的。”

"我也是。"

[长时间的沉默]

派·帕特尔:"那么,你们不喜欢我的故事?"

冈本先生:"不,我们非常喜欢。不是吗,笃郎?我们会记住它很长很长时间。"

千叶先生:"我们会的。"

[沉默]

冈本先生:"但是为了调查的目的,我们想知道究竟发生了什么事。"

"究竟发生了什么事?"

"是的。"

"那么你们还想听一个故事?"

"嗯……不。我们想知道究竟发生了什么事。"

"难道对某件事情的叙述不总是变成一个故事吗?"

"嗯……在英语里也许是这样。在日语里,故事包括了创造的因素。我们不想要任何创造。我们想要'准确无误的事实',就像你们在英语里所说的那样。"

"叙述某件事情——用语言来叙述,无论是英语还是日语——难道不已经是某种创造了吗?看这个世界难道不已经是某种创造了吗?"

"嗯……"

"这个世界并不是它本来的样子。它是我们所理解的样子,不是吗?在理解某件事情的过程中,我们加进了一些东西,不是吗?难道这不使得生活成为了一个故事吗?"

"哈!哈!哈!你非常聪明,帕特尔先生。"

千叶先生:“他在说什么?”

“我不知道。”

派·帕特尔:“你想要反映真实的话?”

“是的。”

“不与事实相违背的话?”

“正是。”

“但是老虎并不违背事实。”

“噢,求你了,别再说老虎了。”

“我知道你想要什么。你想要一个不会让你吃惊的故事。将会证实你已经知道的东西,不会让你看得更高更远或者从不同的角度来看问题的东西。你想要一个平淡无奇的故事,一个静止的故事。你想要干巴巴的,不令人兴奋的真实。”

“嗯……”

“你想要一个没有动物的故事。”

“是的。”

“没有老虎也没有红毛猩猩。”

“对。”

“没有鬣狗也没有斑马。”

“没有。”

“没有沼狸也没有獴。”

“我们不想要它们。”

“没有长颈鹿也没有河马。”

“我们要用手指把耳朵堵上了!”

“那么我说对了。你们想要一个没有动物的故事。”

“我们想要一个能够解释‘齐姆楚姆号’为什么沉没的没

有动物的故事。”

“请给我一分钟。”

“当然。我想我们终于有一些进展了。希望他的话有些道理。”

[长时间的沉默]

“这是另一个故事。”

“好。”

“船沉了。它发出一声仿佛金属打嗝般的巨大声响。船上的东西在海面上冒了几个泡泡便消失了。我发现自己在太平洋里踢着水。我朝救生艇游去，那是我一生中游得最艰难的一次。我似乎没在动，我不停地吞进水，我很冷，我在迅速丧失体力。要不是厨师扔给我一只救生圈，把我拉进船里，我肯定游不到救生艇那里。我爬到船上就瘫了下来。

“我们四个人活了下来。母亲抓住一些香蕉，游到了救生艇上。厨师已经在船上了，水手也是。

“他吃苍蝇，我是说厨师。我们在救生艇里还不到一天；我们有足够维持好几个星期的食物和水；我们有钓鱼工具和太阳能蒸馏器；我们没有理由相信自己不会很快获救。而他却挥舞着胳膊抓苍蝇，然后贪婪地吃掉。他立即就陷入了对饥饿的可怕恐惧之中。因为我们不和他一起享受这盛宴，他就叫我们白痴、傻瓜。我们感到生气，也感到恶心，但并没有表现出来。我们很有礼貌。他是个陌生人，是个外国人。母亲微笑着，摇摇头，举起手来表示拒绝。他是个让人恶心的人，他的嘴就像一个垃圾堆，什么都能吃进去。他还吃老鼠，他把老鼠切开，放在太阳底下晒干。我——我得老实说——我吃了一小块，很小的一块，背着母亲。我太饿了。他真是个畜生，那个厨师，脾气坏，虚伪。

“水手很年轻。实际上，他比我大，大概二十出头，但是他从大船上跳下来时摔断了腿，疼痛使他变得像个孩子。他长得很英俊，脸上没有一根绒毛，脸色白净而有光泽。他的脸——宽宽的脸庞，扁平的鼻子，细长的、眯缝的双眼——看上去如此优雅。我认为他看上去像一个中国皇帝。他疼得厉害。他不会说英语，一个字也不会，连是或不、你好或谢谢都不会。他只会说中文，他说的话我们一个字也听不懂，他一定感到非常孤独。当他哭泣的时候，母亲就让他把头枕在她腿上，并且握住他的手。那情景非常非常伤感。他在忍受折磨，而我们却无能为力。

“他的右腿大腿骨断了，骨头从肉里伸了出来，他疼得大喊大叫。我们尽量把他的腿固定好，设法让他吃点儿东西，喝点儿水。但他的腿感染了。虽然我们每天都给他的腿排脓，情况还是越来越糟。他的脚变黑了，肿了起来。

“是厨师出的主意。他是个畜生，他控制了我们。他低声说黑色会扩散开来，除非把腿锯掉，否则他活不了。因为断的是大腿骨，所以只要把肌肉切开，再绑上止血带就行了。直到现在我都能听见他那恶毒的低语声。他可以做这件事，来挽救水手的生命，他说，但我们得按住他。惊讶是唯一的麻醉剂。我们扑到他身上。母亲和我抓住他的两只胳膊，厨师则坐在他那条好腿上。水手痛苦地扭动着身体，尖声喊叫，他的胸脯不停地起伏。厨师迅速用刀割着。腿掉了下来。母亲和我立刻松手走开，我们以为束缚没有了，挣扎就会停止，我们以为他会安安静静地躺着，但他没有。他立刻坐了起来，因为不明白发生了什么事，他叫得更厉害了。他叫着，我们瞪眼看着，束手无策。到处都是血。更糟的是，可怜的水手发狂般的剧烈动作和他那条静静躺在船底的腿形成了鲜明的对比。他不停地看着那条腿，仿佛在乞求它回来。最后他倒了下去。我们急忙行动起来。厨师把皮肤盖在骨头上，我们用一块布把残肢包扎起来，在伤口上方扎上绳子止血。我们把他尽可能舒服地放在救生衣铺成的垫子上，让他保持温暖。我想这都没有用。我无法相信一个人在经历了如此疼痛，被如此残忍地屠宰之后还能活下来。整个傍晚和夜里他一直在呻吟，他的呼吸很粗，而且不均匀。他一阵阵狂躁不安地说胡话。我以为他夜里会死去。

“他对生命依依不舍。黎明时他仍然活着。他晕了过去，又醒了过来。母亲给了他一点儿水。我看见了他被锯断的腿。我的呼吸都停止了。混乱中他的腿被挪到一边，在黑暗中被遗忘了。液体渗了出来，腿看上去细了一些。我拿起一件救生衣，当作手套裹在手上。我把腿拿了起来。

“‘你在干什么？’厨师问。

“‘我要把它扔出去。’我回答说。

“‘别傻了，我们要把它当作鱼饵，这才是整件事的关键。’

“就在他说出最后几个字的时候，他似乎后悔了，因为他的声音迅速变小了。他转过身去。

“‘整件事的关键？’母亲问，‘你这句话是什么意思？’

“他假装在忙。

“母亲提高了声音。‘你是不是在说我们把这个可怜的小伙子的腿割下来不是为了挽救他的生命，而是为了得到鱼饵？’

“畜生不说话。

“‘回答我！’母亲叫道。

“他像困兽一般抬起眼睛，瞪着她。‘我们的食物储备就要用完了，’他吼道，‘我们需要更多的食物，否则我们会死的。’

“母亲也瞪着他。‘我们的食物储备没有用完！我们有很多食物和水。我们有整包整包的饼干，完全可以让我们渡过难关，直到获救。’她拿起我们存放开了包的饼干的塑料罐子。出乎意料的是，罐子在她手里显得很轻，几块饼干屑在里面发出当当的声响。‘什么！’她打开罐子，‘饼干到哪里去了？昨天晚上罐子还是满的！’

“厨师移开了目光，我也一样。

“‘你这个自私的怪物！’母亲尖叫道，‘我们没有食物的唯一原因就是你在拼命吃！’

“‘他也吃了。’他说，一边朝我的方向点点头。

“母亲将目光转向我。我的心沉了下去。

“‘派西尼，是真的吗？’

“‘是在夜里，母亲。我睡得迷迷糊糊的，我太饿了。他给了我一块饼干，我想都没想就吃了……’

“‘只有一块，是吗？’厨师讥笑道。

“现在是母亲将目光移开了，她似乎已经不生气了，她没再说一个字，继续照料水手去了。

“我希望她生气，我希望她惩罚我，只是不要像这样不说话。我过去整理救生衣，好让水手躺得舒服一些，这样我就能靠近她了。我低声说：‘对不起，母亲，对不起。’我的眼泪就要掉下来了。当我抬起眼睛时，我看见她的眼里也充满了泪水。但是她没有看我，她在盯着空中某件记忆。

“‘我们是完全孤独的，派西尼，完全孤独。’她说，她的语气让我身体里的每一线希望都破灭了。我这一生从没有像在那一刻那样感觉如此孤独。我们已经在救生艇上待了两个星期，这已经对我们造成了危害。我们更加难以相信父亲和拉维还活着。

“我们转过身来，看见厨师正抓住水手那条腿的脚踝处，把它悬在水面上排掉血水。母亲用手捂住了水手的眼睛。

“他安静地死了。生命从他的身体里流走，就像液体从他的腿里流走。厨师及时把他屠宰了。腿被制成了不顶用的鱼饵。死肉腐烂得太厉害了，鱼钩根本钩不住；肉就在水里散掉了。这个怪物什么都不浪费，他把什么都切碎了，包括水手的皮肤和每一英寸肠子，他甚至割下了他的生殖器。处理完躯干之后，他开始处理胳膊、肩膀和腿。母亲和我因为痛苦和恐惧而发抖。母亲对厨师尖叫道：‘你怎么能这么做，你这个怪物？你的人性到哪儿去了？难道你没有尊严吗？这个可怜的小伙子对你做了什么？你这个怪物！你这个怪物！’厨师用令人难以置信的粗俗来回答。

“‘至少把他的脸盖上吧，看在上帝的分上！’母亲叫道。把那张如此高贵、如此平静的英俊脸庞和下面如此一幅景象联系在一起，这真让人受不了。厨师猛扑到水手的脑袋上，就当着我们的面把他的头皮剥了下来，把脸扯了下来。母亲和我呕吐起来。

“他做完之后，把屠宰过的尸体扔到了海里。很快，船上就放满了一条条的肉和一块块器官，在太阳底下晒干。我们害怕得蜷缩起来。我们尽量不朝这些东西看。气味很久都散不去。

“下一次厨师走近的时候，母亲打了他一个耳光，一个重重的耳光，在空气中发出啪的一声尖厉的声响。母亲的这个动作十分令人震惊，这是一个英勇的行为，它显示了勇气、怜悯、悲伤和勇敢。这是为了纪念那个可怜的水手，这是为了挽回他的尊严。

“我惊呆了，厨师也惊呆了。母亲直视着他，他站在那里一动不动，一句话也没说。我注意到他故意不去看她的眼睛。

“我们退回到自己的地方。我一直在她身边。我心里既充满了对她的狂热钦佩，也充满了极度的恐惧。

“母亲一直在注意观察他，两天后她看见他那么做了。他尽量小心翼翼，但她还是看见他把手放到嘴边。她叫了起来：‘我看见你了！刚才你吃了一块！你说过那是做鱼饵用的！我知道。你这个怪物！你这头动物！你怎么能这么做？他是个人啊！他是你的同类！’如果她指望他会感到羞愧，会把它吐出来，然后崩溃、道歉，那她就错了。他一直在嚼。事实上，他抬起头来，很公开地把剩下的一条肉放进了嘴里。‘味道像猪肉。’他咕哝道。母亲猛地转过身去，以此来表示愤慨和厌恶。他又吃了一条。‘我已经感到强壮多了。’他咕哝道。他专心钓鱼。

“我们各自占据着救生艇的一端。意志力能够筑起高墙，这真有意思。一天天过去了，好像他并不存在。

“但我们不能完全忽略他。他是个畜生，但是个实用的畜生。他双手灵巧，而且了解大海。他脑子里尽是好主意。就是他想起来造一只筏子捕鱼。我们活了下来，这全得感谢他。我尽力帮助他。他脾气很急躁，老是对我吼，侮辱我。

“母亲和我没有吃水手的尸体，一口也没吃，尽管我们因为没有吃的而变得虚弱，但我们开始吃厨师从海里抓到的东西。母亲一辈子是个素食主义者，却开始吃生鱼和生海龟。那段日子对她来说非常艰难，她一直没有从强烈反应中恢复过来。这对我来说容易得多，我发现饥饿让任何东西都变好吃了。

“当你的生命获得暂时解救的时候，你不可能不对那个解救你的人怀有一些友好之情。当厨师拽上来一只海龟或是一条大鲯鳅时，那真是令人兴奋的时刻。我们咧开嘴笑起来，有好几个小时胸中都感到热乎乎的。母亲和厨师文明地交谈，甚至开起了玩笑。在这样的时候，我带着——是的——带着温柔的感情看着他，带着爱，我想象我们是可靠的朋友。即使在脾气好的时候，他也是个粗俗的人，但是我们假装没注意到，甚至对自己也这么假装。他说我们会漂流到一座小岛上，那是我们最大的希望。我们费尽眼神，在地平线上搜寻小岛，而小岛却一直没有出现。那是他偷食物和水的时候。

“了无生气、无边无际的太平洋像一座高墙竖在我们周围，我从来不认为我们能绕出去。

“他杀死了她，厨师杀死了我母亲。我们在挨饿，我很虚弱，我抓不住海龟。就因为我，我们没抓住海龟。他打了我，母亲打了他，他回手打了她。她转身对我说：‘走！’一边把我朝小筏子推过去。我朝小筏子跳去，我以为她要和我一起去。我落到了水里，我匆忙爬到了筏子上。他们在搏斗，我什么也没做，只是看着。我母亲在和一个成年男人搏斗。他很灵巧，肌肉发达。他抓住她的手腕，拧了过来。她尖叫一声，倒了下去。他过去骑到她身上。刀拿出来了。他把刀举了起来。刀落了下来。再举起来的时候——刀是红的。刀不断地举起又落下。我看不见她，她在船底，我只看见他。他停了下来，他抬起头来看着我，他朝我扔了一个什么东西。一道血打在了我脸上，没有一条鞭子能比这打得更疼了。我手上捧着母亲的头颅。我松开手。它掉进水里，周围腾起一团血雾，她的一绺头发像一条尾巴拖在后面。鱼绕着圈向头颅俯冲过去，直到一条鲨鱼的长长的灰色影子挡住了它的去路，它不见了。我抬起头来，我看不见他，他正躲在船底。他在把我母亲的身体扔到船外面的时候出现了。他的嘴是红的。水里乱糟糟地挤满了鱼。

“那天剩下的时间和那个夜晚我是在小筏子上度过的，我一直在看着他。我们没有说一个字。他可以把系住小筏子的绳子割断，但是他没有这么做。他留着我，就像留着内疚的良心。

“早晨，在看他看得很清楚的情况下，我拉住缆绳，上了救生艇。我非常虚弱。他什么也没说，我也没说话。他抓住了一只海龟，他把海龟血给了我，他把海龟宰了，把最好的部分放在中间凳子上给我。我吃了。

“后来我们打了起来，我杀了他。他脸上毫无表情，既没有绝望也没有愤慨，既没有恐惧也没有痛苦。他放弃了。他让自己被杀死，尽管我们仍然搏斗了。他知道自己太过分了，哪怕是用他那兽性的标准来衡量。他太过分了，现在他不想再继续活下去。但是他从来没有说过‘对不起’。为什么我们改变

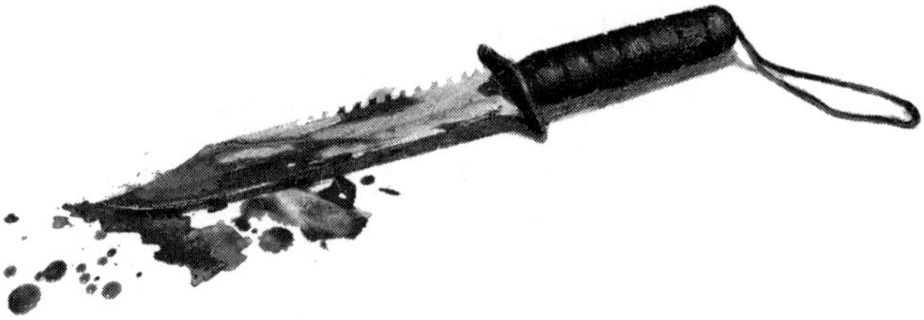

不了自己的邪恶呢？

“刀一直放在凳子上，就在我们眼皮底下，我们都知道。他一开始就可以把刀拿在手里，是他把刀放在那儿的。我把刀拿了起来，刺进了他腹部。他露出一副怪相，但是还站着。我把刀抽出来，又刺了进去，血涌了出来。他还没有倒下去。他看着我的眼睛，非常非常慢地抬起头来。他这么做有什么含义吗？我认为那是有含义的。我把刀刺进了他的喉咙，就在靠近喉结的地方。他像一块石头一样倒了下去。死了。他一句话也没说。他没有遗言。他只是把血咳了出来。刀有一种强大的力量；一旦动起来，就很难停下来。我不断地捅他。他的血使我龟裂的手不再那么疼痛。他的心脏很难弄——连着那么多管子。我还是把它挖出来了。味道很好，比海龟好吃多了。我吃了他的肝脏。我把他的肉一片片割了下来。

“他是一个那么邪恶的人。更糟的是，他与我心里的邪恶——自私，愤怒，冷酷——相碰撞。我必须与之妥协。

“孤独开始了。我求助于上帝。我活了下来。”

[长时间的沉默]

“这个故事好些吗？有没有你们认为难以置信的部分？”

千叶先生：“真是个可怕的故事。”

[长时间的沉默]

冈本先生："斑马和台湾水手都断了一条腿，你注意到了吗？"

"不，我没有注意到。"

"鬣狗把斑马的腿咬掉了，厨师把水手的腿割掉了。"

"噢，冈本先生，你明白了很多事情。"

"他们在另一艘救生艇里遇到的那个瞎眼法国人——他不是承认杀了一个男人和一个女人吗？"

"是的，他是承认了。"

"厨师杀了水手和他母亲。"

"非常令人难忘。"

"他的故事是相互配合的。"

"那么台湾水手就是斑马，他母亲就是红毛猩猩，厨师就是……鬣狗——这意味着他就是老虎！"

"对啊。老虎杀死了鬣狗——和那个瞎眼法国人——就像他杀死了厨师。"

派·帕特尔："你们还有巧克力吗？"

千叶先生："马上就给你！"

"谢谢。"

千叶先生："但这是什么意思呢，冈本先生？"

"我不知道。"

"小岛怎么解释？谁是沼狸？"

"我不知道。"

"还有那些牙齿？树上的牙齿是谁的？"

"我不知道。我不明白这个小伙子的脑袋瓜里在想什么。"

［长时间的沉默］

冈本先生："请原谅我这么问，但是厨师有没有说过关于'齐姆楚姆号'沉没的事情？"

"在这个故事里面？"

"是的。"

"他没说。"

"他没有提到任何可以引向7月2日清晨的话，任何可能解释发生了什么事的话？"

"没有。"

"没有提到任何机械方面或结构方面的话？"

"没有。"

"没有提到任何关于其他船只或海上其他物体的话？"

"没有。"

"他完全不能解释'齐姆楚姆号'为什么会沉没？"

"不能。"

"他能说出为什么船没有发出遇难信号吗？"

"发出了又怎么样？根据我的经验，如果一艘褪了色的、三流的、生了锈的破船沉了，除非它很幸运，上面装着油，很多油，足以破坏整个生态系统，否则没有人会在意，没有人能听到。你得完全靠自己。"

"当小井科意识到出了问题时，已经太迟了。你们已经出海太远，无法进行空中救援。这一海域的船只接到通知，要留心观察。他们报告说什么也没看见。"

"既然我们谈到了这个话题，船并不是唯一三流的东西。船员是一群郁郁寡欢的不友好的人，高级船员在的时候就拼命干活，高级船员不在的时候什么也不干。他们一个英语单词也不会说，对我们毫无帮助。有些人到了下午就浑身散发出酒臭。谁能说出那群白痴干了些什么？那些高级船员？”

“你这句话是什么意思？”

“哪句话？”

“谁能说出那群白痴干了些什么？”

“我的意思是也许酒疯发作的时候有些人会把动物放出来。”

千叶先生：“谁有笼子的钥匙？”

“父亲有。”

千叶先生：“如果船员们没有钥匙，他们怎么能把笼子打开呢？”

“我不知道。也许他们用的是撬棍。”

千叶先生：“他们为什么会那么做？为什么有人想要把一只危险的野生动物从笼子里放出来？”

“我不知道。谁能猜透醉汉的脑子是怎么想的呢？我能告诉你的就是发生的事情，动物从笼子里出来了。”

冈本先生：“对不起。你对船员是否称职有怀疑？”

“非常怀疑。”

“你曾经目睹任何一位高级船员喝醉了酒吗？”

“没有。”

“但是你见过一些普通船员喝醉了酒？”

“是的。”

“在你看来，高级船员们的行为是否说明他们能够胜任并且擅长自己的工作？”

"他们和我们没什么关系。他们从来不靠近动物。"

"我是说在操纵船只方面。"

"我怎么知道？你以为我们每天都和他们一起喝茶吗？他们会说英语，但是比普通船员好不了多少。他们让我们感到自己在公共休息室里不受欢迎，而且吃饭的时候他们几乎不跟我们说一句话。他们一直用日语对话，仿佛我们并不存在。我们只是一家地位低下的印度人，带着一批麻烦的货物。最后我们就在父亲和母亲的船舱里自己吃饭了。'冒险经历在召唤！'拉维说。这使得这一切变得可以忍受，我是说我们的冒险意识。我们把大部分时间都用来铲粪便，冲洗笼子和喂食，父亲就充当兽医。只要动物们没事，我们就没事。我不知道高级船员们是否胜任工作。"

"你说船是向左侧倾斜？"

"是的。"

"而且从船头到船尾有一定的倾斜度？"

"是的。"

"因此是船尾先沉的？"

"是的。"

"不是船头先沉？"

"不是。"

"你能肯定吗？从船的前部到后部有一个斜坡？"

"是的。"

"船有没有撞上另一只船？"

"我没有见到另一只船。"

"船有没有撞上其他物体？"

“我没看见。”

“船有没有搁浅？”

“没有，它沉下去不见了。”

“离开马尼拉以后你没有注意到机械故障吗？”

“没有。”

“在你看来船的载重是否正常？”

“那是我第一次乘船。我不知道载重正常的船看上去应该是什么样。”

“你相信自己听到了爆炸声？”

“是的。”

“还有其他的声音吗？”

“很多声音。”

“我是说能够解释船只沉没的声音。”

“没有。”

“你说船迅速沉没了。”

“是的。”

“你能估计出有多长时间吗？”

“很难说。非常快。我想不超过二十分钟。”

“有很多残骸？”

“是的。”

“船只有没有受到突如其来的海浪的袭击？”

“我想没有。”

“但是有暴风雨？”

“大海在我看来波涛汹涌，又是风又是雨。”

“浪有多高？”

"很高。有二十五英尺，三十英尺。"

"事实上，这是很小的风浪。"

"如果你在救生艇里，这浪就不小了。"

"是的，那当然。但是对于一艘货船来说，这算是小风浪。"

"也许还要高一些。我不知道。天气太糟糕，把我吓疯了，我能肯定的就是这些。"

"你说天气迅速转好了。船沉了，天立刻好了起来，你不是那么说的吗？"

"是的。"

"听上去只是一场转瞬即逝的飑。"

"它把船给弄沉了。"

"那正是我们感到奇怪的事。"

"我们全家人都死了。"

"我们感到很难过。"

"没有我那么难过。"

"那么发生了什么事呢，帕特尔先生？我们感到困惑。一切都很正常，然后……？"

"然后正常沉没。"

"为什么？"

"我不知道。你们应该告诉我，你们是专家，运用你们的科学。"

"我们不明白。"

[长时间的沉默]

千叶先生："现在做什么？"

冈本先生："我们放弃。对'齐姆楚姆号'沉没的解释被埋在了太平洋底。”

［长时间的沉默］

冈本先生：“好了，就这样。我们走吧。好，帕特尔先生，我想我们得到了所需要的一切。我们非常感谢你的合作。你帮了我们一个很大很大的忙。”

“不客气。但是在你们走之前，我想问你们一件事情。”

“什么？”

“‘齐姆楚姆号’是1977年7月2日沉没的。”

“是的。”

“而我，‘齐姆楚姆号’唯一的人类幸存者，是1978年2月14日到达墨西哥海岸的。”

“对。”

“我对你们说了两个故事，解释这227天所发生的事情。”

“是的，你是说了两个故事。”

“没有一个故事能够解释‘齐姆楚姆号’为什么沉没。”

“对。”

“没有一个故事在你们看来在事实上有什么不同。”

“的确如此。”

“你们无法证实哪一个故事是真的，哪一个故事不是真的。你们必须相信我的话。”

“我想是这样。”

“在两个故事里船都沉了，我的家人都死了，而我在忍受痛苦折磨。”

“是的，是这样。”

“那么告诉我，既然在你们看来这两个故事没有什么事实上的不同，而你们又无法证实这个问题，你们更喜欢哪一个故事？哪一个故事更好，有动物的故事还是没有动物的故事？”

冈本先生：“这是个有意思的问题……”

千叶先生：“有动物的故事。”

冈本先生：“是的。有动物的故事更好。”

派·帕特尔先生：“谢谢。和上帝的意见一致。”

[沉默]

千叶先生：“他刚才说什么？”

冈本先生：“我不知道。”

千叶先生：“噢，看哪——他在哭。”

[长时间的沉默]

冈本先生：“我们开车走时会小心的，我们不想碰上理查德·帕克。”

派·帕特尔：“别担心，不会的。他躲在一个你们永远找不到的地方。”

冈本先生：“谢谢你花时间和我们谈话，帕特尔先生。我们很感激。我们对你的事情感到很难过。”

“谢谢。”

“现在你要做什么？”

“我想我要去加拿大。”

“不回印度？”

“不。那儿没有我的任何东西了。只有伤心的回忆。”

“当然，你知道你会得到保险赔偿金的。”

“噢。”

“是的。小井科会和你联系的。”

[沉默]

冈本先生:“我们该走了。我们祝你好运，帕特尔先生。”

千叶先生:“是的，祝你好运。”

“谢谢。”

冈本先生:“再见。”

千叶先生:“再见。”

派·帕特尔:“你们要带些小甜饼在路上吃吗?”

冈本先生:“好啊。”

“给你们，每人三块。”

“谢谢。”

千叶先生:“谢谢。”

“不客气。再见。上帝保佑你，我的兄弟。”

“谢谢。上帝也保佑你，帕特尔先生。”

千叶先生:“再见。”

冈本先生:“我饿坏了。我们去吃饭吧。你可以把那个关了。”

100

冈本先生在给我的信里回忆说，那次讯问“困难重重又难以忘记”。他记得派西尼·莫利托·帕特尔“非常瘦，非常固执，非常聪明”。他的报告的主要部分如下:

唯一幸存者无法使我们了解“齐姆楚姆号”沉没的原因。船只的下沉速度似乎非常快，这表明船体严重开裂。大量残骸可以支持这一理论。但是无法确定开裂的具体原因。那天无线电导航信号区内没有报告有急剧天气变化。幸存者凭借印象对天气所做的估计是不可靠的。天气至多是导致沉船的因素之一。原因可能在船只内部。幸存者相信自己听到了爆炸声，这说明有严重的机械问题，也许是锅炉爆炸，但这只是推测。船只寿命已有二十九年（马尔摩的厄兰森和斯坎克造船厂1948年制造），1970年整修。天气不好加上船只结构疲劳可能共同造成了这次事故，但这只是猜测。那天在那一海域没有关于其他船只发生事故的报告，因此没有与其他船只相撞的可能性。有可能与残骸相撞，但这一点无法证实。可能与漂浮的水雷相撞，这可以解释爆炸，但这只是设想，而且极不可能，因为船是从尾部开始下沉的，这只能说明船体开裂也发生在尾部。幸存者对普通船员是否称职有所疑问，但对高级船员没有说什么。小井科船运公司声称所有货物都完全合法，并且没有注意到任何高级或普通船员有什么问题。

根据现有证据无法确定沉船原因。小井科公司可以通过标准程序要求保险赔偿。不需要进一步调查。建议结案。

说句题外话，唯一幸存者，印度公民派西尼·莫利托·帕特尔先生的故事令人惊奇，表现了在极端困难和悲惨境遇面前的勇气和忍耐力。根据本调查员的经验，他的故事在沉船历史上是独一无二的。很少有乘船失事的人能够像帕特尔先生那样生存那么长时间，没有人能够在与一只成年孟加拉虎为伴的情况下做到这一点。

图书在版编目（CIP）数据

少年Pi的奇幻漂流 /（加）扬·马特尔（Yann Martel.）著；（克罗）托米斯拉夫·托亚纳克绘；姚媛译. —南京：译林出版社，2018.3（2026.1重印）

书名原文：Life of Pi

ISBN 978-7-5447-7047-7

Ⅰ.①少… Ⅱ.①扬… ②托… ③姚… Ⅲ.①长篇小说－加拿大－现代 Ⅳ.①I711.45

中国版本图书馆 CIP 数据核字（2017）第 200886号

Life of Pi by Yann Martel

著作权合同登记号 图字：10-2013-317 号

少年Pi的奇幻漂流 ［加拿大］扬·马特尔 / 著 ［克罗地亚］托米斯拉夫·托亚纳克 / 绘
姚 媛 / 译

责任编辑 张远帆 吕雅坤 张紫毫
装帧设计 胡 苨
校 对 叶显艳
责任印制 闻媛媛

原文出版 Vintage Canada, 2002
出版发行 译林出版社
地 址 南京市湖南路 1 号 A 楼
邮 箱 yilin@yilin.com
网 址 www.yilin.com
市场热线 025-86633278
排 版 南京展望文化发展有限公司
印 刷 南京爱德印刷有限公司
开 本 880 毫米 ×1230 毫米 1/32
印 张 11.5
插 页 18
版 次 2018 年 3 月第 1 版
印 次 2026 年 1 月第 22 次印刷
书 号 ISBN 978-7-5447-7047-7
定 价 58.00 元